KB194132

미라지 1

Mirage

MIRAGE

미라지

1

카밀라 레크베리, 헨리크 펙세우스 지음

전은경 옮김

어느날
갑자기

14일 전

식사하면서 니클라스는 가족을 가만히 지켜봤다. 이제 12월 17일이니 집에 크리스마스 장식을 하기에는 아직 이르다고 생각했지만, 그래도 딸과 그는 이미 장식을 시작했다. 식탁에 작은 산타클로스 인형 두 개가 놓여 있었다. 크리스마스트리를 지금 가지고 오면 크리스마스이브까지 살아남지 못할 테니 식탁 전등에 스트링 라이트만 감아 두었다.

딸은 반짝이는 빨강과 초록 전구를 두른 스웨터를 입었고, 그 역시 축제 분위기에 맞추어 크리스마스에 어울리는 빨간 넥타이 차림이었다. 물론 양복은 평소와 다름없이 회색이었다. 과장할 필요는 없지 않은가.

그가 포크를 다시 입으로 가져갔다. 이번에는 생강과 칠리, 꿀에 재워 구운 파인애플 한 조각이었다. 그의 생각에 과일이란 원래 제대로 된 식사에는 사용될 일이 없는 것이었지만, 딸이 파인애플을 좋아했다. 딸은 아마 육즙이 가득한 고베 스테이크보다 과일을 선호할 터였다. 그에게는 좋은 일이었다. 자기가 먹을 분량이 더 많아지니까.

식탁에 앉은 다른 두 사람은 식사에 집중한 상태라서 그에게 관찰되고 있다는 사실을 전혀 느끼지 못하는 듯했다. 그는 지금 약간 멍청해 보일 테니, 그것 역시 괜찮았다. 멍청해 보이는 건 어쩔 수 없는 일이었다. 그는 만족감으로 충만했다. 다른 말로는 표현할 수 없었다. 그에게는 완전히 새로운 느낌이었고, 그래서 부족한 것이 별로 없었다.

직업상의 성공은 그다지 중요하지 않았지만 그래도 그는 극도로 성공했다.

외스테르말름의 린네가탄에 있는 집도 딸과 둘이 살기에 아주 좋았지만 반드시 필요하지는 않았다.

세 사람이 이제 식탁에 함께 앉아 있다. 이것으로 충분했다.

반년 전에 그가 당한 테러는 가십 칼럼에까지 올랐었다. 하지만 이제는 다 지나간 일이다. 물론 그는 여전히 상향 조정된 경호를 받기는 했다. 그의 상관이 이런 경호가 더는 필요하지 않다고 판단할 때까지 이 상황이 반년은 더 지속될 터였다. 그러나 그에게 경호원들은 이미 오래전부터 삶의 일부였기 때문에, 이제 그는 그들을 가족처럼 여겼다.

가족.

사실 그게 전부였다. 딸은 열여섯 살이고, 이제 곧 다 큰 어른이 될 것이다. 그는 자신이 딸을 현실의 풍파에 아주 잘 대비하게 했다고 믿었다. 물론 딸은 가끔 그가 너무 싫다고 짜증을 냈지만 10대들은 다들 그러지 않는가. 그의 맞은편에는 전처가 앉아 있었다. 반년 전에 누군가 그에게 얼마 안 있어 전처와 한 식탁에 앉아 있게 될 거라고 말했다면 그는 그 사람에게 돌았다고 했을 것이다. 하지만 그 진부한 명언이 옳았다. 시간이 약이었다. 이제 그들은 서로를 미워하지 않고 현대식 조각보 가족처럼 모여서 크리스마스를 즐기는 중이었다. 심지어 서로 선물을 주고받기까지 했다.

갑자기 목이 멘 그는 촉촉해진 눈을 두 사람이 눈치채지 못하게 창밖으로 시선을 돌렸다. 어두운 하늘에서 두툼한 눈송이가 내렸다. 세상이 그림엽서처럼 보였다. 아주 순수하고 평화로운 풍경이었다. 이 순간 그의 삶도 그랬다. 몇 년 만에 처음으로 어깨가 굳지 않았다. 두통의 조짐도 전혀 없었다.

그때 누군가 초인종을 눌렀는지 복도에서 소리가 들렸다. 딸이 놀란 표정으로 접시에서 고개를 들고 물었다.

"누구지? 오늘은 토요일인데. 아빠 오늘 저녁에는 일하지 않겠다고 약속했잖아."

"모르겠네."

그가 자리에서 일어났다.

"두 사람, 혹시 누가 오기로 했어?"

딸과 전처가 고개를 저었다.

니클라스가 현관문으로 다가갔다.

"혹시 산타클로스를 오라고 한 거면 난리 날 줄 알아."

등 뒤에서 딸이 소리쳤다.

문 앞에 있는 사람이 누구든, 아래층 입구에서 경호원들의 철저한 보안 검사를 거쳤을 것이다. 경호원들이 따로 연락하지 않았으니 아무 준비 없이 맞을 수 있는 방문객이었다. 고해상도 모니터에 자전거 헬멧 차림에 가슴에 붉은 별을 단 남자가 보였다. 어깨에는 눈이 쌓여 있었다. '더 좋은 택배'라는 택배 회사 직원이었다. 그것으로 모든 상황이 설명됐다.

"네?"

니클라스가 문을 열었다.

"니클라스 스토켄베리신가요?"

남자가 약간 가쁜 숨을 내쉬며 그에게 작은 검은색 봉투를 건넸다. 니클라스는 이마를 찌푸린 채 주소가 없는 봉투를 받아서 뒤집었다. 뒷면에도 아무것도 쓰여 있지 않았다.

"누가 보낸 겁니까?"

하지만 택배 직원은 이미 사라지고 없었다. 봉투를 건네자마자 여섯 층을 내려가 자전거로 달려가고 있었다. 아마 배달이 늦은 모양이었다.

니클라스는 현관문을 닫고 봉투를 열었다. 종이 한 장이 들어 있었다. 꺼내서 확인해 보니 고급스러운 명함이었다. 그러나 이름이 없고 일종의 부호만 인쇄되어 있었다. 커다란 숫자 '8'이었는데, 아래 절반은 검은색이었다. 그 밑에 전화번호가 적혀 있었다. 그것 말고는 없었다.

니클라스는 이맛살을 찌푸렸다. 모르는 부호와 모르는 전화번호였다. 그러다 이내 무슨 일인지 알 것 같다는 생각이 들었다. 절대 오지 않기를 바라면서도 오래전부터 올 것을 예상했다. 그러나 삶에서 완전히 밀어 내고 싶었고, 지금도 받아들일 준비가 되어 있지 않았다.

혹시, 어쩌면 광고일지도 모른다고 스스로를 안심시켰다.

알아내는 방법은 하나뿐이었다. 그는 안주머니에서 휴대폰을 꺼내 떨리는 손으로 전화번호를 입력했다.

세 번 신호음이 들린 후에 여성의 자동 응답기 목소리가 울렸다.

"안녕하세요, 니클라스 스토켄베리. 계약 기간 동안 우리 서비스에 만족하셨기를 바랍니다. 당신의 생존 시간은…… 14일…… 1시간…… 12분…… 남았습니다."

그는 메시지를 짓이기듯 전화기를 꽉 움켜쥐었다. 목이 조여 오는 느낌이었다. 산소가 폐까지 들어오지 않았다. 눈앞이 빙빙 도는 바람에 그는 넘어지지 않으려고 벽에 기댔다.

부엌에서 웃음소리가 쏟아져 나왔다. 딸과 아이 엄마가 흥겹게 웃고 있었다.

니클라스는 무릎을 꿇으며 주저앉았다. 현관 앞에 값비싸고 두툼한 카펫을 깔아 놓은 게 다행이었다. 안 그랬더라면 꽤 아팠을 것이다. 눈을 질끈 감고 정신을 집중하려고 애썼다. 이 날이 오리라는 것을 알고 있었다. 이미 한참 전부터 알

왔다. 그러나 오지 않기를 바랐고, 깊게 고민하기를 스스로 거부했었다.

아주 오래전 일이 아닌가.

"아빠, 뭐 해?"

딸이 소리쳤다.

"경고하는데, 아빠가 산타클로스로 분장하면 내가 언론사에 제보할 거야."

그는 다시 벽에 기대어 천천히 일어나 헛기침을 몇 번 하고, 떨림이 잦아들도록 심호흡을 했다. 그런 다음 부엌으로 들어갔다.

식탁에 앉아 있던 두 사람이 그를 보더니 순식간에 웃음을 멈췄다. 딸이 놀라서 물었다.

"누가 왔었어? 아빠 얼굴이 엄청 창백해."

전처가 자리에서 벌떡 일어났다.

"쓰러지겠어. 얼른 앉아."

그리고 의자를 그의 뒤로 밀어 넣은 다음 한 손을 그의 이마에 얹었다.

"아무것도 아니야."

그가 대답했다.

"집을 잘못 찾았대."

"땀이 나서 푹 젖었네. 발작을 일으킨 거야? 먹는 약 있어?

구급차 부를까? 니클라스, 말해 봐."

그는 딸에게 몸을 돌리고 억지로 미소를 지으며 말했다.

"나탈리, 걱정하지 마. 그냥 살짝 어지러운 거니까."

나탈리가 어떻게 할까 하는 표정으로 엄마를 바라봤다. 니클라스는 전처의 손을 어깨에서 떼어 잠시 잡고 있다가 대답했다.

"미나, 고마워. 구급차는 필요 없어. 금방 지나갈 거야."

창밖의 눈송이는 더 이상 평화로워 보이지 않았다. 마치 얼음처럼 싸늘한 교도소 담장을 쌓아 올리는 것 같았다. 그는 이제 감금됐고 완벽하게 무력했다.

탈출은 불가능했다.

2주 후에 그는 죽을 것이다. 할 일이 아직 너무나 많이 남아 있는데도. 그는 미나를 바라보며 뭔가 말하려고 하다가 다시 입을 닫았다. 내가 이 두 사람을 위해 충분히 준비를 해 뒀던가? 나탈리에게 나는 좋은 아버지였나? 이 둘은 나를 그리워할까? 동료들은 뭐라고 할까?

나탈리의 스웨터가 그를 격려하듯 반짝거렸다.

그는 정말 죽고 싶지 않았다.

명함이 그의 손에서 떨어졌다. 그러나 그냥 내버려뒀다.

니클라스는 한숨을 쉬며 얼굴을 비볐다.

지난 20년 동안은 잘 지냈다. 그것도 아주 잘. 하지만 그런 시간도 방금 미나에게 말한 것처럼 순식간에 지나갈 것이다.

14일, 1시간, 12분 후에. 아니, 이제는 12분이 아니라 10분 남았을 것이다.

*

빈센트는 칼스타드 스칼라 극장의 분장실 바닥에 누워 있었다. 천장 조명은 끄고 화장대의 따뜻한 조명만 켜 두었다. 거울 주위에 달린 전구들은 사람들이 상상하는 극장 무대 뒤편의 모습과 실제로 유사한, 몇 안 되는 점들 가운데 하나였다. 흔한 할리우드의 분장실 이미지가 머리에 박혀서인지 그 역시 금빛으로 반짝이는 전구들이 정말 아름답다고 생각했다.

쇼는 한 시간 전에 끝났다. 그의 스태프들은 아직 밑에서 무대를 해체하느라 정신없이 바빴다. 전체 무대 세트와 모든 소품, 수많은 조명 스탠드를 분해해서 대형 화물차 두 대에 실어야 했다. 현장에서는 언제나 추가 인력을 고용했고 투어 매니저인 올라 푹스가 엔터테인먼트 분야에서 아주 노련한 사람이기는 하지만, 그 일은 거의 세 시간이 걸렸다. 무대 위에서의 눈부신 두 시간을 위해서 공연 앞뒤로 수많은 인력이 최소 일곱 시간 동안 전혀 눈부시지 않은 노동을, 그것도 매일 저녁 해야 한다는 사실을 아는 사람은 없었다.

빈센트는 누운 자세를 조심스럽게 바꾸었다. 리놀륨 바닥은 엄청나게 딱딱했다. 그는 소파를 흘낏 보고 거기에 누웠더라면 더 나았을 거라는 생각을 했다. 하지만 그러기에는 이미 늦었다. 그래서 그냥 바닥에 계속 누워 있었다.

스칼라 극장은 홀수로 가득해서 불편했다. 무대 천장 높이는 5미터였다. 6미터라면 좋았을 텐데. 천장 아래 대들보는 17개였고, 거기에 서치라이트와 무대 세트가 고정되어 있었다. 이것도 좋은 숫자가 아니었다. 하지만 5와 17을 더하면 22, 그러니 2가 두 개였다. 이러면 조금은 나았다. 거기다 2 더하기 2는 4인데, 그는 이번 투어 중 꼭 그만큼의 공연을 스칼라 극장에서 할 예정이었다.

옷걸이에 그의 무대 의상이 걸려 있었다. 크리스마스 전의 마지막 공연이었기에 그는 의상을 스리피스로 결정했다. 스리피스. 빌어먹을. 그 생각은 미처 하지 못했다. 게다가 정장을 입으면 공연 후에 땀으로 흠뻑 젖는다는 단점도 있었다. 그래서 그는 분장실에서 곧장 팬티와 티셔츠만 남기고 모두 벗어 버렸다. 덕분에 혹시 누가 들어오더라도 정장을 입었을 때와는 달리 시체처럼 보이지는 않을 터였다. 그는 속으로 히죽 웃었다. 실수를 통해 배우는 법이다.

아래 무대에서 요란한 소리가 들려오는 바람에 그는 몸을 움찔했다. 뭔가 망가진 모양이었다. 올라 푹스가 욕설을 퍼붓는 소리가 들렸다. 하지만 빈센트는 이미 오래전에 그냥 모르는 척 두어야 하는 일도 많다는 사실을 깨달았다. 이 일을 시작했을 때만 해도 그는 무대를 설치하고 해체할 때 손을 보태려고 했다. 머릿속에 오로지 자기 공연만 들어 있고 그 외에는 손 하나 까딱하지 않는 거만한 공연자들에 대해 사람들이 쑥덕대는 것을 자주 들었기 때문이다. 그는 그런 사람이 되고 싶지 않았다. 하지만 곧 자신은 그저 방해만 된다는 사실을 알게 됐다. 그래서 이제는 다른 사람들이 일을 마칠 때까지 뒤로 물러나 있었다. 그게 모두를 위한 최선책이었다.

그러니 딱딱한 바닥에 최소한 한 시간은 더 누워 있을 수 있었다. 그에게 이런 상황은 축복이었다. 두통이 다시 엄청난 강도로 나타났기 때문이다. 탁자에 놓인 빈 물컵에 하얀 분말이 남아 있었다. 아스피린이었다. 얼마 전부터 그는 두통약으로 연명해 왔고, 특히 카페인이 들어 있는 약품을 선호했다. 한 알을 더 먹을까 고민했지만 도움이 될 것 같지 않았다. 그는 한숨을 내쉬며 눈을 꾹 감고 두통이 저절로 사라지기를, 최소한 어느 정도는 가라앉기를 기다렸다. 지금까지 투어를 하면서는 공연이 끝난 후엔 그저 피곤하기만 했다. 약간 집중이 안 되는 정도였다. 두통은 새로 나타난 증상이었다. 반년쯤 전에 시작됐는데, 처음에는 공연 후에만 그러다가 얼마 지나지 않아 지속적으로 따라다니기 시작했다. 때로는 강하고 때로는 약했지만 늘 함께였다. 두통은 방해가 됐다. 두통이 없다는 게 어떤 느낌인지 이제는 기억도 나지 않았다.

쉰 살이 되려면 아직 몇 달이나 남았으니, 노화 전조 증세라고 생각하기는 싫었다. 공연이 예전보다 더 힘든 것도 아니었다. 그러니 두 가지 가능성밖에 없었다. 뇌종양 혹은 심리적 요인에 의한 신체 증상. 다른 증세가 없으니 전자는 아닌 것 같았다. 하지만 도대체 내가 왜 두통을 스스로 불러일으킨단 말인가? 내가 나 자신에게 뭔가 말하고 싶은 걸까?

그는 늘 그렇듯이 미나가 옆에 있기를 바랐다. 미나라면 현명한 생각을 떠올렸을 것이다. 지난여름에 나탈리와 노바의 사건 이후로 두 사람은 자주 만나지 못했다. 그는 투어 준비 때문에, 미나는 새로운 사건 때문에 둘 다 바빴고, 다른 한편으로는 수사 업무 외의 만남을 주저하게 하는 장벽도 여전히 높았다. 만난다고 해도 시간이 항상 짧았다. 그나마 미나가 옆에 있을 때는 두통을 견딜 만했고, 그의 내면에 있는 그림자도 조용했다.

미나가 소속된 수사 팀이 상부의 신뢰를 회복한 덕분에 미나는 일하느라 바빴다. 어쩌다 그녀가 한가할 때면 쇼라이프 프로덕션의 움베르토는 가학적일 만큼 정확하게 빈센트의 공연을 잡아 놓았다. 미나의 상사와 그의 에이전트가 둘을 떼어 놓으려고 음모를 꾸미기라도 하는 듯했다.

게다가 다른 일도 있었다. 그는 자기 집 서재의 비밀을 미나에게 털어놓을 용기가 나지 않았다. 둘이 만나도 상황은 간단하지 않았다. 그는 두통이 그 이유에서 생기는지도 모른다는 생각이 들었다. 가을 내내 그 문제로 고민했지만 해답을 얻지는 못했다. 그는 그저 그가 받은 위협을 가볍게 여겨서는 안 된다는 사실만 알 뿐이었다.

반년 전에 첫 번째 메시지를 보낸 사람이 누군지는 몰라도, 어쨌든 무척 인내심이 강한 사람이었다. 빈센트는 미나에게 부담을 주고 싶지 않았다. 그가 스스로 문제를 해결해야 했다.

그럼에도 그는 공연이 끝날 때마다, 예블레에서의 첫 만남 때처럼 미나가 무대 뒤에서 기다려 주기를 바랐다. 물론 그런 일은 일어나지 않았다. 미나에게는 그녀의 생활이, 그에게는 그의 생활이 있다는 건 잘 알았다. 그렇다고 해도 둘이 만나는 일은 너무 뜸했다.

반면 여름 이후 그가 가족과 함께 보내는 시간은 예전에 비해 훨씬 길어졌다. 발을 다쳐 목발을 짚는 바람에 무대에 설 수 없었기 때문이다. 그래서 처음으로 아내가 늘 원하던 바와 같이 매일 저녁 집에 머물게 됐다. 낮에도 마찬가지였다. 하지만 며칠 지나지 않아 아내는 그가 집에 있는 상황이 예상과 달리 전혀 마음에 들지 않는다는 사실을 깨달았다. 아이들도 그가 계속 집에 있다고 불평했다.

그의 내면에 있는 그림자도 다시 자기 존재를 알려 왔다.

그가 다시 투어를 시작하자 가족만큼 안도한 사람들도 없었다. 그때 이후로 빈센트는 일을 두 배로 늘렸고, 하루에 두 번 공연하는 날도 잦아졌다. 긴장을 풀지 않는 것이 그 비결이었다. 그리고 생각하지 않는 편이 나은 일에 대해서는 생각하지 않았다.

그는 천장을 쳐다봤다. 뇌세포를 혹사할 수도 있을까? 내가 과도한 업무로 뇌에 손상을 주었나? 아마 아닐 것이다. 그래도 알아보고 싶었다. 칼스타드 스칼라 극장 바닥에 누워 있는 바로 이 순간, 처음으로 그럴 수도 있겠다는 느낌이 들었다. 그는 한숨을 내쉬며 눈을 감고, 미나와 이야기를 나누고 싶은 주제 목록에 두통도 집어넣었다.

*

아카이는 활기찬 걸음으로 지하철 승강장을 따라 걸었다. 그는 뭔가 중요한 일을 하고 있다는 인상을 풍기면 아무도 의심하지 않는다는 사실을 경험상 알고 있었다. 노란색 형광 조끼는 이 일에 적합했다. 역설적이게도 이 조끼 덕분에 그는 이 시각에 아직 바깥에 있는 피곤한 사람들의 눈에 띄지 않았다. 남들이 보기에 그는 지하철 터널에서 일하는 사람에 불과했다. 사실 그가 거기서 할 일이 있기는 했다. 하지만 사람들이 상상하는 것과는 다른 일이었다.

그는 승강장 끝에 가서 격자문을 열고, 천장에 달린 감시 카메라에 얼굴이 비치지 않도록 조심스럽게 피하며 문으로 들어섰다. 감시 카메라로 보면 그는 지극히 평범한 서비스 기술자였다. 그뿐이었다. 다행스럽게도 가방에서 덜컥거리는 스프레이 캔 소리는 감시 카메라에 녹음되지 않았다.

격자문 뒤에는 터널로 이어지는 계단이 있었다. 그동안 상황이 너무 위험해졌기 때문에, 사실 그는 터널에 오래 머무는 걸 좋아하지 않았다. 새 열차들은 오래된 열차보다 훨씬 조용해서 터널로 들어가는 스프레이 예술가들의 사고 위험이 더 커졌다.

하지만 터널에 그리 길게 있을 필요는 없었다. 그는 이미 오래전에 예술적으로 더욱 발전했고, 그라피티는 아마추어를 위한 것이었다. 그는 이제 90년대 스타일의 포스터와 스텐실 예술가였다. 거리 예술은 이 분야의 신인 뱅크시의 정체가 밝혀졌다는 소문 이후로 예전과 같지 않았지만, 아카이는 자신이 거리 예술을 시대에 맞는 새로운 수준으로 끌어올렸다고 생각했다. 얼마 전 감라 스탄에서 개최된 전시회가 이 생각을 입증했다. 그가 누군지도 모르면서 사람들이 그의 작품에 얼마나 많은 돈을 지불하는지, 놀라울 정도였다. 아카이는 그의 예명이었다. 뱅크시와 마찬가지로 그는 자신의 진짜 이름을 밝히지 않을 생각이었다. 예술계에서 그는 불가사의로 남을 것이다.

터널로 몇 미터 들어간 그는 헤드 랜턴을 켰다. 터널은 작업자들이 선로와 안전한 거리를 확보하며 움직일 수 있도록 좀 더 넓어졌다. 멀지 않은 곳에 기계실이 있었다. 친한 친구의 여자친구가 지하철 회사 소속 기술자여서 그곳에 자주 드나들었는데, 아카이는 친구에게 여자친구를 위한 깜짝 생일 선물로 그 공간 전체를 장식해 주겠다고 약속했다. 그 여자친구는 내일 아침 이곳에서 시멘트 벽이 아니라 숲속에 들어서게 될 것이다. 나무와 덤불이 벽을 뒤덮고, 삽화가 욘 바우에르가 그린 것 같은 트롤들이 그 사이에 웅크리고 있을 예정이었다. 엄청나게 환상적인 모습이 될 터였다.

그는 예전에 터널에 들어왔을 때 남겼던 그림 옆을 지나갔다. 여기 아래에 사는 지인들을 묘사한 그림이었다. 누군가 한 지인의 얼굴에 "수시가 여기 다녀감"이라고 낙서를 했다. 교양 없는 것들 같으니라고.

발밑에서 자갈이 바스락거렸다. 기계실 문이 불빛에 모습을 드러냈다. 그는 커다란 자갈 무더기를 돌아가다가 멈춰 섰다. 뭔가 이상했다. 그는 거의 허리까지 오는 그 무더기 주변을 빙 돌았다. 터널에 자갈이 깔려 있는 상황 자체는 이상하지 않았다. 여긴 온갖 것들이 흩어져 있으니까. 그런데 뭔가 하얀 것이 그 무더기 여기저기에서 삐죽하게 나와 있었다. 영화에서 본 무언가가 연상됐지만 뭔지는 알 수 없었다. 그는 모래 먼지를 조금 치우다가 깜짝 놀라 뒤로 물러섰다.

뼈였다.

누군가 오싹한 장난을 친 것 같았다. 그런데 어떤 동물의 뼈가 이렇게 크지? 그가 뼈를 당기자 자갈이 무너지면서 윗부분이 모습을 드러냈다. 전등 불빛 아래서 해골이 웃고 있었다.

인간의 두개골이었다.

아카이는 자기가 비명부터 질렀는지, 아니면 일단 달려 나갔는지 알지 못했다. 어쨌든 나중에는 둘 다 하고 있었다.

13일 전

미나는 신기하다는 표정으로 샌드위치를 자세히 들여다봤다. 실제로 진전이 이루어졌다. 예전에는 아침 식사로 밀봉된 요구르트 말고는 아무것도 먹지 못했다. 그런데 이제는 온갖 것과 접촉했을 샌드위치도 먹을 수 있다. 어제 니클라스 집에서의 저녁 식사도 여유롭게 즐겼다. 니클라스가 갑자기 어지러워해서 걱정이 되기는 했다. 하지만 나탈리는 그런 일이 자주 있었던 건 아니라고 확실하게 말했다. 그리고 니클라스는 금방 다시 괜찮아졌다. 미나는 그가 자기 조언을 마음에 새겨, 오늘 아침 바로 병원에 가기를 바랐다.

딸과 전남편과의 저녁 식사. 삶의 경로는 정말 알 수 없었다. 미나가 그 길이 쭉 뻗은 곧은길이었다고 주장한다면 그건 거짓말이다. 미나와 나탈리는 차차차 춤을 추듯 두 걸음 앞으로 나갔다가 한 걸음 뒤로 물러났다. 이런 식으로 서서히 지금 있는 지점에 도달했다. 그리하여 마침내 세 사람이 함께 저녁 식사를 할 수 있게 된 것이다.

미나는 빵을 한 입 베어 물고 흰 빵에 올린 버터와 치즈와 파프리카가 섞인 맛을 음미했다. 영양소 면에서는 케이크 한 쪽을 먹는 것과 다를 바 없었지만, 어쨌든 크리스마스니까.

빈센트는 크리스마스를 어떻게 보낼지 궁금했다. 물론 가족과 함께 보내겠지만, 친척들 여럿이 모여 제대로 된 파티를 열까, 아니면 가족끼리만 단란하게 모일까? 미나는 씁쓸한 감정을 느끼고 이 감정이 어쩌면 질투인지도 모른다는 생각을 밀어 냈다. 그가 그리웠다. 지난여름 그가 나탈리의 목숨을 구해 준 뒤로 두 사람은 연락을 그다지 자주 하지 않았다. 둘 다 스몰 토크에 별로 익숙하지 않기도 했고, 한편으로는 미나가 속도는 느리지만 안전하고 단단한 관계를 딸과 쌓아 가는 데 열중했기 때문이다. 페데르의 죽음도 애도가 필요한 빈 공간을 남겼다.

동료를 떠올리자 눈물이 났다.

게다가 둘은 어떤 관계인가라는 중요한 문제도 있었다. 미나는 의도치 않게 빈센트를 자주 생각했다. 하지만 이미 말했듯이 그에게는 가정이 있고 그의 아내는 질투가 무척 심했다. 미나는 방해가 되고 싶지 않았다.

그래서 일에 파묻혔고, 만날 시간이 없다는 핑계를 댔다.

미나는 니클라스 스트룀스테트가 '촛불을 밝혀라'라는 노래를 부르러 스튜디오에 막 들어서고 있는 아침 TV 프로그램에 최대한 집중했다. 원래 트리아드 밴드의 노래 아니었나? 미나는 밴드 멤버 중 나머지 두 명을 기억해 내려고 했지만, 스트룀스테트와 함께 GES 밴드를 결성했던 오루프와 안데르스 글렌마르크만 떠올랐다. 음악이 시작되고 배경에 촛불이 켜지자 미나는 크리스마스 분위기가 난다는 것을 어쩔 수 없이 인정해야 했다. 원래 그녀는 크리스마스를 아주 싫어했다. 어린 시절 그녀의 크리스마스는 평화로운 것과는 거리가 멀었다. 할머니 집으로 이사한 후 휴일이 조금 조용해지기는 했지만, 그곳에도 축제 분위기는 없었다.

미나는 자리에서 일어나 커피를 한 잔 더 가지고 왔다. 앉으면서 휴대폰을 흘깃 봤다. 빈센트에게 적어도 크리스마스 문자 메시지는 보내야 하지 않을까. 그가 그 문자에서 무엇을 읽어 낼지가 문제였지만, '메리 크리스마스'를 오해할 일은 없었다. 그건 명확하니까. 좋은 친구들끼리는 메리 크리스마스라고 말한다. 그게 다였다.

미나는 휴대폰을 들어 글자를 입력했다. 지웠다. 다시 썼다. 또 지웠다. 다시 썼다. '메리 크리스마스' 뒤에 이모티콘을 넣었다가 바로 생각을 바꿨다. 빈센트는 스마일 이모티콘을 좋아하는 사람이 아니었다. 미나는 미소 짓는 얼굴을 지우고 '메리 크리스마스'만 남겼다. 그리고 보내기를 눌렀다.

니클라스 스트룀스테트가 노래를 마쳤을 때, 미나는 이미 문자 메시지를 보낸 것을 후회하고 있었다.

*

일주일 넘게 눈이 내렸다. 튀레쇠에 있는 빈센트의 집과 정원을 에워싼 나무들은 두툼한 솜을 덮은 것처럼 보였다. 빈센트는 어릴 땐 눈을 좋아했지만 그동안 생각이 바뀌었다. 어쩌면 지금 손에 들려 있는 눈삽과 관계가 있을지도 모른다. 직접 치워야 하는 상황이 되면 눈이라는 게 전혀 즐겁지 않은 법이다.

게다가 칼스타드 스칼라 극장에서 나이트라이너 야간 버스를 타고 스톡홀름으로 오느라 몹시 피곤했다. 버스가 스톡홀름 바른후스브론 다리에 정차하기 직전에야 겨우 잠이 들었고, 주차된 버스 안에서 세 시간을 더 자고 나서 택시를 타고 집으로 돌아왔다.

빈센트는 부엌 창문 쪽을 흘깃 바라봤다. 안에서 가족들이 아침 식사를 하는 중이었다. 그는 아스톤과 레베카가 학교에 가기 전에 눈을 치우고 길을 내겠다고 약속했다. 삽을 눈에 푹 꽂아 넣어 뜬 다음, 흰 눈 아래 어딘가에 있을 잔디 위에 최대한 많이 눈을 쌓았다. 자갈길의 일부가 네모나게 모습을 드러냈다. 어쨌든 시작은 했다. 하지만 일이 앞으로 얼마나 많이 남았는지도 확연해졌다.

그는 몸을 펴고 허리를 짚었다. 하얀 입김이 구름처럼 입에서 쏟아졌다. 강력한 추위가 닥쳤다. 눈은 대부분 1월에나 내렸고 그나마 많이 내리지도 않았다. 이곳 남부에는 눈이 쌓이는 일이 거의 없었다. 하지만 일기예보에 따르면 올해는 수

년 만에 눈이 가장 많이 내리고 가장 추운 겨울이 될 것이라고 했다. 그의 정원에는 이미 눈이 20센티미터쯤 쌓여 있었다. 이제 겨우 12월 중순인데도 그랬다. 그는 새로 내리는 눈이 정확하게 떠낸 사각형을 다시 덮는 모습을 지켜봤다.

시시포스*.

그는 벌을 받는 시시포스였다.

한숨을 쉬며 현관문으로 돌아가 눈삽을 벽에 기대 두었다. 아이들에게 그냥 눈을 뚫고 가라고 해야지. 그가 미처 문을 열기도 전에 아스톤이 눈 바지와 파카 차림으로 달려 나왔다.

"눈이 더 내려야 해!"

아이가 소리쳤다.

"나는 눈이 정말 좋아!"

아스톤이 눈밭에 털썩 드러누워서 팔을 휘저어 천사 모양을 만들었다. 추위는 전혀 아랑곳하지 않는 것 같았다.

"아빠, 우리 오늘 오후에 눈 동굴 만들 수 있어? 이글루는? 아빠, 만들자!"

빈센트의 눈앞에 어릴 때 놀던 눈 동굴이 나타났다. 사실 동굴이라기보다는 마당에 쌓인 눈 더미에 뚫은 좁은 통로였기 때문에, 안에는 들어가지 않고 그 앞에서 놀았다. 소름이 등줄기를 타고 흘러내렸다. 그는 그 통로에 기어들어 갈 용

* 계속해서 산꼭대기로 바위를 밀어 올려야 하는 형벌을 받은 그리스 신화 속 인물.

기를 내 본 적이 없었다. 막상 들어가면 무척 매력적이리라는 것은 예상할 수 있었다. 자기 자신의 세상을 짓는 일은 흥미진진했다. 물론 누구나 어느 정도는 자기 자신의 세상을 만든다. 사람마다 현실을 각자 다르게 인식하므로 적어도 마음으로는 그렇다. 하지만…….

"아빠?"

아스톤이 그의 앞에 와서 섰다.

"아빠 머릿속에 눈이 내려?"

빈센트는 눈을 껌벅였다. 눈 동굴을 만들기에는 아직 눈이 부족하다는 것을 설명해 주려고 입을 막 여는데 마리아가 문간에 불쑥 나타났다.

"여기에 눈 동굴 만들면 안 돼."

마리아가 단호하게 팔짱을 꼈다.

"눈 동굴은 아주 위험하니까. 그리고 당신, 도대체 왜 가죽 구두에 휴고 보스 외투 차림으로 눈을 치우는 거야? 평범한 사람들처럼 실용적인 겨울옷을 입을 순 없어?"

마리아의 말이 당연히 옳았다. 눈 동굴에 대해서도, 그의 옷차림에 대해서도. 하지만 그에게는 다들 입고 다니는 다운 재킷이나 털모자가 없었고, 그는 눈 동굴을 무너지지 않게 만들 수 있었다. 건축가 버크민스터 풀러처럼 육각형으로 조성하거나 압력을 균일하게 분산하는 아치형으로 블록을 배열

하면 된다. 눈만 더 있다면…… 그러다 그는 마리아의 눈길을 깨닫고 헛기침을 했다.

"네 엄마 말이 옳아. 그리고 이글루를 지으려면 얼음이 필요해."

"잘됐다. 얼음은 냉동실에서 만들면 돼."

아스톤이 다시 눈에 벌렁 드러누웠다.

"흐음, 우리 냉동실 용량은 287리터야. 7층으로 쌓을 때 이글루의 외부 치수는……."

빈센트는 뒤에서 아내가 헛기침하는 소리를 들었다.

"우리 냉동실은 너무 작아. 그런데 너 가방은 어디에 뒀어?"

마리아가 한숨을 쉬며 가방을 가지러 갔다. 아스톤은 몸을 일으켜 앉아 눈을 뭉쳤다. 빈센트는 아이가 그 눈 뭉치를 누구에게 던질지 알았다.

"자, 나는 이제 자동차 열쇠를 가지러 가야겠다."

그가 급하게 몸을 돌렸다. 그러나 집 안으로 들어가기도 전에 눈 뭉치가 날아와 그를 맞혔다. 아스톤이 환호성을 울렸다.

마리아가 현관에 서서 아스톤이 갈아입을 옷을 챙겼다.

"그건 그렇고 말이야."

빈센트가 입을 뗐다.

"아이들과 휴일을 어떻게 보낼지 정하려고 당신 언니에게 연락했는데 휴대폰이 꺼져 있는 것 같아. 며칠 전부터 그래.

여행이라도 갔는지. 당신 혹시 알아?"

마리아가 긴 내복 바지를 가방에 거칠게 쑤셔 넣으며 퉁명스럽게 대답했다.

"나는 울리카랑 연락 안 한 지 아주 오래됐어. 전처는 당신이 알아서 신경 써."

"그러려고 하잖아."

빈센트가 대답했다.

"어딘지 모르게 평소의 울리카와 달라."

그는 자동차 열쇠를 가지러 부엌으로 가면서 울리카에게 전화를 걸었다.

이번에도 대답이 없었다.

그래서 최대한 빠른 시일 내로 연락 달라고 문자 메시지를 보냈다. 이제 크리스마스가 며칠 남지 않았으니까.

미나에게서 문자 메시지가 와 있었다. *메리 크리스마스.* 그게 다였다. 그는 뭐라고 답장해야 할지 알 수 없었다. 이 메시지는 그에게 둘의 관계를 정의하라는 일종의 요구였다. 그들은 지금 균형을 맞추는 지점에 서 있고, 어느 쪽으로 기울어질지 모르는 상태다. 그도 이렇게 건조한 메시지를 보낸다면 앞으로 둘은 그저 피상적이고 예의 바른 관계를 유지할 것이라는 사실을 확인시키는 거였다. 뭔가 좀 더 사적인 답장을 보낸다면 미나와 업무상의 관계로만 그치고 싶지 않다는 확답이 될 것이다. 그러면 판도라의 상자가 열리고 그가 정말 원하는 것이 무엇인지에 대해 온갖 질문이 쏟아질 게 분명했다.

메리 크리스마스.

빌어먹을.

그는 잠시 고민하다가 휴대폰을 주머니에 넣었다. 나중에 생각할 시간이 더 생기면 답장할 것이다.

"아빠, 얼른!"

아스톤이 밖에서 소리쳤다.

"안 그러면 나 지각이야!"

"금방 갈게!"

그가 크게 대답했다.

빈센트는 울리카의 동료에게 전화해서 그녀가 아픈지 물어볼까 아주 잠깐 고민했다. 하지만 언니에게 그렇게 신경을 많이 쓴다면 마리아 마음에 전혀 들지 않을 것이다. 시간이 나면 울리카가 연락하겠지.

그는 자동차 열쇠를 챙긴 다음 다시 한번 서재로 가서 문손잡이를 돌려 보았다. 가족을 배려해서 한 달쯤 전부터 문을 잠갔다. 그가 서재에 뭘 보관하는지 우연히라도 보게 된다면 질문만 하는 것으로 그칠 리 없었다. 그들도 아마 불안과 두려움에 사로잡힐 것이다. 그와 똑같이.

"사람 뼈라는 거, 확실해?"

미나는 차분하게 호흡을 가다듬었다. 그녀에게 스톡홀름 지하철의 지저분한 터널보다 더 불편한 장소는 거의 없었다. 게다가 이곳은 얼음처럼 추웠다. 미나는 평소 냉기를 좋아했지만, 그것도 한계가 있었다. 숨결이 하얀 김으로 바뀌었다. 그녀는 덜덜 떨면서 조금이라도 따뜻해지려고 팔로 상체를 감쌌다.

"어, 과학수사대가 확실하다고 했어. 그중 한 명이 골학자래."

아담이 하품을 참으며 대답했다.

"그러니까 뼈 전문가. 그 분야를 잘 아는. 그렇지 않다면 우리가 꼭두새벽부터 여기 있을 필요가 없겠지. 평소 이 시간이면 아직 단잠을 자고 있을 텐데."

그의 목소리에서도 폐소 공포증을 일으키는 좁은 공간에 대한 괴로움이 묻어났다.

"이 노선의 모든 열차가 다 멈춘 거 맞지?"

손전등 불빛 속에서 미나는 조심스럽게 한 발 한 발 앞으로 움직였다.

그때 뭔가가 발을 스쳐 지나갔다. 그녀는 자기도 모르게 비명을 질렀다.

심장이 목까지 올라와 뛰었지만 이를 악물고 억지로 앞으로 나아갔다. 조금 떨어진 곳에 불빛과 사람들 여럿이 서 있는 모습이 눈에 들어왔다. 그 광경이 어둠 속에 숨어 있는 으스스한 것들을 잊는 데 도움이 됐다. 이제 업무에 집중할 수 있었다.

"미나, 아담. 좋은 아침."

과학수사대 팀장이 두 사람에게 고개를 끄덕였다.

"별로 좋은 아침은 아니지만 말이에요."

그는 수사대가 거의 다 옮기고 남은 자갈 더미를 가리켰다. 남은 것은 가지런하게 쌓여 있는 뼈뿐이었다.

"인골이 분명해요. 첫눈에 보기에는 한 사람의 뼈인데, 정확한 것은 법인류학자가 펼쳐 놓고 정리한 후에야 알 수 있어요."

미나는 뼈 무더기를 자세히 보다가 떨면서 팔을 문질렀다. 뼈의 배열이 제단을 연상시켰다. 깔끔하게 쌓아 올리고 좌우 대칭으로 정리했다. 제일 위에는 두개골이 놓여 있었다. 전체적으로 의식을 치른 듯한 모습이었지만, 미나는 이 가정을 고집하고 싶지 않았다. 수사 초기 단계에 특정한 추측을 하는 것은 위험했다. 솔직하게 말하자면 미나는 자신이 속한 팀이 이 사건을 맡게 되어 좀 놀랐다. 오래된 인골은 그녀 팀의 전문 분야가 아니었다.

"신원 확인이 가능할까요?"

미나는 아담에게 자리를 내주느라 한 걸음 옆으로 비켜섰다. 그들은 범죄 현장을 오염하지 않으려고 조심했다. 미나는 안 보는 편이 낫다는 것을 알면서도 주위를 둘러봤다. 서치라이트가 밝은 빛을 쏟아 냈다. 그녀는 다시 공황 상태에 빠졌다. 사방에 쓰레기가 널려 있고, 어두운 구석에서 뭔가 움직였다. 쥐인 것 같아서 소름이 끼쳤다.

여기 내려온 것이 처음은 아니었다. 신입 경찰 시절에 터널로 들어간 용의자들을 여러 번 추격했다. 이곳에 거주하는 사람들이 있다는 사실도 알고 있었다. 그들은 현실 세계와 멀리 떨어진 이곳에서 그녀는 상상하지도 못할 그림자 같은 삶을 살고 있었다.

과학수사대 팀원이 말을 거는 바람에 미나는 서치라이트 불빛이 닿지 않는 곳의 움직임에서 힘겹게 눈을 뗐다.

"신원을 알려 줄 만한 것은 전혀 찾지 못했어요. 옷도 없고 신분증도 없더라고요. 어쩌면 여기 이 쓰레기 더미에 용의자와 관련된 DNA 흔적이 남아 있을지도 몰라요. 그래서 뼈 주변의 모든 물품을 모아서 실험실로 보낼 예정이에요. 하지만 아마 여기서 발견되는 것들은 모두 처음 신고한 화가의 흔적일 거예요. 어쨌든 치아는 남아 있으니 신원 확인이 어느 정도 가능하겠죠. 대퇴골에 외상성 압박 골절이 하나 있고, 골절됐다가 나은 흔적도 여러 개 있어요."

"대퇴골 경부 골절……."

미나가 생각에 잠긴 채 중얼거렸다.

"뼈가 여기 있은 지 얼마나 됐을까요?"

"판단하기 어려워요. 정확한 시기 측정은 밀다의 업무지만 내 생각에는 몇 달쯤 된 것 같아요. 뼈가 새것 같지는 않거든요. 하지만 이미 말했듯이 이건 내 짐작일 뿐이에요. 연도 확인은 밀다 담당이잖아요."

과학수사대 팀원이 대답했다.

미나는 아담도 그녀와 같은 생각을 하고 있는지 그의 기색을 살폈다. 그는 이마를 한껏 찌푸린 채 뼈 무더기를 노려보고 있었다. 그러다 눈빛이 환해지더니 미나에게로 고개를 돌렸다.

"네 생각에도 이건……."

"응, 그래."

미나가 대답했다.

"율리아에게 바로 전화할게."

두 사람은 말없이 뼈 무더기를 바라봤다. 남은 유골이 정말로 두 사람이 짐작하는 인물의 것이라면, 이제 곧 언론에서 난리가 벌어질 터였다.

*

루벤은 땀에 흠뻑 젖은 채 몸을 떨며 잠에서 깼다. 꿈에 페데르의 얼굴이 보였다. 요즘 자주 꾸는 꿈이었다. 페데르의 피부는 재색이었고 뒷머리 대부분이 없었다. 하지만 섬뜩한 점은 그게 아니었다. 가장 소름 끼치는 것은 루벤을 의미심장하게 노려보며 그의 내면을 꿰뚫어 보는 듯한 페데르의 눈빛이었다. 그 눈빛 때문에 그는 잠이 깼다. 루벤은 페데르가 하려는 말을 이미 알고 있었기에, 페데르는 아무 말도 할 필요가 없었다.

언제든 끝날 수 있다.

이것이 페데르가 알려 준 것이었다. 삶에는 두 가지 가능성이 있다. 그것도 아주 끔찍한 가능성이. 하나는 미처 준비하기 전에 끝나는 것이고, 다른 하나는 늙어 가는 것이다. 매일 조금씩 늙어 가기. 그는 심호흡을 하고 얼굴을 문질렀다. 노화는 구역질이 났다. 갑작스러운 죽음보다 더 끔찍할 지경이었다.

어둠 속에서 뭔가가 움직였다. 그의 옆에서 이불이 부스럭거리는 소리를 냈다. 빌어먹을. 젊은 사람을 집에 데리고 오면 이게 문제였다. 서른 살이 넘은 사람들은 적어도 각자 침대에서 일어나 서로 다시는 안 보는 것이 당사자들에게 최상임을 이해하고 있었다. 하지만 젊은이들은 다음 날 아침에 함께 느긋한 시간을 보내는 것이 좋은 아이디어라고 생각했다.

낭만적인 아침 식사인지 뭔지 그런 헛소리 같은 거 말이다. 그러나 환할 때 얼굴을 보는 일은 언제나 실수였다.

이 환한 빛이 그의 나이를 드러낼 때는 더욱 그랬다.

시계를 흘낏 본 루벤은 나지막하게 욕설을 내뱉었다. 전날 저녁에 실수로 휴대폰 알람을 끈 모양이었다. 지각하게 생겼다. 게다가 율리아가 부재중 전화를 했었다. 늦은 밤에 발견된 시신 때문이었다. 그가 리체 레스토랑 앞에서 누군가를 유혹하고 있을 때, 아래 지하철에서는 뭔가 사건이 벌어진 모양이다. 흠. 일단 다른 사람들이 처리하고 있겠지, 뭐.

갑자기 허벅지에 경련이 일어나는 바람에 그는 비명을 참느라 입술을 앙다물었다. 옆에서 자는 여자를 깨우지 않으려고 조심하면서 마사지를 하고, 다리를 당기고, 돌처럼 딱딱해진 근육을 두드렸다. 꽤 오래전부터 이랬다. 저녁에 물을 충분히 마시지 않으면 다음 날 경련이 일어났다. 대신 물을 마시면 밤에 세 번은 소변을 보러 일어나야 했다.

노인처럼.

그의 딸 아스트리드는 10대가 되면 아버지 없는 반쪽 고아가 될 것이다.

그는 깊은 한숨을 내쉬었다. 이 얼마나 멍청한 짓인가. 늙지 않으려는 것도 그렇지만 또 이성을 사냥하고 다녔으니. 그가 그 말을 했을 때 정신과 의사 아만다는 그의 뺨을 후려치고 싶은 표정을 지었다. 하지만 뭐 어쩌랴? 아만다는 아직 젊은 덕에 이런 상황을 이해하지 못했다.

루벤은 손을 뻗어 협탁에서 알약 두 개를 집었다. 인터넷에서 찾은 식이 보충제였다. 이른바 정력에 도움이 되고 테스토스테론 생산을 자극한다고 했다. 아마도 사기일 것이다. 그럼에도 좋은 게 좋으니 1년 정기 구매를 신청했다. 매달 600크로나였다. 그는 알약을 삼킨 후 옆에 있는 사람을 보려고 이불을 들췄다. 여자는 옆으로 누웠는데, 맨 엉덩이가 그와 겨우 몇 센티미터 떨어진 곳에 있었다. 그의 오래된 사냥터인 스투레플란에서 만난 여자였다. 실망스러운 저녁이었고, 집에 막 가려는데 바깥에서 담배를 피우는 여자가 눈에 들어왔다. 그는 여자에게 가서 제복 입은 사람 좋아하느냐고 물었다. 저녁 내내 실패했던 것과는 달리 이번에는 그 진부한 작전이 통했다.

루벤은 매끈한 엉덩이에 손을 올리고 여자 피부의 온기를 느꼈다. 기억이 옳다면 여자 이름은 엠뮈일 것이다. 아니, 에밀뤼였나.

여자가 잠에 취한 채 가까이 다가왔다. 율리아는 기다릴 테고, 아만다는 제 마음대로 말하라지 뭐. 인생은 짧다. 페데르가 매일 밤 알려 주듯이, 삶은 언제 갑자기 끝날지 모른다.

*

    빈센트는 서재에 앉아 있었다. 뒤편 책장은 그사이에 일종의 박물관처럼 바뀌었다. 2년 전 마스터 멘탈리스트가 예인보만을 둘러싼 수수께끼 해결에 참여했다는 사실이 알려진 후, 그의 열렬한 팬들은 그에게 온갖 퍼즐과 수수께끼 문제를 보내왔다. 어려운 문제 풀기만큼 그가 좋아하는 일은 없다고 생각하는 듯했다. 하지만 그가 당시 목숨을 잃을 뻔했다는 사실을 아는 사람은 거의 없었다.

    그들이 옳았다. 빈센트는 실제로 수수께끼 풀기를 좋아했다. 시간이 있을 때면 그랬다. 대부분은 어렵지 않았다. 보통은 조각들을 모으기만 하면 됐지만, 가끔은 좀 더 어려운 것도 있었다. 어떤 익명의 발신인은 그가 지금까지 본 것 중에 가장 모호한 퍼즐과 수수께끼들을 보냈다. 직접 만들었다기보다는 전 세계에서 수집한 것들을 보낸 듯했다. 그 발신인은 선호하는 장르가 명확했다. 수수께끼마다 손으로 쓴 편지가 들어 있었기 때문에 빈센트는 이걸 보낸 사람이 동일인이라는 것을 확실히 알 수 있었다.

    그러나 지금 그는 다른 종류의 퍼즐에 사로잡혀 있었다. 정확하게 말하자면 책상 위쪽 벽에 붙여 둔 퍼즐이었다. 미나와 처음으로 함께 일할 때 그녀가 자기 집에 만든 마인드맵과 비

숫했다. 운이 좋으면 그 안에서 연관성이 드러나고, 지금까지 숨어 있던 패턴을 보여 줄 수 있는 모든 단서와 흔적의 조합이었다. 하지만 빈센트의 벽에 붙은 것은 그림이나 메모가 아니라 물품들이었다. 그는 이것들을 시간순으로 걸고 포스트잇에 쓴 메모도 붙여 뒀다.

그의 가족이 더는 서재에 들어오지 못하게 된 이유도 바로 이것 때문이었다. 그가 이성을 완전히 잃은 것처럼 보이는 게 좋을 리 없었다. 그러나 그 타임라인이 무슨 뜻인지 그들이 알아챈다면 상황은 더욱 나빠질 것이다. 누군가 그에게 해를 끼칠 거라는 뜻이었으니까.

그러나 그는 이 사람을 적이라고 간주하지 않았다. 복수의 신도 아니었다. 그랬더라면 공포는 더욱 심했을 것이다. 발신인은 어쩌면 그의 그림자인지도 모른다. 우편으로 봉투가 오는 날이면 내면의 그림자가 모습을 드러냈기 때문이다. 그 그림자는 현실 세계에서 어떤 특정한 방식으로 나타나 그에게 테러를 가하는 것 같았다. 또 그림자는 비록 일그러진 형태이기는 하지만 그것을 드리우는 사람과 똑같은 모습이었다. 벽에 붙은 물품들을 보낸 사람은 그가 생각하는 방식을 확실하게 아는 듯했다. 그것들은 그의 악몽에서 나왔을 법한 것들이었다. 그림자라는 개념은 아주 정확하게 맞았다.

제일 왼쪽에는 어린 시절의 빈센트와 그의 어머니가 사망한 마술 상자가 배경에 보이는 사진이 실린 할란드 지역 신문의 기사가 코팅되어 걸려 있었다.

비극으로 끝난 마술!

그는 이 제목을 수없이 많이 읽었다. 2년 반 전에 누군가가 루벤에게 이 기사를 보냈고, 그 결과 빈센트는 투바와 앙네스, 로베르트의 살인 사건에서 아주 강력한 용의자가 되었지만, 모든 범행은 사실 그의 누나 예인의 짓이었음이 밝혀졌다. 그는 처음에 예인이 그 기사를 보냈다고 짐작했다. 빈센트에게 살인을 뒤집어씌우는 것이 예인의 계획 가운데 하나였기 때문이다. 하지만 예인이 보낸 게 아니었다. 그 신문 기사는 빈센트를 자신의 과거와 직면하게 했다. 그가 오랫동안 마주할 용기를 내지 못했던 과거였다. 경찰은 이 모든 일이 대중에게 알려지는 것을 간신히 막았다.

기사 아래에는 접착테이프로 붙인, 테트리스 형태의 퍼즐 조각들이 걸려 있었다. 누나가 죽은 후에 그가 받은 조각들이었다. 그 퍼즐들을 맞춰서 포갠 다음 빛을 비추면, 그 빛이 퍼즐 사이의 빈 공간을 통과하며 단어를 만들어 냈다. '유죄'였다. 빈센트는 이것을 노바가 보냈다고, 그녀가 이런 식으로 에피쿠라 사건으로부터 그의 눈을 돌리려 한다고 생각했다.

노바는 본인의 오래된 고통을 기반으로 사이비 단체를 세웠고, 하마터면 나탈리를 죽일 뻔했다. 그러나 노바가 죽기 전에 그녀와 마주했던 빈센트는 루벤에게 신문 기사를 보낸 이와 같은 사람이 퍼즐 조각들도 보냈다는 사실을 확실하게 깨달았다.

그의 그림자가 보낸 것이다.

퍼즐 조각들 옆에는 같이 보내진 크리스마스카드도 걸려 있었다. 그는 카드에 적힌 흉흉한 내용을 여전히 해독하지 못했다.

도무지 배우는 게 없는 것 같아서, 이젠 기다리는 것도 지치네.

그리고 비난할 사람은 당신이라는 거 기억해. 당신은 다른 경로를 택할 수도 있었어. 하지만 그러지 않았지. 그래서 우리가 당신의 오메가에 닿은 거야. 당신 종말의 시작에.

추신. 왜 지금 퍼즐을 받은 건지 궁금할 테지. 당신도 알다시피 오메가가 그리스 알파벳의 24번째 글자이기 때문이야. 24를 당신과 나, 둘로 나누면 12야. 24/12. 크리스마스이브인 거지. 미리 메리 크리스마스.

자신의 오메가, 종말을 암시하는 메시지를 받은 빈센트는 곧장 그의 알파 또는 처음을 찾기 시작했다. 무엇이 시작인지 알아낸다면 무엇이 끝인지도 알아낼 수 있을 테고, 그러면 스스로를 방어할 수 있을 거라 생각했다.

처음을 찾기까지는 긴 시간이 걸리지 않았다. 이번에도 오래된 신문 기사에서 발견했다. 사진에 있었다. 그의 그림자는 펜으로 상자의 윤곽을 따라 선을 그었고, 그 선은 A 모양을 이루었다. 알파를 나타내는 A.

그러니까 이제 종말을 맞아야 하는 무언가는 그 당시에 시작되었던 것이다.

크비빌레 집의 마당에서.

엄마와 함께.

빈센트 보만이기를 멈추고 빈센트 발데르가 되고서부터.

그런데 종말 대신 우편으로 선물이 오기 시작했다. 크리스마스가 아닌데도 크리스마스 선물이 왔다. 첫 선물은 지난여름 에피쿠라 사건이 끝난 직후에 도착했다. 그가 모르는 그룹 레니게이즈의 랩 '알파 오메가'가 들어 있는 싱글 레코드판이었다.

음반은 신문 기사 오른쪽 벽에 걸려 있고, 그 아래에는 그가 음반에 대해 알아낸 정보들을 적은 쪽지가 붙어 있었다. 1987년에 쿨에이드 레코드가 발매했으며 음반에 빨간색 라벨이 붙어 있었다. 그 그룹은 다른 노래는 내지 않은 듯했고, 랩 가사도 그에게 별 의미가 없었다. 그래서 그는 음반을 그대로 두었다.

한 달 후인 9월에 빈센트는 다시 음반을 받았다. 이번에는 레드 제플린의 '알파와 오메가'라는 앨범이었다.

알고 보니 이 앨범은 희귀한 물건이었다. 네 장의 LP판으로 구성되었으며 라이브 공연 실황을 담은 해적판 음반이라서 정식으로 구할 수 없는 앨범이었다. 그는 LP판을 꺼내고 껍데기를 벽에 붙였다.

앨범 제목을 제외하고도 앞선 선물과 한 가지 공통점이 더 있었다. 이것도 1987년에 발매되었다는 것이다.

빈센트는 이 숫자가 무슨 의미인지 정확하게 알았다. 누나 예인이 그를 어떤 책의 873쪽으로 이끌어 줌으로써 기억나게 했다. 7월 8일 3시. 엄마의 마지막 여름이었다. 그때 그는 일곱 살이었고, 정원의 양모 담요 위에서 마술을 했다.

87은 7월 8일이었다.

엄마의 생일.

크비빌레 집의 마당에서.

이번에도.

음반들 오른쪽에는 10월의 선물이 걸려 있었다. 그때 그는 장난감 자동차를 받았는데, 정확하게 말하자면 독일 군사 경찰의 오펠 오메가였다. 그러니까 이번에는 알파가 아니었지만, 오펠 오메가는 1987년산이었다. 그리고 장난감 자동차의 비율은 당연하게도 1:87이었다.

엄마.

상자.

망상.

유죄.

발신인은 11월에 알파와 오메가는 전혀 언급하지 않는 대신 지나칠 정도로 확실한 선물을 보냈다. 마술 키트였다. 더 정확하게 말하면 '위대한 후디니 마술 초보자 세트'였다. 이번엔 검색할 필요도 없었다. 그 자체로 설명이 되는 물건이었으니까.

해리 후디니는 탈출의 왕이었다. 물탱크에서 탈출하는 마술로 유명해졌는데, 빈센트와 미나가 예인과 케너트의 밍크 농장에서 죽을 뻔했던 물탱크도 이와 비슷했다. 물론 이 모든 것도 그의 엄마, 그리고 엄마가 탈출하지 못했던 상자를 암시하는 것이었다. 빈센트는 뒷면의 글을 읽으려고 낡은 종이 상자를 뒤집기도 전에 이미 거기 무엇이 쓰여 있을지 예상이 됐다. 그래서 마술 키트가 1987년에 제작됐다는 것을 알게 됐을 때도 놀라지 않았다.

그 후로 더는 선물이 오지 않았고, 그도 더는 받고 싶지 않왔다. 그러나 그림자는 앞으로 다가올 날에 대해 이미 반년 전에 언급했었다.

오메가가 그리스 알파벳의 24번째 글자이기 때문이야. 24를 당신과 나, 둘로 나누면 12야. 24/12. 크리스마스이브인 거지. 미리 메리 크리스마스.

당신과 나.

크리스마스이브.

오늘은 18일. 크리스마스이브까지 아직 엿새 남았다. 그 사람이 무슨 계획을 가지고 있든, 그날 시작될 것이다. 그의 오메가가. 그런데 빈센트는 그게 무슨 뜻인지 아직도 몰랐다.

그는 벽에 걸린 선물들을 다시 쳐다봤다.

쿨에이드 레코드. 미나와 그가 사이비 종교에 대해 알아보려고 만난 전문가는 존스타운의 구성원들이 독이 든 쿨-에이드 상표의 포도 주스를 마시고 집단 자살을 했다고 설명했었다. 노바의 추종자들도 외스트라 레알 고등학교에서 이와 비슷한 행위를 실행했었다.

손에 넣기 힘든 해적판. 음악 스타일이 그의 취향과 100퍼센트 일치하지는 않았지만, 어쨌든 빈센트가 음반을 수집한다는 것을 누군가 알고 있다.

경찰차. 미나를 암시하는 것일 수도 있다.

마술 초보자 세트 마술 키트. 그러니까 그림자는 빈센트가 어릴 때 마술 트릭을 좋아했고, 성인이 되어서는 미나와 함께 후디니의 물탱크에서 죽을 뻔했다는 사실을 알고 있다.

연관성은 명백했다. 배후에 누가 있든, 그 사람은 빈센트의 인생사뿐 아니라 그가 경찰과 함께 일한다는 것도 알고 있었다.

이제 정말 미나에게 말할 때가 됐다. 이미 오래전에 말했어야 하지만, 반년 전에 메시지와 테트리스 퍼즐을 받은 이후 그의 안에서 말하지 못하게 그를 막았다. 내면의 목소리가 이제부터 닥칠 일은 그가 스스로 초래한 것이라고 나지막하게 속삭였다. 그림자는 그것이 진실이라고, 정말 그의 잘못이라고 했다.

문제는 그가 무슨 잘못을 했는가였다.

*

"터널에서 어땠어요?"

미나는 밀다의 조수 로케의 연민 어린 음색이 짜증스러웠지만, 그냥 어깨만 으쓱하고 말았다. 그녀는 자신의…… 독특한 방식이 대화 주제가 되는 일에 익숙했다.

"일할 때는 불안을 제어할 수 있어요."

미나가 싸늘하게 대꾸했다. 로케는 그녀의 말을 이해한 것 같았다.

"우리 일도 그래요."

그가 말했다.

"일할 때는 한 걸음 물러서지요. 우리 앞에 사람이 놓여 있다는 사실을 잊지 않으면서도, 감정에 압도당하지 않게 거리를 둔답니다."

"맞아요, 정확해요."

미나는 그에게 미소를 지었다. 입이 무거운 밀다의 조수와 이렇게 길게 이야기를 나눠 본 적이 없었다.

"밀다는 금방 올 거예요. 전남편이랑 통화 중인 것 같아요."

로케는 소독된 쟁반에 부검 도구들을 세심하게 정리하면서 사과하듯 말했다.

"괜찮아요. 기다릴 수 있어요."

미나는 로케가 길고 가는 손가락으로 정확한 위치에 도구들을 분류해 놓는 것을 홀린 듯이 바라보며 말했다.

이윽고 적막한 벽에 침묵이 메아리쳤다. 미나는 이 정적을 깰 방법을 열심히 생각했다.

"앞으로 진로는 어떻게 할 거예요? 검시관으로 자리를 얻으려고요?"

미나는 자기 뺨을 후려치고 싶었다. 10대를 대하는 선생님처럼 말하다니. 쟁반에 조심스럽게 부검용 메스를 내려놓는 로케의 얼굴에 미소가 스쳤다.

"보통은 그렇죠."

그가 대답했다. 미나는 그가 금속제 도구를 아무 소리도 나지 않게 하나씩 내려놓는 모습에 놀랐다.

"하지만 저는 야망이 크지 않아요. 지금에 만족해요."

그가 어깨를 으쓱하며 말했다. 미나는 아까보다 더 흥미로운 표정으로 그를 바라봤다. 만족이라니, 자주 듣기 힘든 단어였다.

"저는 잘 지내고 있거든요. 잘 작동하고 있는 균형을 깨뜨릴 필요는 없잖아요. 저는 제가 지금 하는 일이 마음에 들어요. 더 높은 직급도, 더 많은 수입도 필요 없고요……. 혹시 들으셨는지 모르겠는데, 전 유산을 상속받았어요. 돈 많은 부검실 조수인 거죠. 특이한 경우라 그런지 소문이 꽤 많이 돌아요. 저는 원하는 건 모두 가졌어요. 이런 말을 할 수 있는 사람은 많지 않죠. 만족은 귀한 재산이에요. 그래서 저는 그걸 선물이라고 생각하고, 저의 행운을 소중히 여길 줄 알아요. 야망은 모든 것을 뒤죽박죽으로 만들 거예요."

미나는 말이 없었다. 지금 들은 이야기를 소화하기 바빴다. 그가 여러 문장을 연거푸 말했다는 사실도 더할 나위 없이 놀라웠다. 게다가 보기 드물게 자신감 있는 말투로, 다른 한편으로는 오랜만에 들어 보는 현명한 말이기도 했다. 미나는 스스로 얼마나 만족하는지 궁금해졌다. 자신의 삶에, 자신의 존재에.

"뼈가 놀라울 만큼 좋아 보이네요."

로케가 감탄하며 뼈를 바라봤다. 미나는 적절한 대답을 찾아 머릿속을 뒤졌지만 찾지 못했다. 그는 뼈를 가리키며 말을 이었다.

"보세요. 완벽하게 깨끗해요. 생물학적 흔적이 전혀 없어요. 살은 한 점도 없이 다 사라졌고요. 정말 드문 일이죠. 약간 이상하기도 하고…….."

"안녕! 늦어서 미안해요! 짜증 나는 일이…… 좀 있었어요. 하지만 이제 괜찮아요. 터널에서 발견된 사람이 누구인지 대강 짐작한다고 들었어요. 굉장한데요."

밀다가 들어와서 부검 도구가 놓인 쟁반 옆의 로케 자리를 넘겨받았다. 로케는 조심스럽게 물러났다. 미나가 뼈를 가리키며 고개를 끄덕였다.

"저기 허벅지 뼈에 금이 보이죠. 4개월 전에 실종된 유명 인사가 있어요. 욘 랑세트라고, 그 사람이 몇 년 전에 에베레스트산을 등반하다가 추락한 적이 있거든요."

"아, 그래. 생각나요. 그 사람을 구조하다가 셰르파 한 명이 사망해서 논란이 되지 않았던가요?"

"맞아요. 그가 실종된 후에 그 이야기도 다시 회자됐어요. 그래서 허벅지 경부에 치유된 골절 자국을 발견하고 바로 알아챘죠. 물론 내가 착각하는 걸 수도 있어요. 다리가 부러진

적이 있는 사람은 많으니까요. 하지만 최소한 조사해 볼 수는 있잖아요."

밀다가 고개를 끄덕였다.

"얘기 들었어요. 일단 치과 법의학자에게 연락해서 치아 사진을 찍으러 오라고 할게요. 차트와 일치하는 게 나올지도 모르죠. 그 사이에 나는 해골을 살펴보고요."

"좋아요. 내가 어디 있는지 알 테니 연락 줘요."

"모른다고 해도 어차피 곧 여기에 다시 나타날 거잖아요."

밀다가 웃으며 말했지만, 눈까지 웃지는 않았다. 피곤해 보이는 밀다에게 미나는 무슨 일이 있는지 물어보려다가 그만뒀다. 사생활 문제는 부담스러웠다. 미나는 문을 닫기 전에 밀다가 잠깐 피곤한 표정으로 부검 작업대에 몸을 기대는 모습을 지켜봤다. 그러다 밀다는 정신을 차리고 라텍스 장갑을 집어 들었다.

*

사라 테메릭이 컴퓨터에서 눈을 들었다. 국가작전부에서 그녀와 가장 가까운 동료 테레사가 앞에 서 있었다. 미국에 가기 전 사라는 테레사의 상사였다. 그때 이후 두 사람에게 업무상으로 몇 가지 변화가 있긴 했지만 사라는 여전히 테레사를 가장 신뢰했다.

"질산 암모늄에 대해 아는 거 있어?"

테레사가 말을 돌리지 않고 바로 질문했다. 사라는 어안이
벙벙해서 눈을 질끈 감았다.

"음, 일종의 소금이지."

그리고 타자를 오래 치는 바람에 뻣뻣해진 양팔을 옆으로
뻗었다.

"질소가 아주 많이 함유되어 있어서 비료로 사용해. 가열하
면 웃음 가스라고도 불리는 아산화 질소가 발생하지. 그런데
질산 암모늄은 농도가 높으면 폭발 위험이 있기 때문에 비료
를 생산할 때는 대부분 희석하고……."

그러다 테레사가 말을 꺼낸 의도를 깨닫고 입을 다물었다.
더 빨리 생각해 낼 수 있었는데.

"미안."

사라가 한숨을 내쉬었다.

"이번 여름에 재커리와 리아한테 스웨덴 농가 체험을 시켜
줘야 할지 고민하던 중이었어. 농가가 아직 남아 있을 때 말
이야. 그래서 비료를 연상했나 봐. 여기 국가작전부에서 우리
가 하는 일은 비료랑 관련이 없지."

사라는 노트북을 덮고 팔꿈치를 괴고는 손에 턱을 올렸다.
미국인 전남편은 이 자세를 '관심을 끄는 포즈'라고 표현했다.

그는 모든 것에 개념을 붙였지만, 왜 자신이 미국에 남기로 결정했는가에 대해서는 설명하지 못했다.

"질산 암모늄은 사제 폭탄 제조에 자주 사용돼."

사라가 말을 이었다.

"가연성 물질과 결합하면 폭발 위험이 엄청나게 증가하거든. 그래서 폭탄이 더 큰 피해를 입히지. 또 산화제이기도 해. 폭발하지 않더라도 불길에 산소를 공급하는 역할을 해서 화재를 진압하기 어렵게 하지. 폭탄으로는 ANPP라고 불리는 기술적 질산 암모늄과 순수 질산 비료 N34가 모두 사용될 수 있고 말이야. 맞지?"

테레사가 싱긋 웃었다.

"에이 플러스. 당신이 왜 내 상사였는지 다시금 깨달았어."

"갑자기 왜 물어본 건데?"

테레사가 사라의 사무실 문을 닫았다.

"남부 지역의 농업 용품 도매업체 여러 곳에서 도난 사건이 발생했다는 정보가 들어왔어."

그녀가 나지막하게 말했다.

"비료부터 떠올린 것도 이상한 일이 아냐. 거기서 도난당한 게 질산 암모늄이거든. 다 해서 10톤. 이 정도 양이면 우리 국가작전부가 주목할 만하잖아. 2015년에 중국 톈진에서 발생한 대규모 폭발 기억나? 폭발 원인이 질산 암모늄이었어."

사라도 잘 기억하고 있었다. 당시 폭발 장면이 오랫동안 뉴스에 나왔고, 인터넷에는 더 오래 돌아다녔다.

"그땐 800톤이 폭발했잖아. 지금 우리가 찾는 건 10톤이고."

"맞아. 하지만 그때는 가공하지 않은 질산 암모늄이었어. 그런데도 우주에서까지 폭발이 보였지."

사라는 휘파람을 휘익 불었다.

"그리고 항구의 외진 구역이었는데도 수천 명이 다치거나 사망했어. 하물며 폭발물로 가공된 질산 암모늄 10톤이라니. 그것들이 건물들이 밀집된 지역에서 어떤 일을 벌일 수 있을지, 나는 절대 알고 싶지 않아. 도시에서 터지기라도 하면 살아남는 게 별로 없을 거야."

"질산 암모늄 10톤을 훔칠 만한 다른 이유는 없을까? 꼭 폭탄이어야 하나?"

"생각나는 다른 이유 있어? 나는 어느 농부가 비료 살 돈을 아끼려고 그랬다고는 상상하지 못하겠어."

테레사의 말이 옳았다. 사라는 이마를 찌푸린 채 앞을 노려봤다. 폭탄 위협은 새로울 것이 없었다. 스웨덴의 모든 대도시와 몇몇 소도시는 정기적으로 그런 협박을 받았다.

하지만 지금은 달랐다. 협박은 없었다. 테레사의 의심이 옳다면 지금 한 명 또는 여러 명의 범인이 숨어서 폭탄을 제조하는 중일 것이다. 협박보다 훨씬 안 좋은 상황이었다. 범인들이 진지하게 범행을 계획한다는 뜻이었으니까.

"크리스마스에는 다른 걸 받고 싶었는데."

사라가 말했다.

"하지만 닥친 일을 할 수밖에 없지. 폭탄을 어떻게 찾아야 할까?"

*

요즘 늘 그랬다. 회의실에 모이면 분위기가 이상했다. 다들 뭔가 빠졌다고 느꼈다. 아니, '누군가' 빠졌다. 지금까지 페데르의 의자에 앉은 사람은 아무도 없었다. 텅 빈 의자는 상실을 떠올리게 했다.

율리아는 차례로 들어오는 다른 팀원들을 신중한 표정으로 바라봤다. 아담은 제외하고. 지난여름 페데르가 사망한 후에 율리아는 자기 자신을 포함하여 모든 팀원을 트라우마 치료 상담에 보냈다. 하지만 그게 크게 도움이 됐는지는 확신할 수 없었다. 본인의 경험에 비춰 볼 때는 전혀 도움이 되지 않았다. 주먹으로 명치를 맞는 듯한 슬픔을 여전히 느꼈다.

책임은 결국 팀장인 본인에게 있었다. 경찰에서는 위계질서와 책임 체계를 명확히 했다. 율리아는 며칠이나 밤을 지새우며 사건 과정을 하나씩 차례로 되짚었고, 페데르의 죽음을 막을 수 있었는지 스스로에게 되물었다. 하지만 아무리 머리가 깨지게 고민해도, 다르게 행동할 수는 없었다는 결론에 이르렀다. 내부 조사에서도 같은 결론이 나왔다. 그러나 그 사실이 슬픔을 극복하는 데 도움이 되지는 못했다. 율리아는 허리를 곧게 펴고 헛기침을 했다.

"좋아, 다 모였네."

율리아는 화이트보드로 다가갔다.

"일단 우리가 어떤 종류의 범죄를 수사하는 건지 정확하게 모른다는 점부터 짚고 넘어가야겠어. 망자의 안식 방해에는 확실하게 해당되지만, 과실 치사나 살인과 어느 정도 관련이 있는지는 아직 몰라. 그러니 일단 결말을 열어 두고 접근하자고. 알겠지?"

보세가 터덜터덜 걸어와 율리아 옆에 엎드렸다. 그리고 애원하듯이 쳐다보자 그녀는 미소를 지으며 주머니에서 간식을 꺼냈다. 율리아와 개 사이에는 그들만의 합의가 있었다.

간식을 얻은 보세에게 그녀는 크리스테르의 발을 가리켰다. 보세가 바로 그 지시에 따랐다. 율리아는 화이트보드에 붙여 둔 사진을 진지한 표정으로 가리켰다. 사진 아래에 이름이 쓰여 있었다.

"욘 랑세트는 8월 10일부터 실종 상태였어. 그러니까 정확하게 4개월 8일 전부터. 41세, 투자 회사인 콘피도의 대표이

자 공동 출자자였어. 언론은 그의 실종을 자세하게 보도했는데, 특히 욘이 콘피도의 불법 행위 의혹으로 경찰 수사를 받기 전에 외국으로 도주했을 거라고 추측했었지."

"빌어먹을 경제 사범 놈들."

크리스테르가 투덜거리며 보세의 귀 뒤를 긁어 줬다.

"선량한 사람들이 모은 돈을 빼앗는단 말이야."

"크리스테르, 개인 의견은 속으로만 생각해 주세요."

율리아가 싸늘하게 말하고 팔짱을 꼈다.

아담 쪽으로는 여전히 눈길을 돌리지 않았다. 몇 시간 전에 그의 나체가 자기 몸 위에 있었다는 사실을 사람들이 알아볼 것만 같았다. 그 이후로 계속 얼굴에 열정과 죄책감이 크게 쓰여 있는 것 같았다. 아담은 그녀가 평소와 똑같이 싸늘하고 엄격한 얼굴이라고 매번 안심시켰다. 아마 그의 말이 옳을 것이다. 율리아는 사람 마음을 책 보듯 훤히 읽는 불쾌한 능력을 지닌 빈센트 발데르와 같은 공간에 있지 않는 한, 자신의 비밀을 들킬 일은 없을 거라 믿고 싶었다.

"욘 랑세트는 이 나라를 떠난 게 아니었어."

율리아가 말을 이었다.

"지하철 터널에서 발견된 뼈가 그의 것이라는 사실이 확인됐어. 미나, 잘했어. 허벅지 골절 흔적이 에베레스트 사고 때의 엑스레이 사진과 일치해. 그리고 치아도 랑세트의 치과 의사에게 있는 엑스레이 사진과 일치한다고 밀다가 알려 왔고."

"어제 내가 찾아갔을 때 밀다의 조수 로케가 흥미로운 점을 찾아냈어."

미나가 말했다.

"뼈가 이례적으로 깨끗하다는 거야. 그게 발견 장소와 관련이 있는지 의문이야. 혹시 터널에서 쥐들이 뼈를 갉았을까?"

"그렇다면 깨문 자국이 보여야겠지. 보고서에 그런 말은 없었어."

율리아가 대답했다.

"그런데, 그 지저분한 지하 묘지에는 어떻게 들어갔어?"

루벤이 웃음을 터트렸다. 미나가 매섭게 쏘아봤지만 그는 흔들리지 않았다.

"쥐를 보기는 했어? 내가 듣기로는 그 아래 사는 쥐들은 이렇게 간격이 넓다더라."

그러고는 엄지와 검지를 10센티미터쯤 벌렸다.

"양쪽 눈 사이가 말이야."

"미안, 난 또 네 성기 길이를 말하는 줄 알았네."

미나가 나른한 목소리로 대답했다. 크리스테르가 코로 커피를 뿜고는 비명을 질렀다.

"아야!"

율리아는 한숨을 내쉬었다.

"정신 차리고 집중 좀 해 줘."

그리고 루벤과 미나를 노려봤다.

"두 사람은 욘 랑세트의 아내를 찾아가. 크리스테르는 관련 자료가 있는지 문서를 찾아봐 주세요. 아담은 콘피도 수사 팀의 팀장과 얘기해 보고. 페데르 너는……."

율리아는 말을 하다가 멈췄다. 빌어먹을, 내가 지금 뭐라고 했지? 눈에 눈물이 차올라 팀원들에게서 얼른 등을 돌렸지만, 어차피 이미 늦었다는 걸 스스로도 알고 있었다. 회의실의 침묵에 귀가 먹먹해졌다. 율리아는 침을 꿀꺽 삼키고 다시 몸을 돌렸다. 그리고 페데르의 빈 의자를 보지 않으려 눈길을 피했다.

"이제 다들 나가 봐."

그녀가 잠긴 목소리로 말했다.

팀원들이 회의실에서 나간 후 율리아는 페데르의 자리로 천천히 걸어가 한 손을 의자 등받이에 올렸다. 세쌍둥이가 태어난 뒤로 그가 피곤해서 눈도 제대로 뜨지 못하던 모습이 눈앞에 나타났다. 그런데도 그는 항상 유쾌했고, 마음이 열려 있었다. 페데르가 남긴 공백은 앞으로도 사라지지 않을 것이다. 그럼에도 팀원들은 그 없이 업무를 계속해야 했다. 일은 배려를 몰랐다.

율리아는 한숨을 내쉬고 자기 사무실로 향했다. 급히 기자 회견을 준비해야 했다. 욘 랑세트의 사망 소식에 언론이 벌떼같이 달려들 테니까. 적어도 하이에나들을 통제할 시도는 해야 한다. 페데르 생각은 일단 미뤄 두고.

*

그들은 터널을 달렸다. 칠흑처럼 어두웠지만 그들은 구석구석 안팎을 속속들이 알고 있었다. 언제 열차가 오는지, 벽에 몸을 붙이거나 벽의 턱에 올라서거나 통로들 중 하나로 들어가 숨을 시간이 얼마나 남았는지 다 알았다.

아이의 뒤에서 발소리가 점점 더 가까이 다가왔다. 아이는 이제 온 힘을 다해 달렸다. 신발 바닥이 울퉁불퉁한 땅을 거칠고 빠르게 디뎠지만, 얼마 지나지 않아 아이는 목덜미에 숨결을 느꼈다.

아이는 걸음을 멈추었다. 그리고 이제 곧 일어날 일을 간절히 기다렸다. 포옹을 고대했다. 낯익은 팔이 뒤에서 자기를 꽉 안고, 까칠까칠한 수염이 보드라운 자기 뺨에 닿기를 기다렸다.

"자! 잡았다!"

기대했던 대로 아빠가 아이를 안았다. 가슴에 폭 안기자 아빠가 입은 큰 재킷의 부드러운 가죽이 느껴졌다. 아빠는 습기와 담배 냄새, 그리고 화덕 주변에 언제나 흐린 안개처럼 떠있는 들큼한 냄새를 풍겼다. 아빠 냄새였다.

"자, 이제 그만 놀고 먹을 것을 구하러 가자."

아빠가 아이를 놓아주었다.

"배가 꼬르륵거리네."

아이는 마지못해 고개를 끄덕였다.

위로 올라가는 건 내키지 않았다. 그곳은 너무 환하고 너무 시끄러워서 소음과 온갖 형상에 쫓기는 느낌이었고, 사람들은 모두 그들을 빤히 노려봤다. 아이는 안전하고 사랑받는다는 기분을 느낄 수 있는 아늑한 지하에 머물고 싶었다.

자기와 같은 사람들이 있는 이곳에.

하지만 뭔가 먹을 게 필요하다는 것도 알았다.

위쪽 쓰레기통에는 점심시간이 지난 직후에 음식 찌꺼기가 제일 많았다. 생일에 받은 손목시계가 오후 2시를 가리켰다. 서둘러야 했다.

아이는 아빠의 손을 잡았다. 아빠와 함께 있는 한 위쪽도 별로 섬뜩하지 않았다.

*

"쥐 이야기는 그냥 농담이었어. 알지?"

미나가 커브를 돌자 루벤은 문 위쪽 손잡이를 움켜쥐었다. 차에 탄 후로 둘은 한 마디도 주고받지 않았다. 그는 더 이상 미나의 화를 돋우지 않으려고 조심스럽게 한숨을 내쉬었다. 세상에는 유머를 이해하지 못하는 사람이 많고, 미나 역시 그런 사람이라는 사실을 그는 결코 깨치지 못할 것이다.

"저기 주차장이 있어."

그가 주차할 공간을 가리키자 미나는 재빨리 그곳으로 들어갔다. 그들이 찾는 주소는 나르바베겐에 있었다. 물론 그렇겠지. 루벤이 속으로 비꼬았다. 더러운 경제 사범들은 다들 외스테르말름에 사니까.

"계속 삐쳐 있을 거야, 아니면 이제 일을 할까?"

내리면서 루벤이 물었다. 그는 미나의 의무감에 호소하는 것이 얼마나 효과적인지 경험으로 알고 있었다. 미나에게 의미 있는 것이라고는 직업뿐인 듯했다. 그는 미나와 빈센트가 잠자리를 했는지 여전히 궁금했지만 그렇게 상상하기는 어려웠다. 미나를 섹스와 연관해서 생각할 때면 커다란 비닐 시트와 비닐장갑이 떠올랐다.

"삐친 거 아니야."

미나가 대답했다.

"그저 말할 기분이 아니었을 뿐이지. 일은 당연히 할 거고."

그리고 랑세트의 이름이 쓰인 표지판을 찾아 초인종을 눌렀다. 몇 초 후 문에서 지잉 소리가 울렸다. 품격 있는 입구의 안내판을 확인해 보니 랑세트 가족은 꼭대기 층에 살았다. 당연하게도.

"빌어먹을, 이런 데서 사는 거 상상해 본 적 있어?"

루벤은 대리석과 황금 장식을 마주하고 밀려오는 시기심을 겨우 억눌렀다.

"내 취향은 아니야."

미나가 싸늘하게 말하고 엘리베이터에 탔다. 루벤은 격자문을 닫고 버튼을 눌렀다. 엘리베이터가 무서울 만큼 심하게 삐거덕거리는 소리를 내며 서서히 움직였다. 7층 현관문이 열려 있었다. 포니테일의 금발 여성이 걱정스러운 표정으로 두 사람을 바라봤다. 루벤은 본능적으로 이 여자를 침대로 끌어 들이기 어려울까 하는 생각을 하며 격자문을 열었다.

"욘에 관한 일인가요?"

여자가 옆으로 한 걸음 비켜서며 두 사람을 집에 들여보냈다.

입구도 무척 인상적이었다. 반짝이는 쪽매널 마루를 깐 거대한 현관이 여러 개의 문과 이어졌다. 천장에 달린 샹들리에는 루벤의 거실보다 커 보였다.

"전화로는 방문 이유를 설명하지 않았잖아요. 무슨 일이죠? 욘을 찾았나요? 어디 있어요?"

걱정스러운 표정이 분노로 바뀌었다. 여자는 패들테니스 경기를 할 수 있을 만큼 넓은 거실로 그들을 안내했다.

"나는 욘이 토꼈다는 걸 내내 알고 있었어요."

여자가 말을 이었다.

"나와 아이들만 버려두고 갔다고요. 아마 천박한 어떤 계집 년 때문이겠죠. 여자 셋이 여기로 전화해서는 내 남편과 연애 중이라고 말하더군요. 전화한 것만 세 명이면 실제로는 얼마 나 많을지 계산이 나오겠죠."

여자가 커다란 흰색 소파를 가리켰다. 루벤이 앉으니 족히 10센티미터는 쑥 들어갔다. 구름에 앉은 것 같았다.

"요세핀, 맞죠?"

미나도 자리를 잡았다.

"네, 죄송해요. 요세핀 랑세트입니다. 그게 나예요."

그녀가 폭포수처럼 말을 쏟아 내는 바람에 두 사람은 자기 소개를 할 틈이 없었다. 루벤은 요세핀 랑세트가 랄프 로렌 광고에서 튀어나온 것 같다는 생각을 지울 수가 없었다. 반짝 이는 금발, 완벽한 포니테일로 묶은 머리. 한 재산 떼어 줬을 법한 청바지에 값비싸 보이는 흰색 셔츠를 집어넣어 입었다. 그 아래는 틀림없이 시몬 페렐 란제리 차림이겠지. 그는 여자 의 포니테일을 꽉 잡고 뒤로 하는 모습을 훤히 상상할 수 있 었다. 그러다가 엄청나게 화가 난 아만다의 얼굴이 떠올라 힘 겹게 침을 꿀꺽 삼켰다. 정신을 차려야 했다.

"자, 그래서 욘이 지금 어디 있어요?"

요세핀이 다른 소파에 앉으며 물었다.

"케이맨 제도? 아니면 바하마? 두바이? 빌어먹을, 난 어떤 나라가 스웨덴과 범인 인도 협정을 맺지 않았는지조차 몰라요. 하지만 두바이가 그이 마음에 들 거예요. 거기서 가족 휴가를 몇 번 보냈거든요. 팜 아일랜드 원 앤드 온리에서. 그 사람 지금 거기 있어요?"

미나는 루벤을 흘낏 쳐다봤다.

"그분을 찾아내긴 했습니다. 두바이는 아니고요. 저흰…… 그분의 유해를 발견했습니다. 안타깝게도 남편분이 돌아가셨다는 소식을 전합니다."

거대한 집이 쥐 죽은 듯 조용해졌다. 둔탁하게 윙윙대는 소리만이 다른 방에서 진공청소기로 청소 중이라는 사실을 알려 주었다. 요세핀은 몸을 웅크리고 창밖을 노려봤다. 루벤도 같은 방향을 바라봤다. 눈 덮인 나무들 뒤편으로 오스카르 교회의 윤곽이 보였다. 루벤은 그곳에 스웨덴에서 가장 큰 교회 오르간이 있다는 말을 어디선가 들었다. 왜 어떤 일들은 유독 기억에 잘 남는지 모르겠다.

"나는…… 남편에게 무진장 화가 나 있었어요."

요세핀의 목소리가 달라졌다.

"남편은 온갖 빌어먹을 것들을 남겨 두고 나를 떠났거든요. 혼자 세 아이를 데리고 있고, 차압 집행관과 검찰은 목덜미를 잡고, 언론에서는 남편과 이른바 그의 친구라는 사람들을 희대의 사기꾼으로 묘사하는 뉴스가 쏟아지고요. 이 동네에서는 다들 나를 빤히 노려본답니다. 칼손스 초등학교의 다른 학부모들은 이제 나와 대화도 하지 않아요. 그리고 여기 전화를 거는 여자들까지……. 나는 그이가 정말 토꼈다고 생각했어요. 너무 화가 났거든요. 하지만 동시에 사랑하기도 하고……."

요세핀은 울음을 터트렸다.

당황한 루벤이 소파에서 이리저리 몸을 뒤척였다. 섹스 생각은 순식간에 사라졌다. 우는 여자들은 언제나 소름 끼치게 무서웠다.

"욘에게 적이 있었나요?"

미나가 재킷 주머니에 든 팩에서 휴지 한 장을 뽑았다.

"확실히 있었겠죠. 어쨌든 그는 수십억 크로나 사기에 연루됐으니까요."

요세핀이 미나의 손에서 휴지를 건네받았다.

"검찰의 생각은 다르겠지만, 나는 그 사람 사업에 대해 잘 몰라요. 남편은 밖에서 일을 했고, 나는 엄마이자 주부였어요. 각자 일하는 분야가 있었죠. 일이 어떤지 물으면 언제나 '좋아'라고만 대답했고, 그걸로 끝이었어요. 내가 당신이라면 차라리 욘의 동료들에게 물어보겠어요."

그녀는 요란하게 코를 푼 후에 사용한 휴지를 탁자에 올려놨다.

"혹시 그를 노리는 사람이 있었을까요?"

루벤이 조심스럽게 물었다.

"예를 들어 그가 버린 여성들 말입니다."

요세핀 랑세트는 콧살을 찌푸렸다.

"여기 전화한 여자들은 기껏해야 스무 살 정도였고, 별로 똑똑하지도 않은 것 같았어요. 나는 욘을 잘 아는데, 다들 그냥 우연히 만나서 재미나 본 관계였을 거예요. 그런데 그이가 어떻게 죽었나요?"

"사실 그게 문제입니다."

루벤이 대답했다.

"아직 확인이 안 돼서요. 범죄에 희생됐을 가능성도 배제할 수 없습니다."

요세핀은 치아 사이로 날카롭게 숨을 들이쉬고는 다시 울기 시작했다.

"충격이 크시겠지요."

미나는 휴지 한 장을 더 꺼냈다.

"뭐든 생각나시는 대로 말씀해 주시면 수사에 도움이 될 수 있습니다."

루벤은 미나가 새 휴지를 요세핀에게 건네면서 탁자 위에 놓인 젖은 휴지에서 눈을 떼지 못하는 모습을 지켜봤다.

"모르겠어요."

요세핀이 대답하고 다시 코를 풀었다.

"사라지기 몇 주 전에 상당히 이상하게 행동하긴 했어요. 어떻게 표현해야 할지 모르겠는데, 누군가 자기를 쫓고 있다는 망상에 시달리는 것 같더라고요. 계속 커튼 뒤에 서서 거리를 내려다보고, 밤에 초조하게 집 안을 이리저리 걸어 다니기도 하고요. 바깥에 있을 때면 계속 주위를 두리번거렸어요. 하지만……."

요세핀은 어깨를 으쓱하고 말을 이었다.

"하지만 아마 곧 기소를 당할 상황이라 그랬을 거예요. 어쨌든 나는 그렇게 생각했어요. 구스타프 말로는 다들 엄청난 압박을 받고 있다고 했거든요. 그래서 남편이 언론을 피하려고 그러나 보다고 짐작했어요."

"구스타프가 누구죠?"

루벤이 물었다.

"구스타프 브론스, 욘의 동료예요. 그 사람도 공동 출자자고요. 우린 사이가 좋았어요. 그 사람은 욘이 나에게 하지 않는 얘기도 알려 주곤 했지요. 우리가…… 뭐, 그건 중요하지 않아요."

"욘의 태도가 달라졌을 때 요세핀 씨는 어땠나요?"

미나가 물었다. 요세핀은 바닥을 내려다봤다.

"기분이 좋지는 않았죠. 그가 사라지기 바로 전 주말에 나는 혼자 시간을 좀 보내려고 엘러리 비치 하우스 호텔에 객실을 하나 빌렸어요. 그러니 지금 내가 얼마나 양심의 가책을 느끼고 있을지 짐작이 가겠죠."

그녀는 아까 사용한 휴지 옆에 또 휴지를 내려놓았고, 루벤은 미나가 잠시 눈길을 돌리는 모습을 지켜봤다.

"이제 어떻게 되나요?"

요세핀이 두 사람을 번갈아 바라봤다. 루벤이 헛기침을 한 후에 대답했다.

"검시관이 조사를 마칠 때까지 저희가…… 욘을 데리고 있을 겁니다. 그 후에 요세핀 씨가 시신을 인계 받아서 필요한 모든 조치를 취하실 수 있습니다."

"그가 어디서 발견됐죠?"

"지하철 터널에서요."

미나가 대답했다. 요세핀은 당황한 표정이었다.

"지하철 터널이요? 욘이 거기에 무슨 볼일이 있다고? 평생 지하철이라고는 타 본 적이 없는 사람인데요."

아이고, 맙소사. 루벤이 생각했다. 세상에 이런 사람들이 다 있네.

"저희도 아직 모르는 게 많습니다."

미나가 말했다.

"그리고 지금 알고 있는 내용도 수사에 방해가 될 우려가 있어 설명해 드릴 수 없고요. 욘이 발견됐다는 사실이 알려지면 언론에서 달려들 겁니다. 저희가 강요할 수는 없지만, 요세핀 씨도 조심하시길 부탁드립니다."

"그럼요. 그 하이에나들이 우리 삶을 몇 달이나 지옥으로 만들었는데요. 그 사람들에게는 절대 말하지 않을 거예요."

요세핀이 단호한 표정으로 대답했다. 그러고는 두 사람을 문까지 배웅하고, 헤어질 땐 놀랄 만큼 강하게 힘을 주어 악수를 했다.

좁은 엘리베이터가 덜컹거리고 삐걱대며 여섯 층을 내려오는 동안 미나는 소독제를 양손에 문질렀고, 루벤은 요세핀 랑세트의 엉덩이를 떠올리려고 했다. 하지만 히죽 웃는 두개골만 눈앞에 나타났다.

*

"보안 경찰에게 더 철저한 경호를 요청해야 합니다."

토르가 팔짱을 꼈다.

"안나 린드 장관과 의료계 유명 인사였던 잉 마리에 비셀그렌의 피살 사건을 생각해 보세요. 지난여름에 장관님이 당한 일은 말할 것도 없죠. 우리가 막아 낸 수많은 테러를 일반인들은 상상도 못 할 겁니다. 우리는 위험한 시대를 살고 있어요. 장관님, 장관님은 특히 더 위험한 상황에 처해 있고요. 경호 단계가 높아지면 우리 모두 편하게 잠을 잘 수 있을 겁니다. 눈 아래에 다크서클이 생기신 걸 보니 그러는 편이 장관님에게도 도움이 될 테고요."

"그래, 그래. 알았어, 토르."

니클라스는 어두운 표정으로 머리카락을 훑었다.

"나는 그저 생각이 다를 뿐이야. 자네는 적당하다고 간주할지 몰라도, 난 그런 보안 조치가 시행되는 삶을 견딜 수가 없어."

토르 말이 옳았다. 그는 제대로 잠을 자지 못했다. 그래서 자신의 언론 대변인이 노골적인 자신의 암시를 눈치채고 나가기를 바라며, 책상에 놓여 있던 아주 두툼한 보고서를 들고 읽는 척했다. 하지만 토르는 이런 은근한 암시를 대부분 알아채지 못했다. 이번에도 그냥 그대로 서 있었다.

"그래도 시도는 해 보시죠."

토르가 이마를 찌푸렸다.

"장관님 때문이 아니라면 최소한 나탈리를 생각해서라도 말입니다."

"당연하지. 사춘기인 내 딸이 지금보다 더 많은 경호원에게 둘러싸이게 되면 얼마나 좋아하겠어. 사생활이 무척이나 다채로워지겠지. 아이한테 지금 그런 게 있기나 하다면."

"중요한 건 아이가 무사히 살아 있는 거죠."

토르가 툴툴거리며 눈에 보이지도 않는 보풀을 옷깃에서 뜯어냈다.

둘은 사적으로 교류하는 사이가 아니었지만, 니클라스는 그의 언론 대변인의 옷장이 어떤 모습일지 또렷하게 상상할 수 있었다. 한 줄에 걸려 있는 똑같은 양복 여러 벌. 그 옆에는 하얀 셔츠들. 국경일에만 착용하는 스웨덴 국기 무늬 넥타이를 제외하고 다 똑같은 넥타이 여러 개. 아래 칸에 줄줄이 늘어선, 반짝반짝 광이 나는 비슷비슷한 모양의 검은색 이탈리아제 구두들. 토르는 다양성에 관심이 없었다. 그러나 그는 처음부터 니클라스의 편에 섰던, 믿음직스럽고 능력 있는 언론 대변인이었다. 그저 가끔 느긋해져야 할 때를 모르는 게 문제였다.

"내 딸은 내가 책임져."

니클라스가 말했다.

"자네가 걱정해 주는 건 정말 고맙지만, 이제 슬슬 짜증이 나려고 하는군. 지금 수준의 경호로 충분해. 지난여름과 같은 상황이 항상 벌어지는 건 아니야. 나도 어느 정도는 평범한 생활을 하고 싶어."

정확하게 맞는 말은 아니었다. 경호는 전혀 충분하지 않았다. 앞으로 2주간은 눈에서 레이저 광선을 내뿜는 경호원을 열 명쯤 빈틈없이 옆에 세워 두고 싶었다. 그러나 아마 그것조차 도움이 되지 않을 것이다. 그럼에도 시간은 계속 흐를 테니까.

"흠, 장관님이 상사니까 뜻대로 하시죠."

토르가 고개를 저으며 방에서 나갔다.

니클라스는 책상에 놓인 천 페이지짜리 보고서로 눈을 돌렸다. 정신을 집중할 수가 없었다. 맥박이 빠르게 뛰었다. 어제저녁 미나가 간 후에 그는 새벽까지 그대로 앉아 럼주를 마셨다. 나탈리에게는 아무 일도 없다고 말하며 몇 번이고 안심시켰다. 그러나 악몽이 두려워 잠자리에 들 엄두가 나지 않았다. 이 두려움에는 근거가 없었다. 겨우 몸을 눕혔지만 잠이 오지 않았다.

아침에 일어나서 처음 한 일은 그 번호로 다시 전화를 거는 것이었다. 자동 응답기 멘트는 여전히 똑같았다. 이제 14일이 아니라 13일이라는 점만 달랐다.

토르는 그의 다크서클을 지적했다. 하지만 다크서클쯤은 아무것도 아니었다. 니클라스는 의자에서 어떻게 일어서야 할지 몰랐다. 무력감이 강철 주먹으로 그를 움켜쥐었다. 그는 두툼한 문서 뭉치를 옆으로 치우고, 나무와 가죽으로 만든 튼튼한 책상 의자를 뒤로 밀고는 긴 다리를 책상 위에 올렸다.

재킷 주머니에 그 명함이 들어 있었다. 기이했다. 모든 것이 허무맹랑했다. 형편없는 액션 영화나 그보다 더 불쾌한 스릴러 영화에 들어가 있는 기분이었다. 현실 세계에서는 이런 일이 일어나지 않는다. 하지만 예상은 하고 있었어야 했다.

자기 삶을 새로운 조건으로 계속 이어 가겠다고 결정한 사람은 바로 그 자신이었으니까. 그는 거기서 얻은 특혜를 기꺼이 사용했다. 로센바드의 정부 청사로 가는 길까지 닦아 준 혜택들이었다.

니클라스는 명함의 부호를 자세히 살펴봤다. 그리고 인쇄된 면을 아래로 해서 책상에 내려놓았다. 벽에 걸린 전임자들의 초상이 엄한 눈길로 그를 내려다보고 있었다. 그들도 이따금 미지의 세상으로 가는 길을 택했을까? 어쩌면 비도덕적인 길을? 그리고 그 대가를 치렀을까? 어느 정도는 분명히 그랬을 것이다.

니클라스 스토켄베리가 아는 것이라고는 그저 마냥 기다릴 수만은 없다는 사실이었다. 스스로 상황을 통제하고 있다는 느낌을 얻기 위해 뭐라도 해야 했다. 먼저 가장 중요한 일부터.

니클라스는 전화기를 들었다. 그러나 심장 박동이 아직도 너무 빨라서, 그나마 평범하게 숨을 쉴 수 있을 때까지 심호흡을 해야 했다. 누구도 놀라게 하고 싶지 않았다. 그런 다음 전처의 번호를 눌렀다.

*

　빈센트는 장을 보고 돌아왔다. 현관문을 여는데, 거실에서 자기 목소리가 들려왔다. 집에 들어가기 전에 신발의 눈을 털고 현관에 벗어 둔 후 외투를 걸었다. 그리고 장 본 것을 부엌으로 가지고 갔다. 목소리가 계속 들려왔다. 거실로 들어서니 그 이유를 알 수 있었다. 베냐민과 레베카가 소파에 앉아 있고, 텔레비전 화면에는 빈센트가 나오고 있었다. 그는 조수 역할을 할 금발 여성을 무대로 막 끌어 올린 참이었다.

　"당신에게 개인적으로 의미가 있는 숫자 하나를 생각하세요."

　화면 속 빈센트가 여자에게 종이 묶음과 펜을 건넸다.

　"거기에 숫자를 쓴 다음 아무도 못 보게 들고 계세요. 특히 내가 못 보게 말이죠."

　빈센트는 얼굴을 찌푸렸다. 그가 경찰과 공조한다는 사실이 알려진 후, 스트리밍 서비스 비아플레이에서 그의 쇼를 스트리밍하기 시작했다. 베냐민과 레베카는 지금 그의 첫 번째 공연을 보는 중이었다.

　"너희들, 그걸 왜 봐?"

　그가 물었다.

　"그리고 레베카 넌 지금 학교에 있어야 하지 않아?"

　"아빠 부끄러워하라고."

레베카가 화면에서 눈을 떼지 않은 채 대답했다.

"왜 항상 여자만 무대로 데리고 나와? 성차별적이야. 그리고 난 오늘부터 크리스마스 방학이야. 그냥 알고나 계시라고 말씀드리면 아스톤은 이틀 후에 방학 시작이고."

"언제나 그러지는 않아."

그가 변명했다.

"가끔은 남자도 무대로 불러. 하지만 감정 면에 있어서는 여자가 훨씬 나아. 남자와는 달리 여자는 자신의 감정을 드러내는 걸 별로 두려워하지 않거든."

"아빠, 나 지금 구역질이 나려고 해."

레베카는 충격을 받은 것처럼 보였다.

그는 어깨를 으쓱했다. 그의 견해가 시대에 맞지 않을지는 몰라도, 무대에서는 대체로 사실이었다.

TV 속의 빈센트는 1분도 안 되어 눈앞의 여자를 꿰뚫어 봤다. 그는 작은 칠판을 꺼내 16개의 숫자를 네 줄에 나누어 썼다.

아, 그 공연. 그는 저 트릭을 한동안 완전히 잊어버리고 있었다.

"별로 감정이 필요한 것처럼 보이진 않는데?"

레베카가 말했다.

"아빠 쇼의 클라이맥스가 수학 수업이었다니."

"저건 '마방진'이야. 기원전 190년에 중국에서 만들어진 거지. 그때는 3행, 3열이었는데 내 쇼에서 사용한 마방진은 조금 더 복잡해. 인도에서 이런 변형된 마방진이 나오기까지는 약 800년이 더 걸렸어."

"아이고, 이젠 역사 수업이네."

레베카가 한숨을 내쉬었다.

"내 말을 못 알아들으셨나 본데, 난 지금 방학이라고."

"너희들도 예전에 마방진을 본 적이 있어."

빈센트가 환하게 웃었다.

"잠깐 기다려 봐. 우리가 바르셀로나로 여행 갔을 때 찍은 사진 앨범을 가지고 올 테니."

지금은 방학이라는 레베카의 말이 맞기는 하지만, 딸은 바르셀로나에 갔을 때 무척 감탄하고 좋아했었다. 그러니 그는 아이의 관심을 일깨울 수 있을 것이다. 빈센트는 책장에 꽂힌 앨범을 뒤졌다. 그는 여행할 때마다 앨범을 만들었다. 넘기면서 보는 게 훨씬 편하기도 하고, 다른 한편으로는 컴퓨터에 들어 있는 5만 장의 사진 중에서는 찾으려는 사진을 절대 찾지 못하기 때문이기도 했다.

"이거다!"

그가 맞는 앨범을 책장에서 꺼냈다. 그리고 레베카와 베냐민 사이에 앉아, 가우디의 걸작인 사그라다 파밀리아 대성당이 있는 곳까지 넘겼다. 곁눈질로 보니 아이들도 관심이 있는 눈치였다.

그가 사진 한 장을 가리키며 말했다.

"이건 대성당에 많은 장식 작업을 한 조각가 수비라치의 작품이야. '수난의 파사드'도 그가 장식했어."

세부 장식을 가까이에서 찍은 사진이었다. 16개의 숫자가 체스 판 모양의 격자에 4행 4열로 정리되어 있었다.

"각 행의 숫자 네 개를 더하면 33이지."

빈센트가 말했다.

"세로로 늘어선 숫자들을 더해도 33이야. 대각선으로 더해도 마찬가지고. 네 모퉁이를 더해도 그래. 33이라는 숫자가 나오게 더하는 방법은 모두 310개야. 기독교에서 33은 예수 그리스도가 사망했을 때의 나이이기도 하지."

베냐민은 사진에 손가락으로 선을 그으며 암산을 했다.

"꽤 멋진데."

베냐민이 말했다. 빈센트는 고개를 끄덕였다. 정말로 그랬다. 수학적으로 걸작이었다. 그가 사진을 톡톡 치며 말했다.

"그게 다가 아니야. 이 사각형에는 어떤 복음이 숨어 있어. 거의 모든 숫자가 딱 한 번만 등장하는데, 반복해서 나오는 숫자가 있어. 10과 14는 두 번 나와. 반복되는 숫자를 다 더하면 48이지. 48은 라틴어 알파벳에서 I, N, R, I의 순서를 합한 숫자야."

레베카는 무슨 말인지 모르겠다는 표정으로 그를 쳐다봤다.

"INRI는 잘 알려진 대로 예수스 나자레누스 렉스 유대오룸 Iesus Nazarenus Rex Iudaeorum의 축약어야. '나사렛 예수, 유대인의 왕'이란 뜻이지. 빌라도 총독이 예수의 십자가에 새기게 한 문장이야."

빈센트는 의미심장한 표정으로 눈썹을 치켜떴다.

"으악, 세상에."

레베카가 양손으로 얼굴을 가렸다.

"사방에 멘탈리스트가 있네."

텔레비전 화면 속 빈센트는 자신이 쓴 숫자들을 네 개씩 더하면 언제나 15가 나온다는 사실을 보여 주고 있었다.

"이 숫자는 이곳에 있는 당신의 존재로 인해 나에게 찾아왔습니다."

TV에서 빈센트가 옆에 있는 여자에게 말했다.

"내가 뭘 하든 언제나 15라는 숫자가 나오는군요. 왜 하필 15인지 나는 모릅니다. 이 숫자가 당신에게 특별한 의미가 있나요?"

여자는 울기 직전이었다.

"내 인생의 동반자와 나는 15년간 결혼 생활을 했어요."

여자가 당황한 표정으로 대답했다.

"오늘이 결혼기념일이에요."

그녀가 종이 묶음을 돌리자, 빨간색으로 커다랗게 15라고 쓰여 있고 그 옆에 하트가 그려진 그림이 나타났다.

레베카가 웃음을 터트렸다.

"아빠가 어떻게 저렇게 했는지 모르겠네. 어쨌든 저건 수학 수업이야. 세상에서 가장 지독한 너드 아버지는 아마 아빠일 거야. 그런데 원래 장 본 것 정리하려고 하지 않았어?"

"베냐민, 정리 좀 도와줘!"

빈센트는 앨범을, 그리고 텔레비전에 나온 자기 자신을 가리켰다.

"진짜 멋지지. 안 그래?"

"미안, 아빠."

베냐민이 대답했다.

"레베카 말이 맞아."

"절망적이군."

빈센트는 자리에서 일어나 앨범을 책장에 꽂으며 한숨을 내쉬었다.

하지만 그는 베냐민이 그저 지루한 척할 뿐이라는 것을 알고 있었다. 그의 큰아들은 패턴과 복잡한 구조를 파악하는 능력이 있었는데, 그에게서 재능을 물려받았을 뿐 아니라 많은 면에서 그를 능가하기까지 했다.

장 본 것을 놓아둔 부엌으로 가면서 빈센트의 머릿속에 여자가 '인생의 동반자'라고 했던 말이 메아리쳤다. 그는 이 말을 아주 싫어했다. 소울메이트라는 말도 똑같이 끔찍했다. 이런 이상적인 상상은 관계에 대해 완전히 비현실적인 기대감을 불러일으켰다. 설령 그 말이 맞아서 소울메이트 비슷한 것이 실제로 있다면 상황은 더욱 나빴다. 이 경우에 그의 소울메이트는 미나였기 때문이다. 그러면 그의 삶은 더욱 복잡해질 터였다.

*

크리스테르가 책상 아래로 다리를 쭉 뻗자 보세가 언짢아하며 일어났다. 주인이 양심의 가책을 느끼며 발을 원래 자리로 돌리니 보세도 다시 앉았다. 크리스테르는 경찰 수사 데이터베이스에 로그인하고, 욘 랑세트의 실종에 대한 정보를 찾기 위해 검색창에 이름을 입력했다. 보통 희생자의 신원을 확인하는 데는 시간이 오래 걸리지만, 미나가 곧장 이름 하나를 떠올린 덕에 밀다가 랑세트의 치과 의사에게 엑스레이 사진을 요청해서 24시간 내에 랑세트의 신원을 확인할 수 있었다. 이제 가장 어려운 일이 남았다. 이 금융인이 살해당했는지, 만약 그렇다면 이유가 뭔지, 그리고 물론 범인이 누구인지를 밝혀내야 했다.

크리스테르는 눈을 가늘게 뜨고 화면을 노려봤다. 라세가 안경을 쓰라고 계속 말했지만 지금까지 그는 그 말을 거부했다. 허세 때문이 아니었다. 자신이 미남으로 태어나지 않았다는 사실을 언젠가부터 받아들였기에 허세는 이미 오래전에 내던졌다. 그게 아니라, 무서운 속도로 달려오는 시간의 모든 증거가 피할 수 없는 종말을 고통스럽게 상기시켰기 때문이다. 크리스테르 벵트손은 살면서 처음으로 죽음에 대한 공포를 느꼈다. 생전 처음 행복했기 때문이다. 이 감정은 새로울 뿐 아니라 공포심도 불러일으켰다. 하지만 가장 끔찍한 것은 이제 무언가 잃을 것이 있다는 생각이었다. 그는 라세를 향한 결정적인 한 걸음을 내딛기 위해 모든 용기를 다 그러모아야 했다. 자신의 숨겨 둔 모습도 보여 줘야 했다. 여기에는 엄청난 노력이 필요했고 지금도 그랬다.

그러니 안경은 쓰고 싶지 않았다.

그는 공용 사무실 뒤쪽 구석을 화난 눈길로 쏘아봤다. 어느 멍청이가 크리스마스 캐럴을 플레이리스트에 걸어 두는 바람에, 스피커에서는 이제 '라스트 크리스마스'가 울려 퍼졌다. 평소라면 사무실에 이렇게 시끄러운 음악이 허용되지 않았지만 올해는 다들 크리스마스 축제에 항복한 듯했다. 시선이 닿는 곳마다 크리스마스 장식이 보이고, 더는 들어가지 않을 때까지 쿠키가 제공됐다. 하지만 그가 크리스마스 캐럴을 기꺼이 들을 만큼 기분이 좋아지는 일은 결코 없을 것이다. 그는 이런 쓰레기를 증오했다. 이미 10월 중순부터 라디오에서 캐럴이 들리기 시작한다는 점이 가장 끔찍했다.

발에 보세라는 적당히 무거운 담요를 올린 그는 화면에 집중하며 끔찍한 음악을 떨쳐 버리려고 애썼다. 글자를 정확하게 보려고 눈을 좀 더 가늘게 뜨고 욘의 실종에 대해 알려진 모든 정보를 천천히, 철저하게 읽었다. 양이 많았다. 언론의 관심이 엄청나게 컸고 추측도 그만큼이나 많았다. 대부분은 욘이 도주했다고 생각했다. 재산을 안전한 곳으로 옮기고, 햇살이 비치는 어느 섬에서 인생을 즐기고 있을 거라고 짐작했다. 여러 정황을 보면 터무니없는 예상은 아니었다. 그러나 완전히 잘못된 추측이었다.

그가 실종되기 전에 콘피도 스캔들이 각 신문의 머리기사를 장식했었다. 젤 바른 머리카락을 뒤로 넘겨 붙인 멀끔한 패거리가 음험한 방식으로 노인들의 저금을 탈취한 사건은 당연히 분노를 불러일으켰다. 회사 창립자들은 자기들보다 수입이 훨씬 적은 사람들의 돈으로 리딩외의 우아한 전원주택이나 외스테르말름의 고급스러운 고건축 주택에서 호화롭게 살면서 샴페인을 마시고, 빠른 자동차를 타고, 비싼 양복과 시계로 치장하고, 장크트모리츠와 이비사섬 또는 몰디브에서 휴가를 보냈다. 그러나 이 모든 것은 갑작스럽게 종말을 맞았고, 결국 피소와 언론의 뭇매로 이어졌다. 크리스테르는 욘이 실종되기 전부터 관심을 가지고 그 보도를 계속 지켜 봤었다. 이런 사기꾼들이 합당한 처벌을 받는 것은 그에게 큰 만족감을 주었다.

욘의 아내는 8월 10일 아침에 남편이 실종됐다고 신고했다. 왜 전날 저녁에 신고하지 않았느냐는 질문에 그녀는 욘이 저녁에 중요한 업무를 보는 경우가 잦고, 그런 날은 자기가 잠든 후에야 집에 돌아온다고 대답했다. 그래도 아침에는 늘 집에 있었다고 했다. 남편의 비서에게 전화해서 욘이 전날 사무실에 출근하지 않았다는 말을 들은 욘의 아내는 그제야 뭔가 일이 벌어졌음을 깨달았다.

언론이 떠들썩해졌고, 경찰이 그를 찾아 나섰다. 그의 아내와 동료, 그가 어디에 있을지 알 만한 모든 사람을 신문한 내용이 파일에 저장되어 있었다. 그러나 아무것도 밝혀지지 않았다. 아침에 집을 나가서 분명히 사무실로 가는 길이었을 그를 목격한 사람은 그 이후로 아무도 없었다. 경찰은 주목 받는 사건인 만큼 수사에 노력을 아끼지 않았다. 하지만 욘이 다른 나라로 도피해서 잘 지내고 있을 거라 여겼기 때문인지 규정대로만 수행했을 뿐 더 이상의 수사는 없었다.

사무실 다른 편의 스피커에서 이제 '펠리스 나비다드'가 울렸다. 불쾌해. 정말이지 불쾌했다.

그의 어머니는 크리스마스에 푹 빠져 있었기 때문에, 그는 어릴 때부터 크리스마스 과다 복용에 시달렸다. 그가 크리스마스를 싫어하는 이유는 심리학자가 아니어도 알 수 있었다. 유감스럽게도 그는 이제 크리스마스에 미쳐 있는 사람이 집에 또 한 명 있음을 깨달았다. 라세는 11월부터 크리스마스 장식을 하려고 했고, 결국 두 사람은 합의를 봤다. 크리스마스 캐럴은 저녁과 주말에만, 그것도 12월 15일부터 틀기로 했다. 크리스테르는 사무실뿐 아니라 집에서도 이 난리판을 겪어야 했다.

몇 시간 동안 수없이 많은 크리스마스 캐럴을 들은 후에야 크리스테르는 불편한 사무실 의자에서 똑바로 등을 폈다. 경찰 데이터베이스에 저장된 기록과 인터넷에서 발견한 내용을 모두 읽었지만 새로 알게 된 것은 전혀 없었다. 이상한 점은 눈에 띄지 않았다. 욘은 정말 그날 집을 나섰다가 하늘로 솟은 것 같았다. 그러다 약 4개월 후에 지하철 터널에서 그의 해골이 발견된 것이다.

크리스테르는 이맛살을 찌푸렸다. 수사는 연령, 직업, 환경, 지역, 성별, 친구, 가족 등 아주 다양한 관점에서 이루어진다. 연관성은 수천 가지지만 더 큰 맥락으로 이어지는, 단 하나뿐인 결정적 디테일이 데이터베이스에 저장된 수많은 정보

중 어딘가에 숨어 있다. 그의 강점은 바로 여기에 있었다. 그는 거대한 문서에서 작은 세부 사항을 발견해 내는 능력의 소유자였다.

욘 랑세트는 실종됐거나 지금 추정하는 것과 같이 살해당했다고 여겨지는 다른 사람들과 여러 이유에서 달랐다. 그는 별다른 전과 기록이 없고 마약 쪽과도 접점이 없었으며 조직 범죄나 인신매매, 절도 등 시신이 발견되면 곧잘 엮여 나오는 범죄들과도 연관이 없었다. 범죄로 죽은 사람들은 대부분 그들이 어쩌다 그런 운명을 맞이했는지 짐작할 만한 위험한 일과 명확하게 관련이 있었다. 죽은 사람의 잘못이라는 뜻은 아니다. 크리스테르는 그렇게 생각하지 않았다. 경찰의 관점에서 볼 때 누군가가 어떤 특정한 상황에 부딪히는 것이 논리적으로 이상하지는 않았다.

욘 랑세트도 수사를 받기는 했지만, 적어도 이 사회 계층에서 이런 종류의 범죄성 사업이 치명적인 폭력으로 이어지는 경우는 드물었다. 이 계층의 구성원들은 보통 폭력 성향이 두드러지지 않았다. 타인의 재산을 익명으로 탈취하면서도 자기 손이나 맞춤 양복, 이탈리아제 구두를 더럽히는 일이 없었다. 대부분 무기도 소유하지 않았다. 그들의 무기는 매그넘이나 루거 같은 권총이 아니라 두뇌였다.

성실하게 모은 돈을 털린 분노한 퇴직자가 그를 해치운 게 아니라면. 크리스테르는 속으로 히죽 웃었다. 물론 살인은 우스운 일이 아니다. 하지만 인과응보 같은 시적인 정의가 어떤 식으로든 존재해야 하지 않을까.

'크리스마스 거위가 탈출했어요'가 울려 퍼지자 크리스테르는 나지막하게 킥킥거렸다. '베르네르와 베르네르'의 노래였다. 요즘 젊은이들이 휴대폰으로 들여다보는 허섭스레기가 아니라 〈아이고, 프라이팬 쇼〉 같은 것이 그가 좋아하는 유머였다. 크리스테르는 누군가의 유머 수준이 그의 지성을 알려 주는 명확한 지표라고 믿었다. 그의 생각대로라면, 유머와 지성은 지금 빠른 속도로 추락하는 중이었다.

그는 한숨을 쉬며 몸을 쭉 뻗었다. 이 데이터베이스 어딘가에 수사를 진전시킬 정보가 숨어 있었다. 언제나 그랬다. 인내심만 있으면 됐다. 그거야 그는 넘치도록 가지고 있었다.

*

미나는 생각에 잠긴 채 자동차 문을 잠갔다. 조금 전에 한 전화 통화가 머리를 떠나지 않았다. 정말 통화를 한 게 맞는지 믿어지지 않을 정도였다. 니클라스가 전화를 했다. 그것도 직장으로. 요즘 전남편과 딸을 자주 만나기는 했지만, 특별한 계기가 있을 때만 그랬다. 또 언제나 그녀가 둘이 사는 집으로 찾아갔다. 그런데 니클라스가 직접 전화해서, 나탈리가 한동안 미나 집에 머물러도 될지 물어본 것이다.

전혀 예상치 못한 질문이라서 처음엔 바로 안 된다고 하고 싶었다. 그러나 사실 니클라스는 물어본 게 아니라 부탁한 거였다. 한 번도 그런 적이 없는데. 지금까지 니클라스는 나탈리 삶의 중심이 자신에게 있음을 믿어 의심치 않았다. 하지만 상황은 변한다. 미나는 최근에 그 사실을 충분히 경험했다. 삶 전체가 바뀌었다. 이제 그녀가 사는 집에 나탈리가 들어올 것이다. 거절은 불가능했다. 어쩌면 당장 두 시간 후에 올지도 모른다. 서둘러야 했다.

미나는 집으로 올라가 문을 열었다. 일단 청소부터 해야 한다. 아침에 나갔을 때와 똑같이 완벽하게 깨끗할 테니 사실 그럴 필요가 없다는 것은 미나도 알고 있었지만, 감정은 다른 말을 하는 중이었다. 설령 집이 손님을 맞을 준비가 되었다고 해도 그녀는 아니었다.

신발을 벗어 도어 매트 위에 놓고 불안한 마음으로 이 방 저 방을 돌아다녔다. 이러면 앉아 있을 때보다 먼지가 더 일어나리라는 걸 알았지만 그래도 소용없었다. 마음이 차분해지지 않았다. 집은 미나의 피난처이자 요새였고, 빈센트가 오기 전까지는 오로지 그녀 혼자만 있었다. 그런데 이제 딸이 이곳에 살게 됐다. 제대로 깨닫지도 못하는 사이에 도개교가 이미 내려온 듯했다.

나탈리가 어디서 잘지가 문제였다. 사실 서재밖에 자리가 없는데, 그곳에는 늘 그렇듯이 세제와 저렴한 속옷과 일회용 장갑과 소독제 박스로 가득했다. 나탈리가 그걸 본다면 아마 다시는 오지 않을 터였다. 물건들을 보관할 다른 장소를 찾아야 하는데 금방 해결할 수 없는 문제였다.

미나는 고무장갑을 끼고 양동이에 물과 액상 세제를 탄 다음, 극세사 걸레를 집어 들고 벽을 포함하여 모든 곳의 먼지를 닦았다. 그 일을 마치고는 진공청소기를 돌렸다. 그러고 나서 진공청소기 때문에 먼지가 또 일어났을까 봐 다시 한번 물걸레질을 했다.

나탈리가 올 때까지 한 시간밖에 남지 않았다.

청소하느라 땀이 나는 바람에 샤워를 할 수밖에 없었다. 온몸을 새로 개봉한 각질 제거 크림으로 문질렀다. 뜨거운 물이 먼지를 씻어 낼 테지만, 먼지보다 땀과 피부 각질이 더 구역질 났다. 이 크림은 이제 더는 필요하지 않은 모든 세포를 제거한다고 광고했다.

미나는 인체에서 매시간 3만에서 4만 개의 피부 세포가 떨어진다는 사실을 알고 있었다. 시간당 약 0.09그램이었다. 그러니까 그녀는 24시간 동안 2그램의 피부를 떨어뜨리는 셈이었다. 매일, 매년. 생각만 해도 구역질이 났다. 다리에 크림을 더 세게 문질렀다. 크림에 들어 있는 작은 알갱이가 시원하게 몸을 긁었다.

왜 그런지 알 수 없지만, 집 전체가 눈에 보이지 않는 피부 세포층에 계속 뒤덮여 도저히 청소할 수 없는 광경이 마음의 눈 앞에 나타났다. 거실에 나와 똑같은 크기의 복제품이 생기려면 시간이 얼마나 걸릴까? 미나는 계산하기 시작했다. 1년이면…… 세상에. 약 800그램이 쌓인다. 거의 1킬로그램이다. 죽은 피부만으로.

그녀는 구역질이 나서 샤워실에 쪼그리고 앉아 반짝반짝 닦아 둔 배수구로 몸을 숙였다.

다행스럽게도 토하지는 않았다. 이제 그럴 시간이 없었다. 나탈리가 곧 도착할 것이다. 서두른다면 머리부터 발끝까지 다시 한번 각질 제거 크림으로 문지를 수 있다.

*

페테르 크론룬드는 약 2주 전부터 크로노베리 구치소에 수감되어 있었다. 경찰서와 아주 가까운 곳에 있다는 뜻이었다. 율리아는 면회 조건을 모두 갖추었는지 머릿속으로 확인했다. 미리 전화를 걸어 허가를 받았고, 신분증도 소지했다. 다 준비됐다.

조금 떨어진 곳에서 아담이 다가오는 모습이 보였다. 율리아는 구치소까지 거리가 가까워 카디건만 걸쳤는데, 그는 다운재킷과 모자와 장갑으로 단단히 무장한 차림이었다. 바깥은 아주 추웠다. 율리아는 재킷을 가지고 오지 않은 것에 짜증이 났다. 냉기가 옷 안까지 파고들었다.

"안녕. 오래 기다리지 않았나 모르겠네."

아담이 살짝 숨을 몰아쉬며 율리아를 안았다. 그녀는 그의 포옹에 서툴게 화답했다. 그의 손이 등 아래쪽에, 그의 숨결이 귓가에 느껴졌다. 율리아는 그의 품에서 벗어나며 눈길을 피했다. 그러지 않아도 인생이 복잡한데, 엄청난 속도로 다가오는 크리스마스 때문에 상황이 더욱 나빠졌다. 일어나지 말았어야 할 일이 일어났다. 그러나 업무가 끝난 뒤 사무실에서 김이 많이 빠진 화이트 와인과 함께한 소소한 파티는 마음을 약하게 만들기에 충분했었다. 그녀는 입구로 걸어가면서 등에 와 닿는 아담의 시선을 느꼈다.

"오늘만큼은 우리 사법 체계가 이렇게 느릿느릿 움직인다는 게 기쁘네."

율리아가 말했다.

"페테르 크론룬드를 바로 구속했더라면 이미 오래전에 다시 풀려나서 자유롭게 돌아다니고 있었을 테니까 말이야."

구치소 입구는 마치 멸균실 같았고, 섬뜩한 인상을 풍겼다.

보안 요원들은 위압적이었다. 구치소는 경찰이 아니라 교정국 산하였고, 그들을 기다리는 여성도 교도관이었다.

"신분증이요."

아담과 율리아가 경찰 신분증을 내보였다.

"페테르 크론룬드 면담인가요?"

율리아가 고개를 끄덕였다.

"네. 전화로 등록했습니다."

여자는 말없이 파란 플라스틱 상자를 내밀고는 둘의 신발을 가리켰다. 율리아와 아담은 구치소에 이미 여러 번 와 봤기에 절차를 잘 알고 있었다. 둘은 신발에서 눈을 털고 검사대를 통과할 수 있게 신발을 상자에 차례로 담았다. 개인용품도 상자에 담아야 했다. 율리아는 결혼반지도 빼야 할지 망설였지만, 확실하게 하려고 손가락에서 빼 상자에 담았다. 그러는 동안 아담을 쳐다볼 엄두는 나지 않았다.

그런 다음 둘은 스캐너로 몸에 금속이 있는지 검사를 받았다.

금속 탐지기를 지나자 마지막 단계에 왔다. 말을 잘 듣게 생긴 셰퍼드 한 마리가 혀를 길게 빼물고 끈기 있게 기다리고 있었다.

"리쉬, 찾아."

개가 곧장 다가와 냄새를 맡았고, 마약 반응이 보이지 않은 것을 확인한 후에 그들은 내부로 입장했다.

둘은 곧 벽이 알록달록한 면회실로 안내 받았다.

"다른 방은 모두 차서, 가족실로 모시겠습니다."

교도관이 벽에 그려진 동물들 그림을 가리켰다.

"화장실은 저쪽입니다. 커피 드시겠어요?"

두 사람은 고개를 끄덕이고 자리에 앉았다. 페테르는 13일 전부터 구치소에 있었다. 검찰이 구속 연장을 결정하기까지는 24시간이 남아 있었다.

잠시 후 콘피도의 주 소유주이자 대표인 페테르 크론룬드가 들어왔고, 둘은 자리에서 일어났다. 그는 핼쑥하고 지쳐 보였다. 항상 한 손에 샴페인 잔을 든 채 사람들에게 둘러싸여 있거나 화사한 양복 차림으로 스페인 휴양지에서 열리는 파티에 참석하던 기사 사진 속의 사람과는 그다지 닮은 데가 없었다. 감지 않은 머리카락이 지저분하게 뻗어 있고 피부는 생기 없이 창백했으며 땀내도 슬쩍 풍겼다. 율리아가 알기로는 미결수들에게도 샤워 시간이 있고 위생용품이 지급되지만, 수감자들은 구치소에 감금됐다는 충격적인 사실 때문에 위생에 관심을 잃는 경우가 흔하다고 했다.

"내 변호사랑 얘기하십시오. 난 할 말이 없으니까. 내일이면 난 여길 나간단 말입니다."

페테르는 게걸스러운 표정으로 커피포트를 움켜쥐었다.

"우린 당신 사건을 얘기하려고 온 게 아닙니다."

아담이 싸늘하게 말했다.

"욘 랑세트에 대해 할 말이 있어요."

"욘이라……."

페테르는 고개를 젓고 커피를 한 모금 마시더니 너무 뜨거워서 인상을 찌푸렸다. 율리아는 자기 커피를 조심스럽게 불었다.

"흐음."

그가 쓸쓸한 얼굴로 말했다.

"욘은 우리 중에 제일 약삭빨랐죠. 지금쯤 어딘가에서 진 토닉을 홀짝이며 품에 금발 여자애를 안고 석양을 바라보고 있겠지. 나는 여기 수감되어 있는데 말이야."

페테르가 기름기가 끼어 지저분한 머리카락을 훑었다. 율리아는 아담을 흘낏 쳐다봤다. 새로운 소식이 페테르에게까지 전해졌는지 알 수 없지만, 그가 아무것도 모른 채 두 사람과 만나는 편이 나았다. 즉흥적인 반응을 살피는 것은 언제나 도움이 됐다.

율리아는 신속하게 결정을 내렸다. 페테르는 동료의 유해가 발견됐다는 사실을 몰라야 했다. 아직은 아니었다. 주의를 주는 눈길로 아담을 쳐다보자, 그는 그 시선이 무슨 뜻인지 바로 눈치챘다.

"왜 욘이 외국으로 갔다고 추측하시나요?"

율리아의 질문에 페테르는 어깨를 으쓱했다.

"안 그럴 이유가 없지 않나? 그게 논리에 맞는 과정이니까. 나를 봐요. 난 이 빌어먹을 크로노베리 구치소에 수감되어 있잖습니까."

그가 과장된 몸짓으로 양팔을 벌렸다.

"당신은 아무 죄도 없는데 말이죠."

아담이 말했다. 율리아는 살짝 비꼬는 말투라는 걸 알아챘다. 페테르가 입술을 삐죽거리며 대답했다.

"그래요, 난 무죄입니다. 하지만 이 빌어먹을 나라에서는 누구도 거기에 관심이 없어요. 스웨덴에서는 돈벌이가 상스러운 일로 치부되지. 다들 똑같이 뼈 빠지게 일하고, 최대한 평등하게 가난해야 한단 말입니다. 내가 쇠데르텔리에에서 청소년기를 보낼 땐 아무도 나에게 관심을 보이지 않았어요. 평범했으니까. 그런데 이제 달라졌습니다. 돈을 벌고 성공했지. 그러니 다들 달려들어요. 스웨덴은 빌어먹을 인민의 집이야. 아무도 특별해서는 안 돼. 안 그랬다가는 벌을 받지. 욘은 나보다 약삭빨라서 진작에 뛴 거고."

"확실한가요?"

아담이 물었다.

"외국으로 가기 전에 욘이 당신에게 작별 인사라도 했습니까?"

"아니, 하지 않았습니다."

페테르가 커피를 홀짝였다.

"하지만 뭔가 계획이 있어 보였지."

"왜 그렇게 생각하시죠?"

아담이 관심을 보이며 몸을 앞으로 내밀었다. 그의 가슴 근육이 도드라지게 보였다. 율리아는 그 모습을 안 보려고, 단단한 그의 근육이 어떤 느낌인지 생각하지 않으려고 애썼다.

"아, 뭐 사소한 일이죠. 설명하기는 어렵고."

"그래도 해 보시죠."

"흠, 뭐랄까. 사라지기 전 마지막 한 달 동안 아주 이상하게 행동했지. 피해망상이었어요. 계속 두리번거렸죠."

"계속 말씀하세요."

율리아가 말했다.

"뭐라고 설명하기 어렵군."

페테르가 이맛살을 찌푸렸다.

"쫓긴다고 느끼는 것 같았습니다. 출근할 때와 같은 길로 퇴근하는 일이 절대 없었죠. 프런트 보안 조치도 강화하고, 식사하러 갈 때면 출입구가 두 곳인 식당만 예약하고. 그런 일들 말이죠. 하루 만에 갑자기 그렇게 됐다니까. 《다겐스 인두스트리》의 그 빌어먹을 기자가 우리 회사를 정탐한 것과 거의 같은 시기라서, 나는 그 일이 욘을 일탈하게 만들었다고 생각했지요. 스트레스에 대응하는 방식은 사람마다 다른데 욘은 완전히 당황했던 거죠. 그래서 솔직히 말하자면 그가 튀었을 때도 별로 놀라지 않았습니다."

"하지만 욘은 원래 그런 성향이 아니었을 텐데요?"

커피를 맛본 율리아는 얼굴을 찌푸렸다. 이제 온도가 적당하긴 했지만 구역질을 일으키는 맛이었다.

"아니었지. 빌어먹을. 욘은 내가 아는 한 가장 태평한 사람이었어요. 평정을 잃는 법이 없었어. 완벽한 포커페이스를 할 줄 알았죠. 운동을 해도 땀을 흘리지 않는 그런 사람들 있잖습니까. 헤어스타일도 완벽하고, 양복은 언제나 방금 다림질한 것 같았지. 언젠가 자기가 오래전에 어려운 시기를 겪었다고 얘기한 적이 있는데, 나는 도무지 상상이 가지 않아요. 욘은 미스터 완벽이었으니까."

"그러다가 갑자기 더는 완벽하지 않아졌지요."

"그렇지."

침묵이 찾아왔다.

율리아는 그림이 그려진 벽을 바라봤다. 그림 주제는 행복한 정글 동물들이었다. 원숭이 한 마리가 나뭇가지에 대롱대롱 매달려 있었다. 코끼리 두 마리는 코로 물을 뿌렸다. 얼룩말은 마약에 취한 것 같았다. 하뤼가 봤다면 무척 신이 났을 것이다. 사실 그 아이를 즐겁게 해 주는 데는 많은 것이 필요하지 않았다. 하뤼는 문손잡이만으로도 자지러지게 웃는, 언제나 기분이 좋은 아기였다.

하지만 지금은 아들을 생각하면 안 되었다. 그랬다가는 토르켈을, 그리고 가족이 있다는 생각까지 하게 될 테니까. 어쨌든 아직은 가족이 있었다.

"욘에게 적이 있었습니까?"

아담이 율리아에게서 시선을 떼지 않은 채 페테르에게 물었다. 율리아는 표정 때문에 속마음을 들켰다고 생각하고, 정신을 차렸다.

"진짜 적은 없었습니다."

페테르가 고개를 저었다.

"우리 분야에서는 늘 누군가를 밟고 일어나기는 하지. 그건 절대 피할 수 없는 일이에요. 하지만 서로 해치려고 하지는 않죠. 그러니 욘은 지금 틀림없이 인생을 즐기며 완벽하게 태닝을 하고 있을 겁니다."

"욘은 죽었습니다."

율리아가 불쑥 말했다.

페테르가 움찔했다. 그렇지 않아도 창백한 그의 얼굴이 아주 새하얗게 변했다. 그가 율리아를 빤히 보며 입을 열다가 다시 다물었다. 율리아는 당황해서 허둥대는 그를 그대로 내버려뒀다. 첫 반응이 중요했다. 페테르는 욘이 죽었다는 사실을 정말 몰랐던 것 같았다.

"죽다니? 뭐가? 누가? 어떻게 그럴 수 있지?"

질문이 다다다 쏟아졌다. 그가 탁자를 너무 세게 움켜쥐는 바람에 손가락 마디가 하얗게 드러났다.

"수사의 세부 사항은 알려 드릴 수 없지만, 죽기 전에 보였던 그의 태도가 그가 살해당한 이유와 관련이 있겠군요."

"'살해'라고요?"

"지금 추정하기로는 그렇습니다. 그러니 다시 한번 생각해 보시죠. 뭔가 평소와 다른 점은 없었습니까? 그가 했던 말이나 페테르 씨가 우연히 목격한 것들 중에서요."

율리아는 페테르의 표정을 자세히 살폈지만, 그는 정말 심한 충격을 받은 얼굴로 고개를 저었다.

"아니, 없었습니다. 나는 우리…… 사업 말고 욘을 힘들게 하는 뭔가가 있을 거라고는 상상도 못 했는데."

"알겠습니다. 그럼 이제 마치도록 하죠."

율리아가 자리에서 일어섰다. 벽에 있는 동물들이 말을 걸어오기 전에 여기서 나가야 했다. 흥겹고 편안한 동물들의 모습을 더는 견딜 수 없었다.

"난 내일 여기서 나갑니다."

페테르가 나지막한 소리로 말하고 커피 잔을 움켜쥐었다.

"네, 행운을 빕니다."

아담이 고개를 끄덕였다. 비웃는 말투를 숨기지 않았다.

율리아가 면회실에서 나오자 교도관이 페테르를 데리고

갔다. 율리아는 등 뒤에서 코끼리의 시선을 느꼈다.

                                    *

　법무부 건물 엘리베이터에서 내린 나탈리를 토르가 환한 미소로 맞았다.

　"나탈리, 정말 오랜만이다. 못 알아볼 정도야."

　그가 큰 소리로 말했다. 나탈리는 반년 전 에피쿠라 사건 때 공판에서 목격자로 진술해야 할지 의논하느라 자주 만났었는데 그건 다 잊었는지 물어보려다가, 토르가 접수처 직원들으로고 한 말 같아서 그냥 있었다. 나탈리가 그 사이비 사건에 얼마나 깊게 관련이 됐었는지 여전히 숨기려는 듯했다.

　열여섯 살이라서 목격자 진술을 해야 했지만, 법무부 장관의 딸이라 보호도 받아야 했다. 결국은 그 사이비 집단의 구성원들이 서로 죽고 죽이는 현장에 있던 키 큰 경찰의 진술만으로 넘어갔다. 이름이 아담이라고 했던가. 나탈리는 그 시점에 어차피 노바와 있었고, 노바는 죽었다.

　"토르 아저씨, 안녕하세요? 많이 크셨네요."

　나탈리는 그의 뺨을 꼬집고 싶은 충동을 꾹 눌렀다.

　그가 따라오라고 손짓했다. 둘은 입을 다문 채 눈에 익은 복도를 지나갔다. 토르는 나탈리 아버지의 집무실에 도착할 때까지 아무 말도 하지 않았다. 이윽고 집무실 문 앞에 이르자, 그가 눈을 흘기며 말했다.

"오늘 네 아빠에게 무슨 일이 있는지 모르겠어. 혹시 알아내면 나에게도 알려 주렴. 나와는 이제 말하지 않으려는 모양이야."

그러고는 자리를 떠났다.

나탈리는 터져 나오는 웃음을 눌러 참고 문을 노크한 후에 들어갔다. 아빠는 책상 앞에 앉아 나탈리가 지금까지 본 것 중에 가장 두툼한 서류철을 들여다보고 있었다. 책상에는 그것 말고도 서류들이 가득했다. 평소 모습과는 전혀 달랐다. 나탈리는 집 서재 책상에 서류가 두 장 이상 동시에 놓여 있는 모습을 본 적이 없었다. 아빠는 어제저녁부터 이상했다.

"어서 와, 나탈리."

아빠가 고개를 들었다.

"네 엄마와 이야기했어. 잠시 엄마 집에 가 있는 게 좋겠다."

"어…… 그래?"

나탈리는 움직이다 말고 동작을 멈췄다.

"음…… 이렇게 갑자기 말이지. 무슨 뜻이야? 방학이 끝나고부턴 일주일은 엄마 집에, 일주일은 아빠 집에 번갈아 가면서 살라는 건가? 그럴 마음은 없어. 지금처럼 사는 게 좋아."

"한동안 엄마와 사는 게 좋겠다고. 지금 당장 말이야. 아니면 최대한 이른 시일 내로. 좋은 아이디어가 떠올랐는데 기다릴 게 뭐 있겠어? 안 그래?"

그가 씁쓸하게 미소 지으며 말을 이었다.

"둘이 시간을 좀 보내야지. 크리스마스에 엄마와 같이 있으면 편하지 않겠어? 연말에도 그렇고."

나탈리는 아빠를 빤히 쳐다봤다. 아빠는 구겨진 셔츠 차림이었다. 평소에는 이런 적이 없었다. 머리도 빗질하지 않은 것 같았다.

"아빠, 무슨 일 있어?"

나탈리가 물었다.

"무슨 일 있냐고? 없어. 정말이야. 그저 일을 조금 많이 했을 뿐이지."

거짓말이 분명했다. 하지만 나탈리는 아빠를 더 이상 추궁하고 싶지 않았다. 꽤 괜찮은 생각이었기 때문이다. 지난 몇 달 동안 엄마를 좀 더 잘 알게 됐고, 왠지 모르게 엄마가 좋아졌다. 엄마는 물론 극단적으로 기이하기는 했지만, 최소한 지루하지는 않았다. 그래도 한동안 엄마 집에서 산다고 상상하니 배 쪽에 살짝 스멀거리는 느낌이 들었다. 함께 산다는 것은 큰일이었다. 그래도 어쩌면 아빠가 옳은지 모른다. 엄마와 둘이 시간을 좀 보내면 관계가 나아질 수도 있다.

엄마와 함께.

어쩌면.

"그렇게 해 볼까?"

나탈리가 불안한 목소리로 대답했다.

"잘됐다. 그럼 지금 바로 가서 엄마와 얘기하렴. 조금 전에 내가 엄마에게 전화해서 네가 가는 중이라고 말했어."

아빠가 시계를 봤다.

"엄마가 벌써 널 기다리고 있을 거야. 잠깐만, 주소를 알려 줄게."

"우와, 나 빼고 알아서 결정해 줘서 참 고맙네."

나탈리가 짜증을 내며 말했다. 마음 한편으로는 화를 내고 싶었다. 입을 열고 반항하려고 했다. 아빠는 딸이 원하는 게 뭔지 결코 묻지 않았다. 딸에게 좋은 거라면서 언제나 혼자 결정했다. 하지만 다른 한편으론 나탈리도 엄마의 집이 궁금했다. 그리고 지금은 반항하기에 적당한 때가 아닌 것 같았다.

"알겠어. 어차피 지금 할 일도 없고."

그래서 이렇게 대답했다.

나탈리는 책상에서 메모지를 집어 아빠가 불러 주는 주소를 적고 메모를 챙겨 넣었다.

"집에 가서 짐을 싸기 전에 물어볼 게 있어. 왜 여기로 오라고 한 거야? 이미 다 결정된 일이었잖아. 그냥 문자만 보내도 됐을 텐데."

아빠는 한동안 말없이 딸을 바라봤다. 그러다가 눈을 몇 번 깜박이고는 손등으로 눈을 문질렀다.

"너 보려고. 볼 기회가 앞으로 얼마나 될지 누가 알겠니. 넌 점점 더 커 가는데 말이야."

나탈리는 배경에 흐르는 감상적인 영화 음악에 대해 한마디 하려다가 아빠의 태도에 갑자기 불안해졌다. 평소 아빠가 과로했을 때 어떤 상태가 되는지 잘 아는데, 지금은 달랐다. 이런 아빠에게는 무슨 말을 해야 할지 알 수 없었다. 거리를 좀 두는 편이 나을 것 같았다.

"내가 없는 동안 토르 아저씨한테 잘해 줘."

나탈리가 문간에 멈춰 서서 말했다.

"아저씨에게 급하게 새 장난감이 필요한 것 같아."

*

레베카는 부엌에 서서 빈센트가 커피머신 위에 걸어 둔 가족 달력을 자세히 들여다보고 있었다. 레베카의 이마에 주름이 잡혔다. 빈센트는 귀여운 아기 고양이나 재미있는 격언이 쓰인 달력이 아니라 월별 수학 문제가 있는 달력을 골랐다.

빈센트는 레베카의 어깨 너머로 달력을 봤다. 12월 문제는 '페르마의 마지막 정리'였다. 이걸 고르다니, 달력 제작자는 상당히 잔인했다. 역사상 위대한 수학 천재들도 이 수수께 끼를 푸는 데 약 360년이 걸렸기 때문이다. 피에르 페르마가 1637년에 이 수수께끼를 작성했을 때 해답이 있다고 언급하 긴 했지만, 안타깝게도 그걸 써 두지는 않았다. 1995년에 발 표된 해답은 17세기까지는 전혀 알려지지 않았던 수학적 기 초에 근거를 둔 것이었다. 빈센트는 속으로 싱긋 웃었다. 아 마 피에르 페르마는 수수께끼에 사상 초유의 장난을 쳐 놓았 을 것이다. 빈센트의 취향에 맞는 유머였다.

"페르마의 마지막 정리에 대해 생각하는 중이니?"

그가 딸에게 물었다.

"할 일이 꽤 많을 거야. 해답이 두툼한 책 한 권을 가득 채 우니까 말이야."

"뭐? 말도 안 되는 소리. 너무 괴상해서 그래."

레베카가 대답했다.

"평범한 사람은 수학 문제를 벽에 걸어 두지 않아. 학교에 서 보는 것만으로도 충분히 짜증 나니까. 그게 아니라 12월 21일이랑 24일, 28일에 왜 동그라미가 그려져 있는지 궁금해 서 그래. 그때 어디 나가기라도 해? 크리스마스 기간인데? 22 일에 나를 역에 데려다준다고 약속한 거 어길 생각은 하지도 마세요."

"당연히 역에 데려다줘야지."

빈센트가 고개를 끄덕였다.

"스키 여행에 드니도 같이 가니? 프랑스 쪽 알프스로 가는 거지?"

"에디트랑 시그리드랑 가."

레베카가 화난 표정으로 대답했다.

"드니는 어떻게 되든 관심 없어."

빈센트가 최신 소식을 놓친 모양이었다. 레베카의 프랑스인 남자친구는 이제 과거의 일이 된 듯했다.

"그러니까 너는 크리스마스에 집에 없어도 되고, 나는 있어야 하는구나?"

그가 딸에게 윙크했다.

레베카가 그 어떤 아버지라도 단번에 없애 버릴 듯한 눈길로 쏘아봤다. 그가 목발을 짚고 집에 있는 동안 갈고닦은 그 표정이었다.

"자, 농담은 그만두고. 그 날짜에 동그라미를 한 사람은 내가 아니야. 마리아가 그랬나 보다."

"아, 그렇구나."

레베카가 어깨를 으쓱했다.

"어쨌든 아빠가 나를 역에 데려다주기만 하면 돼."

딸은 자기 방에 들어가서 문을 닫았다. 빈센트는 그 방에 발을 들여놓지 않은 지 오래됐다는 사실을 불현듯 깨달았다.

레베카가 언젠가 이사를 나가면 그 방에서 뭐가 발견될지 궁금했다. 아마 그의 이름이 쓰여 있는 지뢰일 것이다.

빈센트는 다시 달력으로 시선을 돌렸다. 정말 21일과 24일, 28일에 동그라미가 그려져 있었다. 그는 늘 그러하듯 자연스레 세 숫자를 더했다. 73. 21번째 소수다. 21과 7과 3 사이에는 또 다른 연관성이 있다. 7 곱하기 3은 21이고, 7과 3과 21과 73은 이진법으로 표시하면 회문수다. 다시 말해 앞에서부터 읽어도, 뒤에서부터 읽어도 똑같았다. 111, 11, 10101, 1001001. 이는 소수로서의 숫자 73에도 똑같이 적용된다. 73을 거꾸로 읽은 37도 소수다. 그는 이런 특성을 지닌 숫자를 공식적으로 수소라고 표현한다는 괴상하고도 재미있는 사실에 미소를 지었다. 수소는 소수인데 거꾸로 읽은 소수이다. 영어로도 소수는 Prime, 수소는 Emirp이다. 수학자들은 정말 유머러스했다. 페르마처럼.

빈센트는 뒤통수를 문질렀다. 두통이 또 모습을 드러냈다. 뇌를 지나치게 사용한 듯했다.

그런데도 참지 못하고 동그라미를 친 세 개의 숫자를 다시 한번 자세히 살폈다.

뭔가 혼란스러웠다.

21. 24. 28.

이유를 댈 수는 없지만 왠지 이 숫자들은…… 그를 불안하게 했다.

빈센트는 이마를 찌푸렸다. 첫 번째 날짜까지 아직 사흘 남았
다. 그날 무슨 일이 있는지 잊지 말고 마리아에게 물어봐야겠다.

*

미나가 막 옷을 입은 순간 초인종이 울렸다. 흥분해서 몸이
떨렸다. 딸이다. 여기 내 집에 딸이 왔다. 이제 돌이킬 수 없
다. 커피를 권해야 할까? 쿠키를 사 뒀어야 하나? 그런데 어떤
쿠키를? 미나는 이런 일들에 대해 전혀 알지 못했다.

다시 한번 심호흡을 한 후에 문을 열었다. 나탈리가 어색하
게 미소 지으며 문 앞에 서 있었다. 한 손에는 바퀴 달린 여행
가방 손잡이를 움켜쥐고, 다른 손에는 아마도 미나의 주소가
적혔을 쪽지를 들고 있었다.

"어…… 아이고."

나탈리의 표정이 심각해졌다.

"방금 운동하셨어요? 얼굴이 아주 새빨갛게 됐네요."

"아니야, 그냥……."

미나는 말을 멈췄다. 나탈리는 당연히 미나의 문제를 몰랐
다. 한동안 그대로 몰라야 했다. 곧 들킬 테지만, 지금만큼은
미나는 지극히 평범한 엄마로 인정받으려고 무척 애쓰는 중

이었다. 온갖 비정상적인 것들, 예를 들어 방금 얼굴과 몸을 문지르느라 각질 제거 크림 튜브 하나를 다 써서 몸에 붙이 붙은 것 같다거나, 작은 국가 한 곳에서 꽤 장기간 사용할 만큼 많은 양의 소독제가 서재에 쌓여 있다는 사실은 아직 들키면 안 되었다.

"들어오렴. 난 여기 살아! 아니, 이제 우리가 여기 산다고 말하는 게 맞겠구나!"

미나는 쓸데없이 발랄하게 말하는 자기 자신에게 충격을 받았다. 현관에 놓인 작은 도어 매트를 밟고 스니커즈를 구석으로 벗어 던지는 나탈리의 발을 간신히 외면하고, 신발이 남긴 작은 모래알들을 섬뜩한 마음으로 노려봤다. 그녀는 힘겹게 침을 꿀꺽 삼켰다. 더러운 것들이 집 전체에 퍼지기 전에 진공청소기로 모두 빨아들이고 싶었지만 꾹 참았다.

"여기 좋네요!"

나탈리가 집을 둘러보며 말했다.

"그리고 아주 깔끔해요. 경찰관의 집은 모두 이런가요?"

미나는 페데르와 아네트, 그들의 세쌍둥이를 떠올렸다. 그 집은 언제나 폭탄이 터진 것 같았다. 사방에 남은 음식과 장난감, 아이들 웃음소리가 가득했다. 미나는 싱긋 웃으며 고개를 저었다.

"그렇지 않아. 커피 마실래? 아니면 차? 주스?"

그러자 나탈리도 싱긋 웃었다. 그리고 신발이 놓인 구석에 가방을 밀어 넣었다.

"엄마, 긴장하지 마세요. 저도 이 상황이 낯설어요. 하지만 저는 겨우 반년 전에야 엄마 존재를 알게 됐잖아요. 이제 서로를 알아 가야 할 시간이 됐죠."

둘은 거실로 가서 소파에 나란히 앉았다. 몸이 닿을 것처럼 가까웠지만, 미나는 조심스럽게 양손을 무릎에 내려놓았다. 갑자기 솟구치는 감정을 어떻게 다뤄야 할지 알 수 없었다.

미나는 하마터면 나탈리를 잃을 뻔했다. 첫 번째는 그녀가 가족을 떠났을 때, 두 번째는 지난여름 그녀의 어머니와 사이비 집단의 지도자 노바가 아이에게 덫을 놓았을 때였다. 다시는 이런 일이 일어나서는 안 된다. 미나는 이 상처가 아물 수 있게 무슨 일이든 할 작정이었다. 한집에서 사는 것도 도움이 될 것이다. 갑작스럽게 닥친 일이긴 하지만.

"네 아빠가 전화했을 때 나도 너만큼이나 놀랐어."

미나가 말했다.

"아마 너보다 더 놀랐을 거야. 니클라스가 이런 일을 우리 빼고 혼자 결정해도 된다고 생각한 것도 마음에 안 들고. 하지만 다르게 생각하면 나쁘지 않은 아이디어이기도 해. 네 생각은 어때?"

"완전 동의하죠. 전형적인 아빠의 모습이에요."

나탈리는 미나의 주소가 적힌 쪽지를 매만지며 대답했다.

"그건 그렇고, 아빠는 어제 같이 식사한 뒤로 갑자기 이상 해졌어요. 왠지 신경이 무척 날카로워 보여요. 물어보면 아무 것도 아니라고만 대답하고요."

"법무부 장관들은 신경이 날카로워질 일이 많을 거야. 그냥 그런 이유 때문일지도 몰라."

"일 때문에 그런다는 말도 했어요. 어쨌든 아빠는 지금 이상 해요. 그나저나 우리 이제 어떻게 할까요? 엄마와 저 말이에요."

"너에게 막 물으려던 참이야."

미나가 대답했다.

"내가 너를 그냥 가만히 내버려두길 바란다고 해도 나는 정말 이해해. 네가 먹을 음식을 냉장고 한 칸에 따로 넣어 둬도 돼. 서 재 청소를 끝내고 나서 네가 그 방을 쓰면 되고, 열쇠도……."

"엄마."

나탈리가 엄마의 말을 막았다.

"저는 엄마 딸이에요. 세 들어 사는 사람이 아니라. 우리가 '함께' 산다는 점이 중요해요."

"난 그냥 너한테 조건을 달지 않으려고 했어."

침묵이 찾아왔다. 나탈리는 쪽지를 거실 탁자에 내려놓고 말했다.

"커피 한잔 하는 게 좋겠네요. 우유 많이 넣고요."

12일 전

빈센트는 목욕 가운을 입은 채 부엌에 서서 어제저녁에 들여온 우편물을 다시 한번 훑어보며 확인했다. 진입로와 우편함으로 이어지는 자갈길은 그사이에 눈을 치웠지만, 지난 며칠과 똑같은 날씨가 이어진다면 늦어도 저녁에는 다시 복사뼈까지 눈이 쌓일 터였다.

우편물은 대부분 광고물이었는데, 빌뤼스 할인점 광고지와 아동 지원 기구 세이브더칠드런의 기부 요청서 사이에서 그가 수신인인 편지를 발견했다. 어제 우편물을 가지고 들어올 때만 해도 없었다고 맹세라도 할 수 있었다. 만성적인 두통으로도 모자라서 이제 집중력까지 약해졌다.

베냐민이 하품을 하며 부엌으로 들어와 커피 캡슐이 든 캔을 뒤져 빨간색 캡슐을 꺼냈다.

"아빠도 커피 마실래?"

빈센트는 가득 차 있는 자기 컵을 가리켰다.

"바깥이 아직 어두운데 어떻게 잠을 깨라는 건지 도무지 모르겠네."

베냐민이 혼잣말로 툴툴거리며 빨간 캡슐을 커피머신에 넣었다.

"겨울마다 이래. 아빠는 이런 게 익숙해?"

"어둠에 익숙해질 수 있는지 묻는 거야?"

빈센트가 말했다.

"이렇게 이른 아침부터 무척 실존적인 질문이로구나."

아스톤이 눈을 비비며 자기 방에서 나오더니 곧장 거실로 가서 소파에 몸을 던졌다.

"일단 아침부터 먹고 텔레비전 봐라."

빈센트가 소리쳤다. 아스톤이 구시렁거렸다. 아스톤은 며칠 전에 〈스웨덴 최악의 운전사〉라는 프로그램을 찾아낸 후 매회 열광적으로 시청했다. 학교에 가기 전까지 최소한 한 회의 절반은 봤다.

"그러면 토스트 먹을래."

아스톤이 부엌으로 와서 딸기 잼이 든 플라스틱 병을 냉장고에서 꺼냈다.

"잼 듬뿍 발라서."

"원하는 만큼 먹어도 돼."

빈센트가 자기 앞으로 온 우편물의 봉투를 열었다.

"배가 아프지 않을 만큼만 말이야. 너희들, 레베카 봤니?"

"누나는 어제 파티 갔었어."

아스톤이 빵 두 조각을 토스트기에 넣으며 대답했다.

"그래서 아직 자. 내가 얼른 깨울게."

빈센트는 레베카가 벌써 숙취를 겪어도 될 만한 나이인지

고민했지만, 양육의 이런 부분은 마리아에게 맡겼다. 아내는 최근 10대 자녀들에게 놀랄 만큼 많은 이해심을 보여 줬다.

때마침 마리아가 침실에서 나와 목욕 가운의 띠를 묶고 찬장을 뒤졌다.

"내 치아 시드 본 사람 있어?"

그녀가 물었다. 마리아가 일을 시작하고부터 규칙적으로 시간을 맞춰 식사하기가 어려워졌다. 빈센트는 이런 상황을 방해하지 않으면서도 매일 아침 7시 반에 다 함께 아침 식사를 할 수 있도록 노력했다. 다른 가족 구성원들이 그 일에 의미를 두든 두지 않든, 그에게는 별로 중요하지 않았다. 의식에는 좀 더 깊은 의미가 있으니까.

그는 시선을 내리다가 여전히 손에 들려 있는 편지를 발견했다.

아 참, 뜯다가 말았구나. 편지를 받았지.

마리아가 망설이다 결국 아스톤과 함께 토스트에 딸기 잼을 바르는 동안 빈센트는 조금 남은 접착테이프를 마저 뜯었다. 그는 아내를 이해할 수 있었다. 이렇게 바깥이 춥고 어두운데 건강식을 먹고 싶은 사람이 어디 있겠는가?

봉투에는 크리스마스카드가 들어 있었다. 올해 처음으로 받은 카드는 아니었다. 쇼라이프 프로덕션의 움베르토와 율리아의 수사 팀에서도 이미 카드를 보냈다. 그가 공연했던 극장에서 크리스마스카드를 보내는 일도 이따금 있었다. 하지만 그것들은 모두 비즈니스상의 이유로 온 것이었는데, 지금 이 카드는 사적인 것이었다. 그리고 손으로 쓴 카드였다. 평소에 그가 이런 카드를 받는 일은 없었다.

카드를 읽자 그의 목이 조여 왔다.

그가 일곱 살 때 엄마가 죽은 후부터 함께 살던 내면의 그림자가 고성을 지르며 몸을 일으켰다.

"급하게 확인해야 할 게 있어."

빈센트는 쓸데없이 큰 목소리로 말하고는 그가 심하게 떠는 모습을 아이들이 알아채기 전에 서재로 달려갔다.

그리고 요란한 소리를 내며 문을 닫았다.

새로 받은 크리스마스카드를 벽 타임라인의 오른쪽 끝에 붙였다. 여기 쓰여 있는 말이 농담이 아니라면, 아직 경찰에 알리지 않은 게 다행이었다. 그는 그 어느 때보다 간절하게 미나와 이야기하고 싶었다. 그러나 이 소식은 대화를 불가능하게 만들었다. 읽고 싶지 않았지만 그는 카드를 다시 한번 읽었다.

빈센트, 종말을 맞을 준비 됐어?
난 당신 가족을 데려갈 거야.
그런 다음에는 당신을.
당신은 그 어떤 저항도 할 수 없어. 당신이 경찰서로 간

**다고 해도 어차피 벌어질 일이야. 오히려 훨씬 더 빨리
벌어지겠지. 당신과 나, 2로 나누기.
메리 크리스마스.**

빈센트는 부엌에서 그릇이 달그락거리는 소리가 들리는
지, 거실에서 아스톤이 학교 크리스마스 파티에 가기 전에
〈스웨덴 최악의 운전사〉 반 회분을 더 보고 싶다고 마리아와
실랑이하는 소리가 들리는지 귀를 기울였다. 가족이 아직 있
다는 것을 확인시켜 주는 소리면 뭐든 괜찮았다. 그러나 집
안은 갑자기 쥐 죽은 듯이 고요했다.

*

미나는 경찰서 책상 앞에 앉아, 대략 백 번째로 모니터의
알록달록한 사진을 노려보는 중이었다. 이 사무실은 동료들
의 사무실보다 온도가 몇 도쯤 낮았다. 미나는 냉기를 좋아했
다. 다른 사람들과 달리 여름보다 겨울이 훨씬 편안했다. 그
런데도 이마에 땀방울이 솟았다. 사진 때문이었다.

경찰 크리스마스 뷔페에 초대합니다.

몇 주 전에 이미 메일을 받았지만, 지금까지는 어렵지 않게
머릿속에서 몰아냈었다. 초대장에는 포토샵에 능숙한 동료

가 산타클로스 모자를 씌운 핀란드 페리 사진이 있었다. 선박 몸체에는 길게 '경찰'이라고 적혔다. 페리는 마치 경찰차처럼 보였다. 물에 있다는 점만 다를 뿐. 거대한 경찰차. 아이고, 대단하네.

보통은 팀끼리 각자 소소한 크리스마스 파티를 열었지만, 율리아의 팀은 무척 작아서 함께 축하하려고 모인 몇몇 팀에게 초대를 받았다. 미나는 숨이 막혔다. 요즘 핀란드 페리는 깔끔할지 몰라도 그녀의 머릿속에서는 여전히 수십 년간 맥주에 절여진 지저분한 카펫, 수천 명의 기도를 통과해 선회하는 공기, 너무 많은 사람이 너무 많은 시간을 보내는 선실 등 완벽한 무절제 그 자체였다.

그곳은 박테리아가 버글댔다. 육안으로도 보일 것 같았다. 모니터를 소독하고 싶었다.

미나는 몇 년 전에 여러 팀이 함께했던, 이와 비슷한 파티에 대해 알고 있었다. 해당 팀 소속이 아니라서 그녀는 다행스럽게도 초대받지 않았지만, 거기서 벌어진 일화들은 지금도 경찰서 내에서 회자됐다. 그 이야기를 들을 때면 루벤은 언제나 눈을 반짝였고, 율리아는 고통스러운 듯 엉덩이를 이쪽저쪽으로 들썩였다.

미나는 정말 알고 싶지 않았다.

정말 가고 싶지 않았다.

날짜를 슬쩍 봤다. "12월 19일에 만나요!" 협박처럼 보이는 문장이었다. 19일은 오늘이다. 세 시간 후에는 페리에 승선해야 한다. 거절할 만한 그럴듯한 핑계가 떠오르지도 않았고, 율리아는 팀의 협동을 위해 참석이 얼마나 중요한지 모두에게 강조했었다.

하지만 미나는 도저히 갈 수 없었다.

욘의 유해 수사가 우선순위 아닌가? 나는 여기 남아야 한다고 율리아를 설득할 만한 새로운 단서가 없나? 나탈리는 열여섯 살이고 혼자 아주 잘 지낼 수 있으니 핑계가 되지 않았다.

미나는 구역질 나는 배 사진을 치우고 욘에 대한 보고서를 열어 세심하게 훑어봤다. 남은 두 시간 45분 동안 뭔가 생각해 내야 한다.

그녀는 아담이 콘피도의 대표인 페테르 크론룬드와 면회하면서 남긴 메모를 읽다가 잠시 멈칫했다. 페테르에 따르면 욘은 실종되기 직전에 성격이 변했다고 했다. 욘의 아내도 똑같이 말했다. 페테르와 마찬가지로 요세핀도 언론이 몰아댔기 때문이라고 짐작했다. 그게 금방 떠올릴 만한 이유이기는 했다. 밤낮으로 기자들에게 쫓기면 죄가 있든 없든 누구도 평온하지 못할 터였다.

하지만 요세핀은 욘이 집에서 언론 보도에 대해 뭔가 말했다는 진술은 하지 않았다. 욘이 그 일로 짜증이 났다면 아내에게 말했을 확률이 높았다. 어쩌면 다른 이유가 있을 것이다.

불가능한 일은 아니었다. 욘의 성격 변화에는 모두가 짐작하는 것과 전혀 다른 이유가 있었는지도 모른다. 그래서 아마 항상 신경이 곤두서고 경계가 심했을 수도 있다. 하지만 그런 경우라면 왜 아무 말도 하지 않았을까? 경찰서에는 왜 가지 않았지? 자기 목숨이 걱정됐을 텐데.

욘은 뭘 알고 있었을까?

이 의문이 미나가 찾던 핑계였다.

그녀는 15시에 체크인이라는 초대장을 흘낏 봤다. 그리고 빈센트에게 문자 메시지를 보냈다. 드디어 둘이 만날 적절한 이유가 생겼다. 갑작스러운 욘의 성격 변화에 대해 그와 이야기해야 한다. 그것도 정확하게 두 시간 반 후에.

*

아이는 아빠의 손을 꼭 잡았다. 하지만 뭔가 많이 들어 있을 법한 쓰레기통을 지날 때면 아빠 손을 놓고 그와 함께 내용물을 뒤져 보물이 있는지 살펴봐야 했다. 사람들은 정말 굉장한 것들을 버렸다. 햄버거를 사서 반만 먹고 버리는 사람도 많았다. 또 어떤 사람들은 맛있는 치즈와 햄이 들어간 샌드위치를 한두 입만 먹었다. 여기 위쪽 사람들은 이상했다.

위에서 살던 시절이 가끔 흐릿하게 기억날 때도 있었다. 대부분 잠이 깨기 직전의 문턱에서 그랬다. 기억은 모호하고 잡을 수 없는 형태였다. 잡으려고 해 보지 않은 건 아니었다. 기억은 너무 아팠다. 엄마의 체취가 특히 더 아팠다. 엄마에게서는 꽃향기가 났고, 이 향기는 엄마의 포옹과 부드러운 블라우스 자락이 아이의 뺨에 닿는 느낌과 아주 가깝게 연결되어 있었다.

하지만 아이는 그때 너무 어렸기에 이게 진짜 기억인지 아니면 아빠가 해 준 여러 이야기를 바탕으로 생겨난 판타지인지 알지 못했다. 그에 비해 아빠와 아이가 집에 돌아왔는데 엄마가 없던 날은 아주 정확하게 기억났다. 아빠와 아이는 며칠 집을 비웠다. 엄마의 표현에 따르면 아빠는 자주 가던 '소풍'을 나섰고, 아이도 데리고 갔다.

집을 떠날 때만 해도 엄마는 아직 살아 있었다. 화를 내긴 했지만 그래도 살아 있었다. 엄마는 아빠의 소풍을 좋아하지 않았다. 아빠가 아이를 데리고 갈 때면 더욱 싫어했다. 아이는 아빠를 따라가는 게 좋았다. 소풍을 가면 대부분은 숲에서 잤다. 아이는 원래 어둠을 무서워했지만, 아빠가 옆에 있으니 밤에도 두렵지 않았다.

떠올리기 싫은 것을 떠올리지 않으려고 아이는 고개를 저었다.

아빠는 길을 건너 오덴플란 한가운데에 있는 쓰레기통으

로 향했다. 오덴플란은 아빠가 좋아하는 장소였는데, 그곳의
쓰레기통은 거의 언제나 맛있는 음식으로 가득했다.

아빠가 급하게 손을 흔들자 아이는 좌우를 살피고 길을 건
넜다. 쓰레기통에 다가간 아이에게 아빠가 뭔가를 내밀었다.
아이가 가장 좋아하는 초콜릿이었다. 아직 한 조각이 남아 있
었다. 이렇게 운이 좋은 날은 드물었다. 보통 그런 포장지는
텅 비어 있었다. 아빠가 비닐봉지에 담은 보물들을 의기양양
한 표정으로 보여 줬다. 먹을거리가 가득했다. 먹다 남은 버
터 빵이 특히 많았다. 며칠이나 먹을 양이었다. 이제 한동안
위로 올라올 필요가 없었다.

두 사람은 손을 잡고 지하철로 갔다. 아이는 오가는 사람들
의 시선을 느꼈지만 아무렇지도 않았다. 그 사람들은 아무것
도 몰랐다. 아이의 아빠는 왕이었다. 아이는 자부심을 느끼며
아빠의 손을 더 단단하게 잡았다. 이제 곧 그들은 그의 왕국
에 도착할 터였다.

*

"이런 식당을 어떻게 찾았어요?"
빈센트가 주위를 둘러보며 물었다. 미나도 주위를 둘러봤
다. 식당은 눈부시게 환했고, 눈길이 닿는 곳에 크리스마스

장식은 하나도 없었다. 완벽했다.

"검색해 봤죠. '크리스마스 없는 식당'으로. 수천 개가 검색 되던데요. 반짝이는 것에 알레르기가 있는 사람이 나만은 아 닌가 봐요."

바사스탄에 있는 작은 식당은 손님들로 터질 듯했다. 점심 에 크리스마스 요리가 제공되기는 하지만, '퓨전'과 '대안', '아 시아'라는 단어가 있는 것으로 보아 미나는 기름진 살코기 소 시지나 번질번질한 고기 완자는 나오지 않을 거라고 확신했 다. 빈센트는 살짝 실망한 듯했다.

"흠, 나는 크리스마스 좋아해요."

그가 말했다.

"뭐든 넘치게 차려지는 옛날 버전으로요. 그건 그렇고, 연 락 줘서 고마워요. 당신에게 전화를 해야겠다고 자주 생각했 는데……."

스트레스가 많아 보이는 지배인이 메뉴판 더미를 겨드랑 이에 끼고 그들이 있는 곳으로 와서 물었다.

"예약하셨습니까? 아니라면 안타깝지만 식사하실 수 없습 니다. 죄송합니다."

"그러지 마세요."

빈센트가 그에게 따뜻하게 미소 지었다.

"이렇게 운영이 잘 되다니, '기뻐'하셔야지요."

120

지배인은 불안한 표정으로 미소를 지었다.

그는 손님들이 자리가 없으면 화를 내는 데 익숙한 것 같았다. 미나는 빈센트가 '기뻐'라는 말을 할 때 남자의 팔을 살짝 건드리는 모습을 보았다.

"안 그렇습니까?"

그가 남자의 팔을 다시 한번 건드렸다.

"이렇게 좋은 기분을 위해서라면 뭐라도 할 것 같은데요."

지배인이 활짝 미소를 지으며 고개를 끄덕였다.

"기분이 얼마나 '좋은지' 잘 느껴보세요."

빈센트가 말했다.

"'좋은' 2인용 자리 부탁합니다."

"좋습니다…… 될 것 같네요."

지배인이 살짝 혼란스러운 표정으로 대답했다.

"구석 자리 손님들이 곧 가실 겁니다. 서두르라고 해야겠네요. 이쪽으로 오시지요."

두 사람은 그를 따라 식당을 가로질렀다. 가는 길에 지배인은 카드 리더를 챙겨 모퉁이 식탁에 앉은 커플에게 가서 계산을 했다.

그들은 자리에서 일어나 가면서 마땅찮다는 눈길로 미나와 빈센트를 쏘아봤다. 지배인은 메뉴판 두 개를 식탁에 내려놓고 예의 바르게 자리를 떠났다.

"당신, 제정신이 아니군요."

미나가 나지막하게 말하며 지배인의 뒷모습을 바라봤다.

"왜요. 우린 자리를 얻었고, 저 사람은 행복하잖아요."

빈센트가 만족스러운 표정으로 대답했다.

미나는 미소를 지으며 벽을 등지고 앉았다. 빈센트는 식탁 모퉁이를 끼고 미나 곁에 앉을 수 있게 의자를 옮겼다.

"마주 보고 앉는 거, 난 좋아하지 않아요."

의아해하는 미나의 표정을 본 그가 말했다.

"너무 대립하는 것 같고 형식적이라고 느껴져서요. 게다가 물리적 장벽이 몸짓 언어의 절반을 가려서 의사소통을 쓸데 없이 어렵게 만들거든요. 이렇게 모퉁이를 끼고 앉으면 훨씬 더 대화를 잘 나눌 수 있어요. 차이가 느껴져요?"

그가 옳았다. 미나는 차이를 또렷하게 느꼈다. 무엇보다도 그가 아주 가까이 있고 이제 그에게 아무것도 속일 수 없다는 느낌이 들었다. 사람 사이의 물리적 장벽을 비롯한 온갖 형태의 장벽에게 어떤 장점이 있는지 그에게 설명할까 고민했지만, 그가 조금 떨어져 앉기를 자신이 '정말 원하는지' 잘 알 수 없었다.

"그건 그렇고, 극적인 문자 고마워요."

문자 메시지가 떠 있는 휴대폰 화면을 빈센트가 들어 보였다.

할 얘기가 있어요. 지금 바로 만날 수 있을까요?

"마리아가 잘 받아들인 모양이네요."

미나는 휴대폰에 붙은, 빈센트의 아내가 쓴 것 같은 포스트 잇을 가리켰다. 그 여자, 당신 아이 가졌어?

빈센트의 찡그린 얼굴을 본 미나는 터지려는 웃음을 꾹 눌러 참았다.

"우리 어디까지 얘기했었죠? 크리스마스 이야기."

미나가 헛기침을 하고 말을 이었다.

"그러니까 당신은 크리스마스를 좋아하는군요. 너무 야단법석인데 정신없지 않아요?"

"예전에는 그랬죠."

멘탈리스트가 대답했다. 그러고는 이마를 찌푸리며 메모지를 떼어 구겨서 휴대폰과 함께 주머니에 넣었다.

"예전에는 크리스마스를 전혀 좋아하지 않았어요. 당신이 말한 대로 너무 정신없다고 느꼈거든요. 크리스마스이브 전날에는 정신 놓은 사람처럼 돌아다녔고, 무정부 상태 같은 이틀이 지나고서야 공포가 사라졌어요. 나중에는 배가 아팠고, 왠지 모든 의미 있는 것을 놓쳤다는 고통스러운 감정을 느꼈죠."

옆에서 누군가 헛기침을 했다.

"두 분 모두 크리스마스 메뉴로 할까요?"

여자 종업원이 물었다. 빈센트가 어떻게 할까 하는 표정으로 바라보자 미나는 고개를 끄덕였다. 종업원은 올 때만큼이나 재빨리 사라졌다.

"그래서 어떻게 했어요?"

미나가 물었다.

"9월 말부터 크리스마스를 축하하자고 마음먹었어요."

빈센트가 대답했다.

"그런 표정 짓지 마요. 무척 이성적인 말이니까. 그러면 크리스마스 분위기에 휩싸일 시간이 충분하거든요. 12월 초에 다른 사람들의 히스테리가 시작되면 나는 느긋해지고요. 크리스마스이브는 나에게 긴 축하 기간의 아름다운 종결이에요. 크리스마스 축제의 모든 것을 24시간 내에 체크해야 할 필요도 없어요."

그가 걱정스러운 얼굴로 말을 이었다.

"내가 10월에 벌써 크리스마스 양말을 신는 걸 가족은 당연히 바보 같다고 생각해요. 하지만 가족이 나를 멍청이라고 생각하는 거야 새삼스러운 일도 아니니까요."

미나는 그를 빤히 바라봤다. 식탁 밑으로 빈센트의 양말을 확인하고픈 마음을 억누르느라 입술을 깨물고 힘겹게 그와 시선을 마주했다. 그러다 결국은 포기했다. 빈센트의 발목에는 선명한 빨간색과 초록색이 휘황찬란하게 반짝거리고 있었다.

그는 여전히 걱정스러운 표정을 짓고 있다가 정신을 차리고 다시 평소의 얼굴로 돌아왔다.

"무슨 일 있어요?"

미나가 물었다.

"빈센트, 오늘 정신이 다른 데에 가 있는 것 같아요."

그가 고개를 저었다. 미나가 보기에는 너무 힘주어 젓는 듯했다.

"아니, 아니에요. 그냥 우리 가족을 생각했어요. 그리고 내가 가족의 삶을 얼마나 힘들게 하는지도요."

뭔가 신경 쓰이는지 그의 이마에 주름이 잡혔다가 사라졌다. 미나에게 뭔가 감추는 게 틀림없었다.

"당신은 크리스마스를 좋아하지 않는데……."

그는 망설이다가 의자에 걸어 둔 외투 주머니에 손을 넣었다.

"크리스마스 선물을 가지고 왔어요. 바보 같은 생각이었죠?"

두툼한 갈색 포장지로 싸고 검은 리본을 두른 선물이었다. 미나의 몸에 순식간에 따뜻한 기운이 번졌다.

"크리스마스이브에 열어 봐요."

그가 선물을 건넸다.

"말도 안 되는 소리."

미나가 싱긋 웃으며 리본을 풀었다.

"그러면 당신에게 한마디 할 수가 없잖아요."

미나가 상자를 여니 그 안에는 부드러운 회색 덩어리가 들어 있었다. 점토였다. 다행스럽게도 랩에 싸여 있어서 손에 묻을 일은 없었다. 등줄기에 소름이 끼쳤다. 하필 점토라니?

그녀가 빈센트를 빤히 노려봤다.

"도예 강습반에 등록해 줄게요."

그가 미소 지었다.

"회전판으로 하는 도예요."

도예라니. 질퍽한 점토와 지저분한 물이 사방에 있고 옷에는 얼룩이 지는 것. 게다가 예술적 재능을 뿜어내는 히피 무리와 함께.

"나에 대해 아는 거 맞아요?"

미나가 물었다.

"인간을 이해하는, 다른 사람의 마음을 읽을 수 있는 사람 아니었어요? 당신이 아니면 누가 나에게 완벽한 선물을 할 수 있겠느냐고요. 그런데 여기 이건…… 정반대네."

그녀는 점토 덩어리를 손에 들고, 빈센트의 두개골에 심각한 상해를 입혀 볼까 고민했다. 아무래도 그러지 않는 게 좋겠다.

"그런 거 아니에요."

그가 말했다.

"이 점토는 완벽하게 깨끗해요. 그리고 당신은 물을 좋아하잖아요. 당신이 말했듯이 나는 사람의 마음을 읽을 수 있어요. 당신은 당신만의 안전지대를 얼른 벗어나야 해요. 긍정적인 의미로 놀라운 일을 겪게 될 거예요. 당신의 악마에게 맞서 봐요!"

"취소해요. 안 그러면 내가 악마를 당신한테……."

헛기침 소리가 들려왔다. 미나가 알아채지 못한 사이에 접시 두 개가 식탁에 놓여 있었다. 종업원이 다시 온 것이다.

"물 말고 다른 음료 필요하신가요?"

종업원이 물었다.

"이 사람한테 비소 한 잔 가져다주세요."

미나가 빈센트에게서 눈을 떼지 않은 채 말했다.

"나도 강습에 참가한다면요?"

멘탈리스트가 물었다.

"난 이미 당신을 위해 독약을 마신 적이 있어요. 아니, 당신 딸을 위해서. 그걸 되풀이하느니 도예 강습에 같이 참석하는 게 훨씬 낫죠."

종업원은 대답을 듣지 못하리라는 사실을 깨닫고 돌아갔다.

"그런데 뭔가 특별한 이유가 있어서 나를 만나자고 한 거예요?"

빈센트가 물었다.

"아니면 그냥 크리스마스 선물만 가져가려고?"

"점토 이야기 아직 안 끝났어요."

미나가 말했다.

"명심해요. 그것 말고는, 맞아요. 조금 기이한 사건을 만났어요. 그저께 지하철에서 해골이 한 무더기 발견됐어요. 인골이요."

"세상에."

빈센트는 호기심에 찬 표정을 한 채 금속 젓가락으로 음식을 쑤시다가 마침내 만두를 하나 잡았다.

"그런 일은 자주 일어나지 않아요? 그러니까 내 말은, 오랜 세월 동안 도시 곳곳에 사람들이 매장됐잖아요. 리다르홀멘에서는 땅에 삽을 넣기만 하면 14세기의 유해가 나와요. 그곳 공동묘지는 200년 전에 이미 사라졌지만 유골은 아직 남아 있어요. 리다르홀멘과 감라 스탄 사이의 운하에서는 말할 것도 없고요. 물은 봉헌된 땅에 매장될 수 없었던 선원과 범죄자와 이교도들의 공동묘지였거든요."

"우리가 발견한 유골은 훨씬 생생해요."

미나가 그의 말을 가로챘다.

"누구 유골인지도 알고요. 4개월 전에 실종된 유명 금융인의 유골이에요."

빈센트가 이마를 찌푸리며 물었다.

"그런데 유골을 발견했다고요? 그 정도로 부패하는 데는 시간이 더 오래 걸릴 거라고 생각했는데요."

미나가 재킷 주머니에서 포장된 빨대를 꺼내 물컵에 넣었다. 대화 주제는 오싹하지만 요리의 향은 무척 좋았다. 크리스마스를 연상시키는 향기도 없었다. 냅킨에 소독제를 살짝 뿌려서 젓가락을 문지른 다음, 튀긴 브로콜리 한 조각을 입에 넣었다. 아주 맛있었다.

"완벽하게 맞는 말이에요."

미나가 채소를 삼킨 후 대답했다.

"일반적인 부패 과정은 전혀 아니죠. 근육과 힘줄, 지방 조직이 의학적인 처치가 가해졌다고 볼 수 있을 만큼 정밀하게 뼈에서 제거됐어요. 게다가 뼈들이 아주 가지런하게 쌓여 있었고요."

빈센트가 달그락거리는 소리를 내며 젓가락을 접시 가장자리에 내려놓았다.

"모스 테우토니쿠스인가?"

"모스? 이끼 말이에요?"

"모스 테우토니쿠스. 고향에서 먼 곳에서 사망한 상류 계층의 시신을 위한 일종의 VIP 매장이에요. 그러니까 왕이나 귀족, 사제를 위한 매장법이죠."

"귀족이요?"

미나는 다시 학교로 가야 할 것 같은 기분이 불쑥 들었다.

빈센트가 열정적으로 고개를 끄덕였다.

"중세의 전성기였던 13세기부터 14세기까지 있었던 관습이에요. 10세기에 이미 있었다고도 하고요. 모스 테우토니쿠스는 '독일의 관습'이라는 뜻인데, 먼 타국에서 사망한 사람의 유해를 집으로 운송하기 위해 사용된 방식이에요. 뼈에서 살을 제거하려고 시신을 물이나 와인, 식초에 삶는 거죠. 유골은 고향에서 계급에 맞게 매장되고요. 그런데 교황이 그 관습을 금지시켰어요. 기독교에서 육체는 신성한 것이거든요. 그래서 그 대신 시신을 몇 주나 마차에서 썩게 했죠."

미나는 자기 접시를 내려다봤다. 한쪽에 초밥 두 점이 놓여 있었다. 밥에 얹힌 생선 조각이 뼈에 붙은 살을 연상시켰다. 그녀는 접시를 밀어 냈다.

"이 경우에도 그랬을 가능성이 있을지 모르겠네요."

빈센트가 말을 이었다.

"혹시 일종의 VIP 매장 아니었을까요? 영향력 있는 금융인이었다면서요."

"너무 변태처럼 들리네요. 게다가 당신 의견을 들어 보니 천 년 전에나 있었던 관습이고 말이에요."

"천 년까지는 아니지만, 어쨌든 무슨 말인지 알겠어요."

빈센트는 생각에 잠긴 표정을 지었다.

"시신을 A에서 B로 옮겨야 해서 이동하기 전에 삶아서 가볍게 하려고 했다는 논리적 설명은 어떻게 생각해요?"

미나는 아니라는 뜻으로 고개를 저었다. 욘 랑세트의 유골은 그러기에는 너무 세심하게 쌓여 있었다. 발견되기를 바랐다는 뜻이다. 문제는 그 이유였다. 빈센트의 질문에 대답을 하려는데 미나의 휴대폰에서 삐 소리가 들렸다. 율리아가 팀원 전체에게 단체 메시지를 보냈다.

"미안, 읽어 봐야 해요."

빈센트는 음식에 달려들었고, 미나는 메시지를 눌렀다.

여러분이 오늘 오후 크리스마스 페리를 기대하고 있었다는 거 잘 알아요. 하지만 랑세트 사건이 먼저예요. 소문을 막기 위해 아담과 나는 14시에 기자 회견을 할 거예요. 그 후에 회의실에서 만나요. 놓친 페리 여행은 나중에 보상해 줄게요. 약속해요. —율리아

미나가 메시지를 다 읽자 빈센트는 유쾌한 표정으로 그녀를 가만히 보다가 물었다.

"복권 당첨됐어요?"

미나는 자신이 함박웃음을 짓고 있음을 깨달았다. 어깨가 최소한 10센티미터쯤 내려갔다.

"그렇다고 할 수 있겠네요."

"진심으로 축하해요. 당첨 확률이 얼마인지 알아요? 1만 크로나에 맞을 확률은 1 대 3만 2,000이에요. 복권 한 장에 30크로나니까 1만 크로나에 당첨되려면 100만 크로나까지 써야 한다는 뜻이죠. 하지만 스웨덴에서 매년 복권이 거의 1억 3,000장씩 팔리는 걸 보면 사람들은 이 사실을 모르는 것 같아요."

"빈센트."

미나가 불쑥 말했다.

"랑세트, 뼈, 삶기. 그렇지!"

그러고는 멘탈리스트의 얼굴 앞에서 손가락을 탁 튕기고 말을 이었다.

"빈센트, 모스 테우토니쿠스에 대해서 얘기하던 참이었잖아요. 실종된 금융인을 왜, 누가 중세의 왕처럼 모셔 놨을까요?"

빈센트는 잠시 멍한 표정이었다. 그러다가 다시 정신을 차렸다.

"미안해요. 음…… 알았다. 그 사람이 혹시 자아가 강했나요?"

"지금 그걸 막 물어보려던 참이에요. 그래서 당신에게 문자를 보낸 거였고요. 실종 전 그의 자아 또는 행동에 관한 일인데, 그와 아주 가까운 몇몇 사람에 따르면 그가 실종 직전에 좀 달라졌었대요."

"흠, 나중에 돌이켜 보면 행동 변화의 원인을 안다고 짐작하기 쉬워져요."

빈센트가 생각에 잠긴 얼굴로 말했다.

"무슨 일이 벌어졌는지 알고 나면 이미 일어난 일에 대한 기억도 달라지죠. 엘리자베스 로프터스와 존 파머가 1974년에 했던 유명한 연구가 있어요. 충돌하는 자동차들의 영상을 실험 참가자들에게 보여 주고 참가자들을 두 그룹으로 나누어 질문을 했는데, 서로 다른 동사를 사용했어요. '요란하게 충돌'했을 때 자동차의 속도가 어땠는지 묻는 질문에 대답한 사람들은 나중에 바닥에서 유리 조각을 봤다고 기억했어요. 이와 달리 '서로 부딪치는' 차들에 대해 대답한 사람들은 유리 조각을 못 봤다고 했고요. 그러니까 단어 선택이 나중에 사람들의 기억을 바꾼 거죠. 애초에 유리 조각은 영상에 등장하지 않았어요."

"무슨 말이 하고 싶은 거예요?"

"거기에 어떤 뜻이 있는 건지 얘기하기 전에, 주변 사람들이 실제로 겪은 일을 정확하게 알아야 해요. 그 사람이 실종된 후에 그들의 머릿속에서 생긴 해석에 불과한 것일지도 모르니까요."

빈센트는 지배인과 눈을 맞추고 계산하겠다는 신호를 보냈다. 미나는 이 지점에서 평등을 이루려는 노력을 이미 오래전에 포기했다. 만날 때마다 기어코 그가 내겠다고 하니 그냥 내버려뒀다. 빈센트를 본 지배인이 환하게 웃으며 카드 리더를 가지고 두 사람에게 서둘러 다가왔다. 빈센트는 탁월한 요리에 감사하며 지배인의 팔을 또 부드럽게 건드렸다. 그렇지 않아도 밝았던 그의 미소가 더 환해졌다.

"뼈에 대해 다시 한번 생각해 봤어요."

빈센트가 휴대폰을 카드 리더에 대면서 말했다.

"뼈가 아직 밀다에게 있겠죠. 혹시 내가 가서 봐도 될까요?"

"지금 바로 가는 게 제일 좋을 것 같아요. 당신 아내에게 우리가 초음파를 보러 가야 한다고 문자 보내요."

*

루벤은 월드 오브 토이스 옆 갤러리안 쇼핑몰에 선 채, 내면에서 솟아오르는 공황을 느꼈다. 점심시간을 틈타서 아스트리드에게 줄 크리스마스 선물을 살 계획이었다. 이미 크리스마스이브 닷새 전이라 좀 늦었지만, 혼잡한 장난감 가게 상황으로 볼 때 늦은 사람은 그만이 아니었다.

다른 손님들은 마치 원격 조종을 당하듯 정확한 목표를 두고 선반들 사이를 움직였다. 그러나 그는 뭘 해야 할지 전혀 알 수 없었다. 열 살짜리 여자아이는 뭘 갖고 싶어 하지? 아직 장난감을 가지고 놀까? 옷은 더 모르니 그 분야는 생각도 할 수 없었다. 게다가 이미 격투기 도복을 사 주었다.

새 필기구를 사 주면 어떨까. 그림 그리기를 좋아하니까. 사인펜은 너무 유치할까? 붓과 유화 물감을 사야 하나? 아이 엄마도 그걸 쓰잖아.

그는 반년 전부터 아스트리드를 매주 만나고 있지만, 보드 게임과 레고와 인형이 가득한 선반을 보니 아이에 대해 아는 게 아무것도 없다는 느낌이 들었다. 이렇게 해서는 진전이 없다. 그러다 동물 봉제 인형을 보자 아이디어가 하나 떠올랐다. 그가 아는 바로는 아스트리드는 경찰견을 좋아했다. 경찰견을 좋아하니 강아지를 선물로 받으면 아마 매우 기뻐할 것이다. 하지만 딸에게 살아 있는 셰퍼드 강아지를 선물했다간 엘리노르가 그를 때려죽일지도 모른다.

빌어먹을.

그는 이마의 땀을 닦고 도망치듯 장난감 가게를 나서다가 입구에서 두툼한 다운재킷을 입은 여성과 부딪쳤다.

"죄송합니다!"

그가 얼른 말했다.

"아이고."

여자가 웃음을 터트렸다. 그가 들어 본 웃음소리였다.

"사라?"

지난여름 이후로 루벤은 국가작전부 분석 팀 소속인 사라를 보지 못했다. 둘은 연쇄 아동 유괴 사건 때문에 함께 일했는데, 그때 사라는 남편이 아이 둘을 두고 그녀를 떠났다고 했었다. 루벤은 사라와 같이 있으면 마음이 편했던 것을 아직도 기억했다. 그러다 그녀가 갑자기 사라졌다. 루벤은 사라가 이직했거나 남편과 함께 미국으로 갔을 거라고 짐작했었다. 그런데 지금 여기 있다니. 짙은 색 머리카락에 눈송이를 이고, 눈동자를 반짝이며.

"안녕, 루벤."

그녀가 가게 안을 흘낏 들여다봤다.

"당신이 유혹한 사람 중 한 명에게 줄 선물을 찾는 중이야? 어린 여자를 좋아한다는 건 알았지만, '이 정도로' 어릴 줄은……?"

유혹한 사람 중 한 명에게라니……. 그는 입을 떡 벌렸다. 무슨 말을 해야 할지 알 수 없었다. 자신의 사생활은 사라와 전혀 관계가 없으니 화가 나야 마땅했지만, 놀랍게도 얼굴이 빨개지기만 했다.

"선물, 맞아. 그런데…… 그게 아니라 딸에게 줄 선물이야. 문제는……."

그가 잔기침을 하고 말을 이었다.

"열 살짜리 여자아이가 좋아하는 게 뭔지 혹시 알아?"

사라가 그를 보며 말없이 미소 지었다. 그는 관찰당하는 것을 좋아하지 않았다. 그가 집으로 데려오는 젊은 여자들은 이렇게 시험하듯 그를 찬찬히 뜯어보지 않았다. 그게 좋은 점이었다. 그 사람들은 그저 그의 제복만 봤고, 기분에 따라 가끔 수갑을 보기도 했다. 요구 사항이 없었다.

"나 꽁꽁 얼었어."

사라가 말했다.

"바깥이 무시무시하게 춥네. 나한테 따뜻한 코코아 한 잔 사 주는 거 어때? 그러면 열 살짜리 여자아이가 뭘 좋아하는지 알려 줄게. 아, 마시멜로도 얹어서."

사라는 두툼한 다운재킷에 폭 싸여 있었지만 루벤은 본능적으로 그녀의 몸매를 스캔했다. 겨울옷 때문에 알아보기 힘들었는데, 기억하기로는 아름다운 굴곡이 있는 몸매였다. 그가 집으로 끌고 오는 여자들 대부분은 바싹 말랐고, 몇 그램이라도 찌는 걸 두려워해서 아마 마시멜로는 멀리할 텐데. 루벤은 사라가 그런 생각은 전혀 하지 않는 것 같아서 마음에 들었다.

"아가씨, 이쪽으로 가시죠."

그가 손을 내밀었다. 루벤도 마시멜로가 먹고 싶었다. 그렇지만 사라가 앞을 지나갈 때는 자기도 모르게 배를 쑥 집어넣었다.

두 사람은 정신없이 쇼핑하는 사람들을 헤치고 가서 카페에 빈자리 두 개를 찾아냈다. 루벤은 계피와 오렌지를 얹은 뜨거운 코코아 두 잔을 주문했다. 크리스마스 아닌가. 당연히 마시멜로도 잔뜩 올렸다.

"한동안 안 보이던데."

김이 모락모락 나는 컵을 들고 테이블로 돌아온 루벤이 말했다. 사라는 다운재킷을 벗어 두었다. 그의 눈길이 저절로 목선으로 향했다. 사라의 몸매는 실로 올바른 자리에 굴곡이 있었다.

"어떻게 지내?"

루벤은 사라와 겨우 눈을 마주쳤다.

"요즘 아주 바빠."

사라가 코코아를 불어서 식혔다.

"테러 공격이 일어날지도 모른다는 징후를 포착했거든. 농업용품 도매업체 여러 곳에서 질산 암모늄 도난 사고가 벌어져서."

"암모늄?"

"원래는 화학 비료로 쓰이는데, 마음만 먹으면 그걸로 폭발물을 만들 수 있어. 다른 업체에서도 폭발물을 제조할 수 있는 화학 물질이 도난당했는지 알아보고 있고. 최악의 경우 누군가 지금 폭탄을 제조하고 있을지도 몰라. 가끔 그런 일이 벌어지잖아. 어차피 대부분은 실패하지만. 도난 사건도 물론 우연일지 모르고. 그래도 우린 확인해 봐야 해. 그리고……
사실 이 이야기는 하면 안 되지만 당신을 믿으니까……."

사라가 주위를 둘러본 후에 몸을 앞으로 숙이고 속삭였다.

"테드 한손."

"스웨덴의 미래 당 대표?"

루벤이 묻자 사라가 고개를 끄덕였다.

"그 사람이 왜?"

"아주 안 좋은 일에 연루됐어. 우린 필요에 따라서 이런저런 정치인들 동향을 주시하고 있어. 보안 경찰이 우리에게 법무부 장관을 특히 유의해서 살펴 달라고 부탁하기도 하고. 그런데 테드 한손은 아주 특수한 비밀을 몇 가지 감추고 있어. 지금까진 그저 관찰만 하고 있었지만, 이미 말했듯이 문제가 꽤 있는 상황이야."

루벤은 고개를 끄덕이고 잠시 아무 말도 하지 않았다. 그러다가 용기를 내어 아까부터 머릿속을 돌아다니던 질문을 했다.

"이건 아주 다른 문제인데 말이지. 내…… 여가 활동에 대해 어디까지 알고 있어?"

몇 년 전까지만 해도 그는 누가 얘기만 꺼내면 마음껏 자신의 방탕한 생활을 떠벌렸다. 그러다가 아만다에게서 상담을 받고, 다르게 살 수도 있다는 사실을 깨달았다. 그런데 갑자기 페데르가 죽고 나서 모든 게 달라졌다. 다시 밤 생활에 뛰어들어 수많은 젊은 여성을 집으로 데려왔다. 하지만 루벤은 동료들에게 그 이야기를 하지 않았다. 창피하기도 했고 다른 한편으로는 페데르가 좋아하지 않았을 것이기 때문이다. 그런데 사라는 도대체 그걸 다 어떻게 알고 있단 말인가?

"내 딸을 가르쳤던 젊은 기간제 선생님이 있어."

사라가 삐딱하게 웃으며 대답했다.

"내가 어디서 일하는지 알게 된 그 선생님이 나한테 '은여우 짭새' 이야기를 하더라고. 그 선생님과 친구들이 외출할 때마다 우연히 만나게 되는 어떤 남자를 그렇게 부른다고……."

루벤은 양손으로 얼굴을 가렸다.

"그래도 그 사람들은 20대 중반은 됐어. 어쨌든 내가 보기에는 그래."

"은여우라니."

루벤이 한숨을 내쉬었다.

"내가 그 정도로 늙지는 않았는데."

"아, 그게 문제구나."

사라가 말했다.

"루벤, 자기가 늙었다고 느껴?"

루벤은 그녀를 바라봤다. 어떤 일들은 혼자만 아는 편이 낫다. 아만다에게조차 말하지 않은 일도 많다. 하지만 사라의 눈빛을 보니 진실을 말할 수밖에 없었다.

"난 죽고 싶지 않아."

그가 나지막하게 말했다.

"죽고 싶은 사람이 누가 있겠어."

사라가 그의 손등을 쓰다듬었다.

"다행스럽게도 당신 인생은 이미 딸의 삶만큼 확장됐잖아. 이제 아이의 크리스마스 선물을 찾아볼까?"

사라의 손이 그의 손 위에 놓여 있었다. 찻잔을 쥐었던 손이 따뜻했다. 따뜻하고 생기 있었다.

"딸이 격투기를 해. 그래서 내 차선책은 브루스 리 포스터를 사는 거였는데, 이제 더는 없나 봐. 내가 한 번도 들어 본 적이 없는 밴드들의 포스터만 있어. '블랙핑크'도 있었던 거 같고, B로 시작하는 다른 세 글자 이름 그룹도 있었는데…… 어떤 게 아이 마음에 더 들지 모르겠네. 그런데 케이팝이 도대체 뭐야?"

사라가 웃음을 터트리고는 뜨거운 코코아를 한 모금 마셨다. 윗입술에 진한 초콜릿 선이 그려졌다. 마시멜로 하나가 테이블에 떨어졌다.

"브루스 리? 은여우, 당신 가망이 없네."

그녀가 말했다.

*

율리아는 조용해질 때까지 끈기 있게 기다렸다. 경찰들은 이따금 아이같이 굴었지만, 지금 눈앞에 있는 기자나 사진 기자들과 비교하면 그들은 다루기 쉬운 대상이었다. 정식으로 기자 회견이 시작되기도 전에 기자들은 큰 소리로 질문들을 쏟아 냈다.

안전상의 이유로 율리아의 옆에 서 있는 아담은 눈에 띄게 짜증이 난 표정이었다. 율리아는 그가 언론인 패거리에게 욕설을 퍼붓지 않게 몇 번이나 그의 팔에 손을 얹었다. 필요 이상으로 자주 얹은 것 같기도 하지만, 아무도 눈치채지 못했을 것이다.

평소와 마찬가지로 유명 일간지와 타블로이드 신문사, 통신사, 텔레비전과 라디오 방송국 기자들이 참석했다. 《아프톤블라데트》, 《엑스프레센》, 《다겐스 뉘헤테르》, 《스벤스카 다그블라데트》와 TV4, SVT, TT 통신 기자들은 율리아가 이름도 알고 있었다. 콘피도 스캔들은 경제지 《다겐스 인두스트리》와 마케팅 잡지 《레수메》의 기자들도 꼬이게 했다. 율리아는 그들을 배제할 이유가 없다고 생각했다. 그들이 들어야 할 말을 그녀의 입으로 직접 해 주는 편이 나았다. 구석에 놓인 작은 커피 테이블 앞에 서서 보안 경비에게 카페라테 한 잔 가져오라고 요란하게 손짓하는 남자는 《레수메》 기자가 분명했다. 율리아는 고개를 절레절레 저었다.

"조용히 해 주십시오."

율리아는 모두가 그녀와 아담에게 집중하기를 기다렸다.

"간략하게 말씀드리겠습니다."

다혈질 기자 하나가 필터 커피 한 잔을 손에 든 채 못마땅한 표정으로 마지막 줄에 앉았다.

"콘피도 창립자 중 한 명으로 알려진 욘 랑세트가 사망한 채로 발견됐습니다. 그의 시신이 발견된 정황을 고려할 때, 현재는 이 이상 말씀드리기 어렵습니다."

웅성거리는 소리가 퍼져 나갔다.

"자살이라고 추정해도 되겠습니까?"

《스벤스카 다그블라데트》기자가 소리쳤다.

"금융 스캔들을 생각하면 자연사는 거의 불가능하다고 생각되는데요."

"사실 저희도 지금 그가 자연사했는지 아닌지 알 수 없습니다. 일부러 이렇게 모호하게 말씀드리는 게 아닙니다. 아직 밝혀지지 않았습니다. 심근 경색일 수도 있겠죠. 부검은……어려운 상황입니다."

웅성대는 소리가 요란해졌다.

"언급하신 이유로 인한 타살 가능성도 배제하지 않고 있습니다."

아담이《스벤스카 다그블라데트》기자에게 말했다.

"하지만 유해 발견 상황으로 볼 때 자살인지 아니면 조직 범죄와 관련된 보복 행위인지는 알 수 없습니다. 저희는 모든 가능성을 열어 두고 수사할 예정입니다."

"어떤 상황 말씀인가요? 이러려면 기자 회견은 도대체 왜 열었죠? 더 말씀해 주셔야 하는 거 아닙니까?"

《레수메》기자가 목소리를 높였다. 율리아가 아담을 흘끗 바라보자 아담은 고개를 끄덕였다. 이 사실을 발표하는 것은 욘의 아내도 허락했지만, 결국은 신문 1면과 자극적인 머리기사를 장식하는 효과밖에 없을지도 모른다. 이럴 가치가 있다는 확신이 있어야 했다. 그리고 율리아의 판단으로는 그럴 가치가 있었다.

"저희가 발견한 것은 욘 랑세트의 유골입니다."

율리아가 말했다.

"그것 말고는 없습니다. 신원 확인은 마쳤으며, 유골은 전 문적이고 세심하게 세척된 상태였습니다. 이 소식이 여러분 에게 아주 큰 흥밋거리임을 잘 알고 있습니다. 그래서 기자 회견을 연 겁니다. 욘 랑세트의 유해가 어디서 발견됐는지도 소문으로 아시게 될 테지만, 여러분이 이 소문을 보도하면 호 기심 많은 시민들이 그 장소로 몰려들 겁니다. 그러면 사고가 발생할 수 있습니다. 따라서 이런 세부 사항은 보도를 자제해 주시기 바랍니다. 여러분 중 누군가가 시신 발견 장소를 보도 한다면, 고의로 인명을 위험에 빠트린 혐의로 고소하겠습니 다. 이해하시겠죠?"

그녀가 예리한 눈길로 쏘아보자 기자들은 모두 심각한 표 정으로 고개를 끄덕였다. 《레수메》 기자만 히죽거리며 휴대 폰에 뭔가를 입력했다. 율리아는 다음 날 신문의 헤드라인이 무엇일지 생각하고 싶지도 않았다.

*

밀다는 뼈들을 벽 쪽에 있는 이동 침대 위에 펼쳐 놓았다.

그녀는 특유의 섬세함으로 유골을 정리했고, 미나는 밀다의 손재주에 다시 한번 감탄했다. 살과 피부가 없다는 점을 제외하면 욘 랑세트는 완벽한 형태로 누워 있었다. 그의 해골은 분명히 어떤 메시지를 전달하고 있었다.

미나와 빈센트는 점심 식사 후 바로 밀다에게 갔다. 빈센트는 늘 그랬듯이 법의학연구소가 불편하다는 티를 냈다. 이에 비해 미나는 깔끔한 해골과 소독된 온갖 금속 도구들에서 아름다움을 느꼈다. 그들 앞에 놓인 것은 인간이거나 최소한 인간이었던 물체였다. 그러나 질퍽하고, 건강에 해롭고, 감염시킬 수 있는 모든 것이 사라졌다. 깨끗하고 단순한 것만 남았다. 해골이 기름 얼룩 하나 없는 금속 표면에 반사됐다.

"206개의 뼈가 모두 있어요. 누가 씻었든 지극히 조심했을 거예요. 해부학에도 능통할 거고."

밀다가 해골을 가리키며 말했다. 그리고 미나와 빈센트에게 일회용 장갑을 건넸다.

"처음엔 시신을 삶았을 거라 생각했는데, 지금은 확신이 들지 않네요."

빈센트가 유골 쪽으로 몸을 숙이면서 말했다.

"무슨 뜻이에요?"

밀다가 물었다.

"몇몇 박물관에서는 동물 사체에서 무른 조직을 없앨 때 딱정벌레가 가득한 유리 테라리엄을 이용한다고 하더군요. 그 걸 위한 전용 공간을 마련하는 경우도 많고요. 그런 걸 더메 스타리엄이라고 한대요. 딱정벌레, 그중에서도 애벌레는 뼈 를 청소하는 데 엄청난 능력이 있는 모양이에요. 특히 부러 지기 쉬운 뼈는 다른 과정을 거치는 것보다 이렇게 하는 편이 손상이 훨씬 적다고 하고요. 실제로 박물관에서는 딱정벌레 에게서 전시품을 보호할 조치도 취해야 한대요. 딱정벌레 때 문에 전시품이 상할 수도 있어서요."

"두 가지 방법을 섞어서 사용했을 수도 있지 않나요?"

그들 뒤에서 나지막한 목소리가 들려왔다.

"그러면 과정이 훨씬 단축되니까요."

미나는 로케가 들어오는 소리를 듣지 못했다. 밀다의 조수 는 늘 그렇듯이 눈에 잘 띄지 않는 사람이었다. 그러나 밀다 는 지금까지 그보다 나은 조수를 보지 못했다고 했다. 어쩌면 일하는 동안 밀다와 함께 유행가를 부르는 조수는 그가 유일 한지도 모른다.

로케는 살짝 담배 냄새를 풍겼다. 담배를 피우느라 자리에 없던 거였다. 미나는 조금 전까지 즐기던 이 방의 순수함이 담배 냄새 때문에 깨졌다고 생각했지만, 그에게 그 말을 할 권리는 없었다. 법의학연구소에서 일하는 사람에게는 뭔가 해소할 수단이 필요할 것이다. 밀다는 그게 음악이고 로케는 담배인 모양이었다.

"먼저 삶고, 나머지는 딱정벌레가 처리했을지도 모르죠."

로케가 말을 이었다.

"그건 그렇고, 그런 용도로 사용되는 딱정벌레는 수시렁이과예요. 라틴어로는 데르메스티대라고 하고요."

빈센트가 끙, 한숨을 쉬고 말했다.

"그래서 더메스타리엄이군. 맞아요, 고마워요!"

로케가 싱긋 웃었다.

"그나저나 시신 말인데요."

빈센트가 말을 이었다.

"다들 인간 퇴비화에 대해서 들어 본 적 있으시죠? 시신을 톱밥과 건초, 곰팡이가 든 용기에 넣고 그대로 두면 흙만 남게 돼요. 퇴비화하는 물질까지 하면 하나의 인체에서 거의 1세제곱미터의 흙이 만들어지죠."

밀다가 고개를 끄덕였다.

"네, 좋은 아이디어라고 생각해요. 스웨덴과 영국에서는 이미 허용됐고, 미국의 몇몇 지역에서도 그렇다고 하고요."

"미국의 어느 회사는 거기서 한 걸음 더 나갔어요."

로케가 목소리를 높이며 말했다.

"퇴비가 된 시신 위에 유족들이 직접 고른 나무를 심어요. 나무는 시신에서 영양분과 더불어 시신의 분자를 빨아들이죠. 나무가 커 갈수록 사망한 친척의 구성 요소가 나무에 더 많이 포함되는 거예요. 나중에는 정말로 할머니가 나무로 변했다고 말할 수도 있을 정도죠."

"무척 시적이네요."

빈센트가 대답했다. 미나가 그를 빤히 노려봤다. 이 사람이 이성을 잃었나?

"문제는 해골이 남는다는 건데, 그게 어떻게 될지는 아무도 확실하게 알지 못하고요."

밀다가 말했다.

"해골 이야기가 나와서 말인데, 이제 현실로 돌아와 욘 랑세트에 관한 일을 처리하는 게 어떨까요? 사인은 알아냈어요?"

미나가 싸늘한 말투로 끼어들었다. 밀다는 고개를 저었다.

"사실 그건 불가능해요. 그가 무언가에 맞아서 살해됐다고 가정해 봐요. 예를 들어 총알이면 갈비뼈에 골절을 남기겠죠. 칼로 베었으면 벤 자국이 남을 거고 말이에요. 그런 건 내가 알아볼 수 있어요."

그녀가 흉곽을 가리키며 말했다.

"하지만 총이나 칼이 뼈대를 빗나가면서 치명상을 일으킬 수도 있어요. 질식이나 인체의 부드러운 부분에만 작용하는 다른 사인은 말할 것도 없고요. 그리고 내가 확인할 수 없는 지극히 자연스러운 이유로 사망했을 수도 있죠. 뇌졸중, 심근 경색, 뇌출혈 같은. 이런 거면 알 방법이 없어요."

"산 채로 삶아졌을지도 몰라요."

로케가 또다시 크게 말했다.

"고마워요. 이제 그 가능성도 고려하게 됐네요."

미나가 차갑게 말했다. 벌거벗은 욘 랑세트가 대형 냄비에 앉아 있는 모습이 미나의 눈앞에 잠깐 나타났다. 식인종에 관한 인종 차별적인 캐리커처를 연상시켰다. 전혀 재미있지 않은 캐리커처였다.

"지하철 터널이라는 점이 이상해요."

빈센트는 생각에 잠긴 표정으로 유골을 살폈다.

"도시 아래에 있는 터널에 대해서는 전설이 아주 많아요. 도시 철도와 슬루센 지역을 새로 건설하면서 터널 여러 곳이 파괴되긴 했지만, 전설 중 몇몇은 사실이고요. 전기통신소의 예전 케이블 터널도 아직 군데군데 남아 있죠. 물론 옛날 자물쇠가 현대식 숫자 코드 잠금으로 바뀌었기 때문에 이제 더는 쉽게 들어갈 수 없게 됐지만요."

"자물쇠가 교체된 사실을 당신이 어떻게 아는지는 묻지 않을게요. 그런데 무슨 말을 하려는 거예요?"

미나가 물었다.

"흠, 지하철 터널은 머물기에 상당히 위험한 장소예요. 다른 터널이 훨씬 더 안전하죠. 누군가 랑세트를 지하에 매장하려고 했다면, 왜 더 안전한 터널에 하지 않았을까요?"

미나는 밀다에게 이제 충분히 봤다는 뜻으로 고갯짓을 했다. 이동 침대에 누워 있는 해골은 이제 더 이상 그들에게 도움이 되지 않았다. 밀다는 방 한가운데에 있는 부검대로 다가갔다. 그곳에도 사인을 밝혀야 하는 시신이 한 구 있었다. 그러나 이 경우는 미나도 사인을 명확하게 알아보았다. 청소년 시신의 가슴에 총알구멍이 여러 개 있었다. 피부에 새겨진 문신이 아니어도 그의 죽음이 갱단과 관련이 있음을 알 수 있었다. 밀다는 이 모든 상황을 어떻게 견디는 것일까?

"어쩌면 유골이 쉽게 발견되라고 그랬는지도 모르죠."

로케가 불쑥 끼어들었다.

"나도 그 생각을 했어요."

미나가 그를 보며 말했다.

"지하철 터널은 직원들이 주기적으로 점검하잖아요. 다른 터널이었다면 해골이 발견되기까지 몇 년이나 걸렸을 거예요. 아예 영원히 발견되지 않거나요. 하지만 여기서는 누군가 뼈 무더기를 발견하는 게 시간문제였어요. 이미 말했듯이 그가 살해당한 건지는 알 수 없어요. 우리가 아는 거라고는 그의 유해가 죽음 후에 어떻게 정리되었는가, 그것뿐이에요."

로케는 재킷 주머니를 두드리더니 방에서 나갔다. 담배를 한 대 더 피우려는 모양이었다. 빈센트는 여전히 유골을 살피고 있었다.

"VIP 매장."

그가 생각에 잠긴 채 턱을 문지르며 말했다.

"지하에."

"무슨 뜻이에요?"

미나가 물었다. 빈센트는 한참 뜸을 들이다가 대답했다.

"우리가 모르는 것들이 여기 아주 많다는 뜻이죠."

"아무래도 당신이 우리 팀에 다시 합류해야 할 것 같아요. 율리아가 오늘 오후에 회의를 소집했어요."

빈센트의 얼굴이 환하게 빛났다.

"드디어!"

미나는 웃음이 터졌다.

"다들 그 정도로 기뻐할 것 같지는 않은데요."

문 쪽으로 가면서 미나는 밀다에게 작별 인사로 고개를 끄덕였다. 로케는 아직 돌아오지 않았다. 하지만 그의 다음 업무가 밀다를 도와 부검대에 있는 젊은이를 부검하는 일이라면, 미나는 돌아오고 싶지 않은 로케의 마음을 충분히 이해할 수 있을 것 같았다.

*

"언제부터 제 일에 참견하셨어요?"

율리아는 건강하지 못한 분노가 치밀어 오르는 것을 느꼈다. 아버지만큼 그녀를 화나게 하는 사람은 별로 없었다. 차분하게 생각하다 보면 율리아는 그 이유가 아버지와 자신이 닮았기 때문이라는 사실을 깨닫곤 했다. 그의 책상에는 자긍심 충만한 서체로 '외스텐 함마르스텐'이라는 이름이 새겨진 황동판이 놓여 있었다. 율리아는 아버지를 제외하고는 누구도 이런 명판을 사용하지 않을 거라고 생각했다. 아버지는 강인한 노인네였다.

율리아는 결혼할 때 토르켈의 성을 넘겨받지 않았다. 나중에 그게 잘못이었다는 생각을 한 적이 있긴 했다. 토르켈의 성을 사용했더라면 경찰서장과 그녀의 연관성이 이처럼 확연하게 드러나지 않았을 것이다. 하지만 그녀가 그때 토르켈의 성을 받았다면, 처리해야 할 수많은 일들의 목록에 이제 성씨 변경까지 추가될 터였다. 만약 그녀가 정말로 남편을 떠나게 된다면 말이다.

"참견이 아니라 그냥 팀워크라고 생각해라."

그녀의 아버지가 말했다.

"경찰 업무는 팀워크야. 들리는 말로는 지금 국가작전부가 조직범죄 건을 체계적으로 조사하는 중이라던데. 세르비아 마피아도 철저하게 감시하고 있고."

"'미치광이' 드라간 마노일로비치가 이끄는 세르비아 조직 말씀이세요? 그게 제 사건과 무슨 연관이 있죠?"

"어쩌면 전혀 없는지도 모르지. 누가 알겠니. 그리고 난 공식적으로는 아무것도 듣지 못했어. 하지만 너희가 올바른 방향으로 가도록 슬쩍 도와주지 않는다면 무책임한 일 아니겠니."

"올바른 방향이라고요?"

율리아가 쉿소리를 냈다.

"우리 수사는 이제 막 시작됐는데, 아버지는 벌써 우리를 가르치려고 하시네요?"

율리아의 목소리가 뒤집어지다시피 했다. 이렇게 화가 나는 이유가 아버지 때문만은 아니라는 사실을 그녀는 잘 알았다. 아버지도, 토르켈도 언제나 율리아를 궁지에 내모는 느낌이었다.

"율리아, 네 일을 비난하려는 게 아니다."

그가 차분하게 말했다.

"너에 대해 좋은 이야기를 많이 들었어. 특히 여름 이후로 말이야. 그리고 기자 회견도 탁월하게 해냈잖니. 우리끼리 말이지만, 네가 언젠가 내 자리에 앉는다고 해도 난 놀라지 않을 거다. 물론 내가 은퇴한 후에 말이지."

율리아는 점점 자기 의지와 반대로 기분이 나아졌고, 분노도 조금 가라앉았다. 그녀가 살짝 부드러워진 목소리로 말했다.

"좋아요. 공식적이든 비공식적이든 우리 수사에 도움이 되는 정보라면 당연히 뭐든 감사하죠. 하지만 너무 일찍부터……."

"구스타프 브론스에 대해 얼마나 알고 있니?"

아버지가 율리아의 말을 가로막았다.

"어, 그 사람은 욘 랑세트, 페테르 크론룬드와 함께 콘피도를 창립한 인물이잖아요. 나머지 둘과 똑같이 손이 지저분한 인간이라는 사실만 빼고는 이력에서 특별히 눈에 띄는 점은 없고요."

"내가 모르는 걸로 돼 있는 국가작전부 정보에 따르면, 구스타프 브론스가 드라간 마노일로비치에게서 돈을 받았다고 하더구나. 마피아의 돈 말이야. 그게 그저 단순한 용돈은 아닐 거다."

율리아가 빤히 바라보자 아버지는 한숨을 내쉬었다.

"공동 출자자 세 명 중에 한 명이 실종됐다가 죽은 채 발견됐는데, 나머지 두 명 중 한 명은 악명 높은 범죄 조직으로부터 거액을 받았어. 아주 공교로운 상황이라는 걸 너도 인정하렴."

"모르겠어요."

율리아는 생각에 잠겼다.

"하지만 반드시 그 둘 사이에 연관성이 있어야 하는 건 아니잖아요. 당연히 모든 의혹을 조사해야겠지만요."

"좋다, 그러면 네가 구스타프 브론스를 소환해서 신문한다는 데 우리 둘 다 동의한 거야. 내 오랜 직업 경험상 욘 랑세트의 죽음은 그걸로 설명이 될 것 같구나. 이건 구스타프 브론스가 돈을 댄 청부 살인이야. 단순한 해답이 대부분 옳다는 걸 잊지 마라."

"잠깐만요. 저는 아직……."

"율리아, 명령을 그냥 따라야 할 때도 있는 법이다. 지금이 바로 그런 순간이야."

율리아는 입이 떡 벌어졌다. 뺨이 화끈거렸다. 아마 목에 붉은 반점도 올라왔을 것이다. 아버지에게는 그녀를 들끓게 만드는 놀라운 재능이 있었다.

"알겠습니다, 서장님."

율리아가 이를 악물고 말했다.

"그렇게 하지요."

"크리스마스이브 1시 정각에 우리 집에서 만나기로 한 거 잊지 말고."

문으로 향하는 딸의 등에 대고 아버지가 기분 좋은 목소리로 외쳤다.

율리아는 대답하지 않았다.

*

미나는 3년 전 팀원들에게 빈센트를 처음 소개했을 때와 전혀 다른 반응에 놀랐다. 그때 팀원들은 그에게 불신과 회의 감뿐이었는데, 지금은 그저 즐거운 얼굴들만 보였다.

"빈센트! 반가워요! 오랜만이에요!"

율리아가 빈센트를 꽉 껴안자 미나는 뜻밖에도 살짝 질투를 느꼈다. 어두운 얼굴로 소매를 손등까지 끌어당기고, 소독제를 하도 자주 발라서 갈라진 손과 엄청나게 짧게 자른 손톱과 말라 버린 큐티클을 들여다봤다. 율리아는 늘 그렇듯이 아무 노력도 하지 않았는데도 아침에 잠에서 깰 때부터 이미 깔끔하게 단장한 듯한 모습이었다.

미나는 깊은 한숨을 내쉬며 긴 테이블에 앉았다. 이런 바보 같은 생각이 들게 하는 사람은 빈센트뿐이었지만, 미나는 그 이유를 전혀 알지 못했다. 그녀는 그저 빈센트의 예리한 통찰력과 지식을 존경하는 것뿐인데. 율리아가 그를 놓아주고 그가 모두에게 인사한 후 자기 옆에 앉자 미나는 기이하게도 마음이 가벼워졌다.

이제 정신을 차려야 한다. 미나는 다른 사람들의 관심을 집중시키려고 헛기침을 했다. 주변을 둘러보던 그녀는 화이트보드가 지난 회의 이후로 더 복잡해졌고, 거의 절반이 욘 랑세트에 관한 메모와 사진과 신문 기사로 가득하다는 사실을 깨달았다.

"빈센트를 왜 데려왔는지 아마 의아할 거야."

미나가 입을 떼자 루벤이 히죽거렸다.

"카드 속임수로 설득했겠지. 더 많은 월급과 재원 증액을 약속했거나."

"내가 실제로 마법을 쓸 줄 안다고 해도 후자는 아마 힘들 것 같은데요."

빈센트의 말에 다들 동의한다는 듯이 고개를 끄덕였다. 미나는 다시 한번 헛기침을 했다.

"빈센트와 함께 밀다를 만났어. 빈센트가 유골과 관련해서 추측한 가설이 있거든. 빈센트, 팀원들에게 직접 설명해 줄래요? 당신이 얘기해 준 엄청나게 많은 용어 중에 안타깝게도 절반밖에 기억이 안 나서요."

"물론이죠. 미나가 욘 랑세트 일로 나에게 연락했을 때, 처음 든 생각은 모스 테우토니쿠스였습니다."

"건배."

루벤의 말에 크리스테르가 킥킥거렸다.

"루벤."

율리아가 매서운 눈길로 루벤을 쏘아봤다. 루벤은 눈을 흘기고 입을 다물었다.

"미나에게 이미 설명했듯이."

빈센트가 설명을 이어 갔다.

"모스 테우토니쿠스는 중세의 관습입니다. 고향에서 먼 곳에서 사망한 상류 계급 인물을 장례 때문에 집으로 이송해야 하는데, 썩어 가는 시신은 유쾌한 짐이 아니었겠죠. 그래서 뼈에 살이 더는 남지 않게 시신을 삶는 방법이 개발됐습니다. 이렇게 해서 유해를 가볍게 이송할 수 있었죠. 이게 모스 테우토니쿠스입니다."

"우웩!"

크리스테르가 요란한 반응을 보였다. 율리아는 호기심이 생긴 듯했다.

"그 설명에 밀다는 뭐라고 했어요? 그 추측이 일리가 있다고 하던가요? 어쩌면 일종의…… 의식일지도 모른다고?"

"그쪽으로 조사해 보는 게 분명히 의미가 있을 거래."

미나가 고개를 끄덕였다.

"밀다의 조수 로케는 유해를 처음에 삶고 나중에 딱정벌레의 애벌레가 무른 부분을 갉아먹은 것 같다고 보충 설명까지 했고."

"그건 내가……."

빈센트가 말을 하다 말고 멈췄다.

"애벌레?"

크리스테르의 낯빛이 초록색으로 바뀌었다.

"어떤 딱정벌레요? 아무 딱정벌레나 상관없어요? 아니면 특정한 종이어야만 하나요?"

아담이 테이블에 팔꿈치를 올리며 물었다.

"과학수사대 드라마를 너무 많이 봤군."

루벤이 툴툴대자 율리아가 다시 한번 싸늘하게 그를 노려 봤다.

"아니, 아니. 사실 중요한 질문이에요."

빈센트가 대답했다.

"아마 로케가 말한 것처럼 수시렁이를 썼을 거예요. 라틴어로는 데르메스티대요."

"잠깐만."

루벤이 손을 들었다.

"그러니까 지금 살인범이 시신을 삶고 딱정벌레가 뼈를 깔끔하게 청소했다고 생각하는 건가? 내가 제대로 이해한 게 맞아요?"

"아주 정확해요."

빈센트는 루벤의 목소리에 묻어 있는 비웃음은 간과한 듯했다.

"미안한데, 정신 나간 소리라고 생각하는 사람은 나뿐이야?"

루벤이 웃음을 터트렸다.

"우린 지금 지극히 평범한 사기꾼들이, 지극히 평범한 사기를 치는 스톡홀름에 살고 있어요. 톰 행크스가 파리에서 미친 사람처럼 헤매고 다니는 액션 영화 속이 아니라. 제멋대로인 당신 해석과 달리 〈다빈치 코드〉는 사실에 근거를 두고 있다는 점은 말할 것도 없고…….”

“흐음, 글쎄요.”

빈센트가 느릿하게 말했다.

“그건 100퍼센트 맞는 말은 아니에요. 그 소설의 기본 아이디어는 위조된 문서에서 비롯된 건데, 그 문서의 내용은 사이비 과학 서적인 《성혈과 성배》를 통해 알려졌어요. 이 책은 플랑타르라는 사람의 주장에 기반을 둔 거고요. 그는 1956년에 시온 수도회라는 단체를 만들었는데, 이 단체는 이른바 예수와 마리아 막달레나의 후손이자 프랑스 왕위에 대한 권리를 가진 가문의 자료를 보관하고 있다고 했어요. 게다가 플랑타르는 자신이 이 귀족 가문 소속이고, 그래서 본인이야말로 적법한 프랑스 왕이라고 주장했죠. 그 후 상상력이 뛰어난 필리프 드 셰리제라는 동업자가 합류했고 두 사람은 이 설을 뒷받침할 위조문서를 만들었는데…….”

“빈센트.”

미나가 나지막하게 말하며 그를 빤히 바라봤다. 빈센트는 당황해서 말을 하다 말고 그대로 멈췄다.

“죄송합니다. 내가 또 여러분에게 일장 연설을 했군요.”

“빌어먹을. 내가 제일 좋아하는 영화를 망쳤어요.”

루벤이 빈정거렸다.

“제일 좋아하는 책 말이겠죠.”

빈센트가 대꾸했다.

"아, 미치겠네. 빈센트! 정신 좀 차려요. '다빈치 코드'는 영화예요. 책이 아니고."

빈센트는 어쩔까 망설이다가 주제를 바꾸어 이야기를 이어 갔다.

"욘 랑세트의 경우처럼 뼈를 깔끔하게 만들기는 무척 힘듭니다. 사람의 영향이 어떤 형태로든 개입되어야 하죠. 제 추측이 가장 그럴듯한 시나리오입니다."

"하지만 동기는 여전히 모르고요."

율리아가 말했다.

"방금 서장님을 만나고 왔어. 서장님은 콘피도의 세 번째 공동 출자자인 구스타프 브론스가 배후에 있다고 확신하고, 그가 욘을 살해했을지도 모른다고 생각하시더군. 구스타프가 드라간 마노일로비치에게서 총 100만 크로나를 받았대. 그 사람이 누군지는 설명할 필요가 없겠지. 일종의 사례금이라고 짐작되는데, 무엇에 대한 사례인지 알아낸다면 동기도 찾게 될 거야."

미나는 율리아의 입에서 나온 이름에 다른 팀원들이 모두 가쁜 숨을 내쉬는 소리를 들었다.

"상황이 점점 더 안 좋아지는군."

크리스테르가 중얼거렸다.

"구스타프를 소환해서 신문할 예정인데, 그가 변호사와 동행하겠다고 해서 내일에나 신문할 수 있어."

율리아가 말을 이었다.

"청부 살인이 말도 안 되는 소리라고 할 수는 없지만, 문제는 그 가설로도 해골을 아주 꼼꼼하게 씻은 이유가 설명되지 않는다는 거야."

"그 딱정벌레는 드문 종인가요? 그러니까, 구하기 어려운 건가요?"

아담이 물었다.

"나도 아직 몰라요."

빈센트가 대답했다.

"그런데 누구에게 문의해야 하는지는 알죠. 능력이 뛰어난 곤충학자를 한 명 아는데, 틀림없이 우리를 도와줄 거예요."

"좋아요."

율리아가 과일 접시에서 클레멘타인 귤 하나를 집어 들었다.

"그럼 두 사람은 그 딱정벌레에 대해 더 자세히 알아봐 줘요. 구스타프 브론스를 신문할 때까지 우리가 할 다른 일이 별로 없으니까."

미나는 딱정벌레를 떠올리자 아주 창백해졌다. 노르텔리에에서 죽은 밍크가 가득한 컨테이너에 뛰어들고, 욘 벤하겐 농장 마당의 하수관에서 기어 나온 후부터는 땅에 붙어 다니는 것들은 다신 보고 싶지 않았다.

"그렇게 하죠."

빈센트가 대답하고 미안해하는 눈빛으로 미나 쪽을 흘낏거렸다. 미나는 충격을 받은 표정으로 그를 빤히 바라봤다.

"내가 제대로 이해했다면."

빈센트가 율리아에게 말했다.

"'두 사람'이란 나와 로케를 말하는 거죠? 딱정벌레 종까지 정확히 아는 밀다의 조수 말이에요."

미나는 회의실에 있던 팀원 모두가 들을 만큼 크게 안도의 한숨을 내쉬었다.

"어, 원래는 아닌데…… 뭐 안 될 것도 없죠. 내가 밀다에게 전화해서 몇 시간만 그를 빌려도 될지 물어볼게요. 최대한 빨리."

율리아가 클레멘타인 껍질을 벗기자 새콤한 향기가 퍼졌다. 미나는 이 냄새를 좋아했다. 집에서 사용하는 세제와 냄새가 거의 똑같았다. 한 조각을 입에 넣은 율리아가 얼굴을 찌푸렸다. 아주 신 것 같았다.

"그건 그렇고, 클레멘타인은 지중해 감귤과 오렌지를 교배한 프랑스 신부 마리-클레망 로디에 신부의 이름을 딴 건데요."

빈센트가 기분이 좋아진 목소리로 설명을 시작했다.

"그는……."

"빈센트!"

미나가 경고하자 빈센트는 당황해서 입을 다물었다. 율리아가 나머지 클레멘타인을 테이블에 놓고 자리에서 일어났다.

"크리스테르, 계속 문서 쪽을 찾아봐 주세요. 루벤은 콘피도의 지저분한 사업을 조사하고. 가끔은 가장 단순한 해답이 옳은 것이기도 하니까."

"그렇죠, 그게 '오컴의 면도날'이에요."

빈센트가 또다시 신나서 끼어들었다.

"그건……"

미나가 그의 정강이뼈를 걷어찼다. 빈센트는 비명을 지르고 끙끙거리며 다리를 감싸 쥐었다. 율리아는 터지는 웃음을 꾹 눌러 참았다.

"아담, 욘이 발견된 터널 담당 직원들과 이야기를 나눠 봐. 유골을 발견한 거리 예술가와도 얘기해 보고. 그에게 뭘 아는지, 뭔가 본 게 있는지 물어봐. 내 생각엔 터널도 그냥 마음대로 들어가면 안 됐을 거야."

"알겠어."

아담이 대답했다.

"자, 그럼 모두 할 일이 생겼네."

팀원들이 일어서기 전에 크리스테르가 헛기침을 했다.

"으음, 페리 선상의 크리스마스 뷔페에 가지 않게 돼서 말인데……"

그가 주저하며 입을 뗐다.

"라세가 오늘 저녁에 우리 집에서 하는 소소한 크리스마스 식사에 팀원들이 올 수 있는지 묻더군. 파티 일정 덕분에 어차피 오늘 저녁은 모두 자유 시간이 있고, 경찰도 뭔가 먹어야 한다면서 말이야."

테이블에 있는 사람들은 모두 놀란 표정이었다.

"정말 친절하시네요! 고마워요!"

율리아가 목소리를 높였다. 다들 동의하며 고개를 끄덕였지만 크리스테르는 전혀 즐거워 보이지 않았다. 미나는 그가 라세의 제안을 반가워하지 않는다는 의심이 들었다.

"자네도 오늘 저녁에 다른 계획 없으면 같이 와."

팀원들이 긴 회의 테이블에서 일어나는 동안 크리스테르가 말했다. 미나는 숨이 잠깐 멎었다. 빈센트가 없는 크리스마스 식사는 그가 있는 식사와 전혀 달랐다. 후자가 훨씬 좋았다.

"갈게요! 고마워요."

빈센트는 기분 좋은 표정으로 외투를 입었다. 그리고 나가면서 루벤에게 몸을 돌렸다.

"다빈치 코드' 이야기로 돌아가면 말이죠. 원작자 댄 브라운은 내가 아까 언급한 그 책의 저자들에게서 영감을 얻었어요. 그들의 이름은 마이클 베이전트와 리처드 리, 헨리 링컨인데 소설과…… 그래요, 뭐 영화에서도 그 이름들을 찾을 수 있죠. 리 티빙이라는 등장인물의 이름 리는 당연히 리처드 리와 관련이 있고, 티빙Teabing은 베이전트Baigent의 철자 순서를 바꾼 거예요. 정말 멋지지 않아요?"

미나가 킥킥거렸다. 루벤은 어딘지 모르게 기분이 무척 안 좋아 보였다.

*

니클라스는 자동 응답기 메시지를 다시 한번 들었다. 순진하게도 자신이 그것을 원한다는 이유로 카운트다운이 멈춰 주었기를 바랐다. 그러나 그런 일은 당연히 일어나지 않았다. 이제 12일 남았다. 곧 죽음이 닥쳐온다는 것이 이토록 구체적으로 눈앞에 떠오르자 그의 몸도 반응을 보였다. 우리 모두는 언젠가 죽는다는 사실을 알고 있지만, 사형 선고에 직면한 사람이 아니고서는 아무도 이를 심각하게 받아들이지 않는다. 그 영향력을 전혀 이해하지 못한다. 죽음은 추상적인 것일 뿐이다. 그러나 그는 이제 죽음이 어떤 것인지 깨달았다. 온몸으로 느꼈다.

그는 의자에 올라서서 못에 걸린 시계를 내려 배터리를 꺼냈다. 시간이 계속 흘러간다는 사실을 굳이 알고 싶지 않았다. 그런 다음 짤막한 문자 메시지를 보냈다.

들어와.

이런 식으로 토르를 부를 때마다 그는 자신이 70년대 미국

영화에 등장하는 사악한 상사처럼 느껴졌다. 영화에서 내선으로 소환된 직원들은 해고라는 강력한 괴물을 만나거나 엉망진창으로 깨졌다. 문자 메시지는 책상에 달린 토크 버튼의 현대판 버전이었다.

토르는 그의 곁을 거의 벗어나지 않으니 분명히 근처에 있을 터였다. 실제로 문이 열리기까지 1분도 채 걸리지 않았다. 니클라스가 멈춘 시계를 다시 걸고 의자를 막 치웠을 때였다.

"자네 말이 맞아."

토르가 미처 입을 열기도 전에 니클라스가 말했다.

"추가적인 경호 인력 말이야. 다시 생각해 봤어. 조직하려면 며칠이나 걸릴까?"

열심히 고개를 끄덕이는 토르는 무척 만족스러워 보였다.

"시간이 많아서 벌써 준비를 시작했습니다."

토르가 대답했다.

"보안 경찰과 이미 이야기 중이에요. 경호 단계에 대해선 아직 의견 일치를 못 봤지만, 저는 최고 단계를 요구하고 있습니다. 보안 경찰은 더 많은 인원을 우리 쪽에 배치하고 통화를 추적할 수 있는 기술적 가능성도 체크하는 중입니다. 국가작전부와도 연락했고요."

"국가작전부? 왜?"

"그쪽에서 주시하고 있는 범죄자가 평소와 다른 태도를 보이거나 눈에 띄는 행동을 하면 우리에게 미리 알려 줄 수 있게 하려고요. 지난여름과 같은 일이 또 발생하는 건 원치 않으니까요."

니클라스는 눈보라에도 불구하고 바깥을 돌아다니는 몇몇 사람들을 내다봤다. 한 남자가 고개를 숙인 채 바람에 맞서 꿋꿋하게 걸어가고 있었다. 니클라스는 따뜻한 실내에 있었지만 그 남자와 같은 느낌이었다. 그 역시 골수까지 얼어붙은 채 자신보다 거대한 힘에 맞서는 중이었다.

그는 우리가 짐작하는 방향에서 위협이 오는 게 아니라고, 예상치도 못한 일에 대비해야 할 거라고 토르에게 말하고 싶었다. 하지만 그럴 수 없었다. 자신이 결코 대답하지 못할 질문을 받지 않으려면 그 말을 삼켜야 했다.

"고마워. 다 되면 알려 줘."

토르를 고개를 가볍게 끄덕이고 집무실을 나갔다.

니클라스는 늘 모범이 될 만큼 깔끔했었지만, 지금은 완전히 아수라장이 된 책상을 내려다봤다. 지금은 책상 정리보다 다른 일이 더 중요했다. 예를 들면 시간이 그랬다. 시간이 너무 부족했다. 단 1초도 집무실에서 낭비할 수 없었다.

두툼한 겨울 외투를 옷걸이에서 내려 입고 양손을 주머니에 넣었다. 이상했다. 외투 주머니에 있는 줄 알았던 명함이 없었다. 아마 어느 틈엔가 꺼내 둔 모양이었다. 그는 지저분한 책상을 자세히 살펴봤다. 뒤죽박죽 무더기 속 어딘가에 명함이 있을 것이다. 휴대폰에 번호를 저장해 뒀으니 사실 명함은 그다지 중요하지 않았다. 하지만 그 작은 종이쪽지는 이 모든 일이 악몽이 아니라 사실임을 알려 주는 데 쓸모가 있었다.

그는 엘리베이터로 가다가 토르의 사무실에 고개를 살짝 들이밀고 말했다.

"집까지 걸어가려고. 멀지 않으니까."

"이런 날씨에 말인가요?"

니클라스의 아이디어가 토르 마음에는 전혀 들지 않는 듯했다. 하지만 어쨌든 니클라스가 내린 결정이었다. 당분간 그는 직접 결정을 내릴 수 있다. 그러나 더 높은 경호 단계가 설정되면 달라질 터였다. 그러면 니클라스는 수감자 신세와 마찬가지가 될 테지만, 어쨌든 살아 있는 수감자일 것이다.

그가 경호원들과 거리로 나서자 눈이 얼굴로 몰아쳤다. 토르는 괜한 걱정을 했다. 이런 날씨에는 범죄자들도 집 밖으로 나서지 않을 테니까. 니클라스는 고개를 숙인 채 뻣뻣한 다리를 움직여 터덜터덜 걸었다. 예상치 못한 소음이 들릴 때마다 뒤를 돌아보면서.

집에 도착한 그는 입구에 멈춰 선 남자들에게 고개를 끄덕이고, 엘리베이터를 타고 집으로 올라갔다. 외투는 아무렇게나 벗어 던졌다. 여전히 눈이 묻어 있는 신발도 벗어 놓은 채로 내버려뒀다. 거실에 가서 안락의자에 풀썩 주저앉고는, 몸을 숙여 플로어 스탠드를 켜서 아래 거리에 있을 경호원들에게 자신이 어느 방에 있는지 알렸다. 그리고 전화기를 들어 응답기 내용이 달라졌기를 기대하며 번호를 눌렀다.

살아남을 수 있겠지.

그러나 똑같은 내용이었다. 그는 전화기를 내려놓고 눈을 감았다. 나탈리와 미나가 떠오르자 평정심은 와르르 무너졌다. 그러고 싶지 않았는데도 눈물이 쏟아졌다.

*

그들은 스투레뷔에 있는 작은 집에 정성껏 크리스마스 장식을 했다. 율리아와 토르켈은 크리스마스를 그다지 좋아하지 않았지만, 아이가 있을 땐 크리스마스를 어떻게 보내야 하는지 알았다. 하뤼는 이제 겨우 한 살인데 꼬마 가수라도 된 것처럼 반짝이와 촛불과 빛을 내는 모든 물체를 아주 좋아했다. 율리아는 반짝이를 볼 때마다 까르륵거리는 아이의 웃음이 자신의 노력을 보상해 준다는 사실을 인정할 수밖에 없었다.

하지만 다른 한편으로, 실제 집안 분위기와 대비되는 화려한 장식은 그들을 괴롭게 했다. 한때 둘을 연결했던 것을 다시 찾으려고 힘겹게 노력했지만, 부부는 결국 당혹스러운 침

묵에 빠져 버렸다. 그들은 이제 싸움조차 하지 않았고, 몇 광
년 떨어진 천체들처럼 서로 거리를 두고 지나쳐 가기만 했다.

"오늘 저녁에 집에 언제 와?"

토르켈이 하뤼를 안고 침실 문간에 서서 물었다. 아이는 지
금 엄마를 심하게 찾는 시기라 칭얼거리며 손을 뻗었지만, 율
리아는 얼른 옷을 입으려고 아이를 못 본 척했다.

"몰라. 아주 늦지는 않을 거야. 다들 할 일이 많긴 하지만."

"당신 오면 내가 나가려고. 너무 늦게 오지 않는다면 말이야."

율리아는 동작을 멈췄다. 검은 스타킹 한쪽을 올리고, 이제
막 다른 쪽을 신으려던 참이었다. 토르켈이 그녀의 눈길을 피
하며 말을 이었다.

"친구랑 맥주 마시게."

"친구 누구?"

그가 머뭇거리다가 대답했다.

"필립이랑."

"아, 오케이."

율리아는 다른 쪽 스타킹을 올리고 골고루 퍼지게 제자리에
서 몇 번 뛰었다. 남자들은 자기들이 얼마나 편하게 사는지 모
른다. 스타킹은 고문 도구였다. 하지만 율리아의 엄마가 말했
듯이 아름다워지려면 고통을 견뎌야 한다. 율리아는 아름다워지
고 싶었다. 아담도 올 테니까. 귀찮지만 그를 위해 단장을 했다.

"나 서둘러야 해."

그녀가 치마를 쥐며 말했다. 제일 좋아하는 치마였다. 여기에 한쪽 어깨를 드러내는 검은 스웨터를 입을 예정이었다.

"아주 멋지게 차려입네. 그냥 저녁 식사 아니었어?"

토르켈이 하뤼를 다른 쪽 옆구리로 옮기며 물었다. 율리아는 어깨를 으쓱하고 머리를 스웨터 목에 넣었다.

"그냥 멋 좀 내고 싶어서. 평소에는 그럴 기회가 없잖아."

토르켈은 그 말을 믿지 않는 눈치였다.

최근 두 사람 사이에 불신이 슬그머니 끼어들었다. 함께 살면서 두 사람은 한 번도 질투를 느낀 적이 없었다. 하지만 지금은 아주 많은 것이 달라졌다. 아이를 갖고자 했던 큰 소망은 하뤼가 태어나면서 드디어 이루어졌지만, 대신 거대한 틈을 남긴 듯했다.

부부 상담을 했더니 상담사는 두 사람이 오랫동안 부모가되자는 공동 목표를 가지고 있었다고 설명했다. 이 염원은 그아래에서 싹트는 다른 문제들을 덮었다. 그리고 하뤼가 태어남으로써 공동의 전투가 끝나자, 그 문제들이 모습을 드러냈다.

맞는 설명 같았지만 문제를 해결하는 데 도움이 되지는 않았다. 두 사람은 상담사에게 더는 가지 않게 되었고, 서로 말로 하진 않았지만 포기하는 데 동의했다. 그러나 지금까지 둘중 누구도 그 단어를 내뱉거나 결정적인 한 걸음을 떼지는 않았다. 결론이 나지 않는 어려운 문제가 너무 많았다.

그 중심에 하뤼가 있었다. 두 사람이 그 무엇보다도 사랑하는 하뤼가. 율리아가 팔을 벌리자 아이는 환하게 웃으며 통통한 손가락을 내밀었다.

"엄마만 찾는 아기 돼지야."

토르켈이 싱긋 웃으며 말했다. 율리아는 그의 눈에서 다정한 불씨를 발견하고 기뻤다. 예전에는 그녀를 향했지만 이제 두 사람의 아들에게 향하는 다정함이었다.

"그래, 너는 엄마만 찾는 아기 돼지야."

율리아가 배를 살살 간지럽히자 하뤼는 웃으며 환성을 질렀다.

"엄마 이제 가야 해. 하지만 그 전에 크리스마스트리랑 멋진 빨간 구슬 한번 보자."

율리아는 하뤼를 안고 거실에 있는 커다란 크리스마스트리로 향했다. 하뤼는 흥분해서 팔다리를 버둥거렸다. 아이는 크리스마스트리를 무척 좋아했다. 트리는 아이에게 한없는 행복감을 주었다. 율리아는 아이의 따뜻한 목덜미에 얼굴을 묻고 달콤한 아기 향기를 맡았다. 그때 휴대폰에서 소리가 났다. 택시가 온 것이다. 그녀는 아이를 꽉 안은 채 한 번 더 뽀뽀하고 토르켈에게 넘겼다.

현관문을 닫으면서 보니 둘은 여전히 크리스마스트리 옆에 있었다. 그냥 나무일 뿐이야. 율리아는 혼잣말을 했다. 택시로 향하면서 외투를 더 여몄다. 그리고 오늘 입은 옷을 아담이 마음에 들어 하기를 바랐다.

*

빈센트가 침실에 서서 어떤 셔츠와 양복이 크리스마스 식사에 어울릴지 고민하고 있는데, 밖에서 초인종이 울렸다.

"누가 문 좀 열어 줄래?"

그가 복도에 대고 외쳤다. 대답이 없었다. 빈센트는 한숨을 내쉬고 문으로 향했다. 페덱스 익스프레스 직원이 사각팬티만 입고 있는 그를 보더니 눈썹을 치켜세웠다. 하지만 그 반응은 바로 사라졌다. 아마 훨씬 더 안 좋은 모습도 목격한 적이 있는 듯했다.

"빈센트 발데르 씨에게 소포 왔습니다. 본인이시죠?"

"맞습니다."

빈센트가 대답했다. 직원이 신발 박스 크기만 한 소포를 그에게 건넸다.

"일찍 도착한 크리스마스 선물인가 보네요."

그녀가 미소를 지으며 말했다.

"메리 크리스마스."

"메리 크리스마스."

빈센트가 대답하고 문을 닫았다.

소포는 크기에 비해 놀랄 만큼 무거웠다. 빈센트는 소포를 들고 칼을 가지러 부엌으로 갔다. 그리고 소포를 식탁에 내려놓고는 조심스럽게 열었다. 박스 안에 자그마한 검은색 나무 상자가 들어 있었다.

"그게 뭐야? 그리고 옷은 왜 안 입고 있어?"

레베카가 부엌으로 들어왔다.

"쉿, 이것 좀 봐. 여기 이건 옷보다 훨씬 더 흥미로운 거니까."

고급스러운 나무 상자에서 광택이 났다. 뚜껑의 은빛 명판에는 '빈센트 발데르에게'라고 새겨져 있었다.

그가 뚜껑을 열었다. 상자 안에는 네 개의 모래시계가 든 나무틀이 있었다.

"와, 정말 아름답네."

빈센트가 틀을 상자에서 꺼냈다.

"이게 뭔데?"

레베카가 물었다.

"모래시계야. 예전에는 이걸로 시간을 쟀지. 네 개의 유리병에 각각 다른 양의 모래가 들어 있어. 틀을 뒤집으면, 예를 들어 첫 번째 모래시계는 15분 후에 끝나고, 두 번째는 30분 후에, 세 번째는 45분 후에, 네 번째는 60분 후에 끝나는 식이야. 예전에 교회에서는 목사가 설교 시간이 얼마나 남았는지 확인하는 용도로 사용했어. 쇠데르텔리에의 상타 랑힐드 교회에 이런 시계가 아직 남아 있지."

빈센트가 틀을 돌리자 네 개의 유리병에서 모래가 흐르기 시작했다.

"모래시계는 고대 로마 때에도 있었다고 해. 이 시계로 원로원 의원의 연설 시간을 통제했지."

그가 말을 이었다.

"세월이 흐르면서 정치인들의 연설 수준이 낮아져서 모래시계도 점점 작아졌다고 하는구나. 모래시계를 언급한 역사기록 중에 가장 오래되고 신빙성 있는 사료는 무려 14세기까지 거슬러 올라간다고 하고. 정말 흥미롭지 않니?"

그는 틀을 다시 돌려서 모래가 다른 방향으로 움직이게 하고 빛에 비추어 보았다.

"그래, 아빠가 설명한 게 어느 정도는 흥미롭다고 쳐. 그런데 누가 무슨 이유로 아빠에게 모래시계를 보내?"

"그건 나도 몰라."

빈센트가 상자 안을 흘낏 들여다봤다. 제일 아래에 쪽지가 한 장 보였다. 모래시계 밑에 있었던 듯했다. 검정 잉크로 아주 깔끔하게 쓴 글씨였다. 빈센트는 모래시계 틀을 내려놓고 쪽지에 적힌 글을 소리 내어 읽었다.

"시간이 다 지나가기 전에 네 번째를 찾아."

눈에 익은 손 글씨였다. 지난 반년 동안 빈센트가 수없이 읽었던 필체였다. 잘 고안된 흥미로운 수수께끼와 함께.

"내 누나 때문에…… 있었던 그 일 이후로 말이야."

빈센트는 말하다 말고, 미나와 그가 물탱크에서 하마터면 죽을 뻔했다는 이야기를 레베카에게 설명했었는지 기억을 더듬었다.

"그때 이후로 사람들이 직접 만든 수수께끼와 사고력 문제, 그림 퀴즈 같은 걸 나한테 보내. 여기 이 수수께끼는 아주 똑똑한 사람이 보낸 거야. 발신인이 남자인지 여자인지 모르지만 이 필체는 알아. 수수께끼 분야에서 무척 뛰어난 사람이지."

모래시계는 정말 이루 말할 수 없이 아름다웠다. 빈센트는 다시 한번 시계를 돌렸다.

"이게 무슨 뜻이야? '네 번째'는 또 뭐고?"

레베카는 마땅치 않으면서도 어느 정도 관심이 생기는 것을 감추지 못했다.

"나도 아직 모르겠어."

빈센트가 대답했다.

"아마도 은유일 거고, 모래시계의 의미와 관계가 있는지는 모르겠어. 그러니까 시간의 유한성 또는 그와 정반대로, 다시 말해서 형이상학자 슈온에 따르면 소우주와 대우주 영역의 영원한 극성 반전을……."

"아니면 모래가 다 끝날 때까지 시간이 얼마나 걸리는가, 그게 문제일 수도 있지."

소리도 없이 부엌에 들어온 베냐민이 끼어들었다.

"어쩌면 네 번째 유리병에 비밀이 숨어 있는지도 모르고. 그런데 왜 아무것도 안 입고 있어?"

"아니, 그게 그렇게 중요해? 아들, 훌륭한 생각이야. 하지만 내 생각에는 그렇게 간단할 것 같지가 않아. 너희들, 내가 시간 재는 것 좀 도와줄래?"

"아빠."

레베카가 말했다.

"옷이나 입어. 누가 보기 전에 지금 당장. 그런데 오늘 크리스마스 식사에 간다고 하지 않았어?"

빈센트는 한숨을 내쉬었다. 딸의 말을 듣는 게 나을 것 같았다. 그는 마지막으로 모래시계를 한 번 더 쳐다봤다. 이번에는 뭔가 달랐다. 수수께끼가 보이지 않았다. 까다로운 수수께끼도, 맞춰야 하는 조각들도 없었다. 그보다 모래시계 자체에 뭔가 메시지가 담겨 있는 것 같았다.

쉴 새 없이 움직이는 모래알은 이르든 늦든 모든 것에 종말이 있음을 알려 준다.

그도 언젠가는 끝난다.

그래서 우리가 당신의 오메가에 닿은 거야.

부엌에서 나가기 전, 빈센트는 다시 한번 모래시계를 돌렸다.

*

그들은 모든 것을 나누었다. 그렇게 생활했다. 나눔에 기여하지 못하는 사람도 많았다. 그래도 괜찮았다. 아무도 비난받지 않았다.

"우리가 도울 수 있다는 데 감사해야 해."

아이는 가끔 그 말이 좀 이상하다고 생각했다. 아빠는 다들 협조해야 한다고 말할 때도 있었으니까. 물론 아빠 친구들 중에 지상으로 올라가지 못하는 사람도 많았다. 노란 모자를 쓴 남자는 언제나 마약에 취한 상태라서 말하자면 자신만의 구름 위를 떠다녔고, 빨대를 모으는 여자는 자기가 두 딸과 함께 그리스에서 휴가를 보내는 중이라고 굳게 믿고 있었다. 그들은 결코 위에 올라가지 않았다. 하지만 모두가 함께 그들을 돌봤다. 아빠는 스웨덴어에서 가장 아름다운 단어는 '함께'라고 늘 말하곤 했다.

아프기 전에 아빠는 스웨덴어를 가르쳤었다. 그래서 아름다운 단어를 많이 알았다. 왕으로서 구사하기 좋은 단어들이었다. 하지만 아빠는 기분이 좋을 때만 왕이었다. 웃음이 사라지고 어둠에 잠기면 아빠는 왕이 아니었다. 아빠 스스로 그

렇게 말했다. 어둠이 나타나면 아빠는 퇴위했다. 그리고 돌아
오면 다시 왕위에 올랐다.

아빠가 떠나 있을 때면 다른 사람들이 아이를 돌봤다. 아빠
가 다른 사람들을 돌보듯이. 그들은 한 가족이었다.

이제 그들은 모두 화덕 주위에 모였다. 화덕은 온갖 쓰레
기로 가득 찬 커다란 통이었는데, 연기가 솟구쳐서 눈이 아팠
다. 연기 때문에 기침도 났지만 그래도 불 덕분에 따뜻하고
환했다. 그들은 화덕 주위에 손을 잡고 앉아, 아빠와 아이가
보물찾기에서 가져온 것들을 나누었다. 아이는 몸속에서 느
껴지는 감정이 행복인지 아닌지 잘 몰랐지만, 그럴 거라고 짐
작했다.

눈빛이 따스한 노인이 아이에게 햄 샌드위치 한 조각을 주
었다. 그걸 삼키면서 아이는 자기가 얼마나 배가 고팠는지 깨
달았다. 그럴 때가 잦았다. 늘 굶주리면서 아이는 배고픔을
거의 느끼지 못하게 됐다. 뭔가 먹을 것이 입술에 닿고 나서
야 몸이 살아났고 고통스러운 배고픔도 깨닫게 됐다.

"자, 봐!"

아빠가 양팔을 활짝 펼쳤다.

"우리 정말 잘 지내고 있지 않아? 여기서 우린 위쪽 세상으로
부터 안전해. 그곳은 멸망해 가는 세상이지. 하지만 우리는 안
전해. 우리는 함께 있어. 우리는 배가 불러. 우리는 따뜻해."

노란 모자가 나지막하게 콧노래를 흥얼거렸다. 아이는 귀를 쫑긋 세웠지만 모르는 멜로디였다. 아이가 어렸을 때 엄마가 불러 주던 노래가 아니었다.

아이는 샌드위치 한 조각을 손에 들고 있었다. 아직도 배가 고팠지만 참을 만했다. 아이는 마지막 남은 그 빵 조각을 새로 온 사람에게 주었다. 그 여자는 너무 말랐고, 추워 보였다. 아빠가 이미 햄버거 절반을 봉지에서 꺼내 줬지만 여자는 여전히 떨고 있었다. 그들은 서로 손을 잡았다. 그들은 한 가족이었다. 아빠가 늘 그렇게 말했으니까. 아이의 가장 큰 소망은 아빠처럼 되는 것이었다.

*

미나가 건네준 주소대로 집을 찾아 진입로로 들어선 빈센트는 기뻐서 심장이 공중제비를 도는 기분이었다. 알록달록한 스트링 라이트가 눈앞에서 반짝거렸다. 그는 그 광경을 즐기려고 한동안 차 안에 그대로 앉아 있었다. 집 앞마당은 반짝이는 산타클로스와 순록, 눈사람 등으로 가득했다.

갑자기 아침에 그림자에게서 받은 소식이 다시 떠올라 불안해졌다. 평정심을 찾지 못하면 저녁을 몽땅 망칠 터였다. 빈센트는 천천히 심호흡을 하면서 눈을 감고, 앞에 있는 크리스마스 장식을 두른 집을 떠올렸다. 크리스마스 분위기와 반짝이는 전구들이 표현하는 기쁨을 깊이 들이마셨다. 그런 다음 다시 눈을 떴다. 불안이 사라지고 머릿속에서 '징글 벨'이 울렸다. 훨씬 나았다.

이제 자동차 바로 옆 스트링 라이트에 달린 빨간 초를 세어 보았다. 바람이 너무 세차게 불어서 몇 번이고 처음으로 돌아가야 했지만 결국 해냈다. 23개였다.

빌어먹을, 안 좋군. 이런 소소한 일이 불안을 다시 불러일으킬 수 있다. 빈센트는 조심스럽게 차에서 내려 바닥을 디뎌 봤다. 이날 미끄러운 바닥에 벌써 두 번이나 휘청거렸고, 하마터면 넘어질 뻔했었다. 드디어 발이 나았는데 다리까지 부러지는 건 꿈에서조차 싫었다. 잔디밭으로 들어가 빨간 초 하나를 돌려서 빼기 시작했다. 22개라면 견딜 만했다.

그러나 초를 빼자 스트링 라이트 전체의 조명이 꺼져 버렸다.

"어서 오세요! 조명에 문제가 있나요?"

예순 살쯤으로 보이는 매력적인 남성이 문간에 서서 말했다. 머리에 산타클로스 모자를 쓴 그 사람이 빈센트에게 들어오라고 손짓을 했다. 저 사람이 라세구나. 빈센트는 빼낸 초를 손에 감추고 문 쪽으로 다가갔다. 집 안에서는 크리스마스 캐럴이 울려 퍼지고, 유리창마다 촛불이 환하게 빛났다. 빈센트는 자신이 지금까지 크리스테르를 오해하고 있었다는 생각이 번뜩 들었다. 어쨌든 무척 즐거운 저녁이 될 것 같았다.

"다른 사람들은 모두 이미 도착했어요. 지금 따뜻한 글뢰그 술을 맛보는 중이에요. 한 잔 드시겠어요? 아, 이런 걸 묻다니. 크리스마스니까 당연히 글뢰그를 마셔야지요. 안 그래요?"

라세는 빈센트의 외투를 받아 들고 넓은 거실로 안내하면서 거리낌 없이 수다를 떨었다. 정말 팀원들이 모두 모여 손에 글뢰그 잔을 들고 서 있었다. 빈센트는 미나가 무척 불편해한다는 사실을 바로 알아챘다. 박테리아로 뒤덮여 있을 타인의 사적인 공간에 머무는 일이 그녀에게는 고문일 터였다. 게다가 그들은 온갖 종류의 크리스마스 장식에 에워싸여 있었다. 도자기 산타클로스와 짚으로 만든 순록, 스트링 라이트와 천천히 회전하는 크리스마스 오르골, 생과자가 장식으로 달린 커튼과 붉은 리본을 묶은 식탁보. 빈센트는 주위를 둘러봤다. 문간마다 겨우살이 장식이 매달려 있었다. 이곳은 정말 아늑했다.

"어서 와요, 빈센트. 잘 오셨어요."

아담이 말했다. 루벤과 율리아는 글뢰그를 마셔서 이미 뺨이 붉었다. 빈센트는 운전을 해야 한다고 알코올이 없는 음료를 청했다.

뭔가가 그의 다리를 스쳐서 내려다보니, 보세가 쓰다듬어 달라는 듯이 발치에 와 있었다. 이날의 분위기에 맞춰 보세도 순록 뿔이 달린 머리띠 차림이었다.

"좀 심하지. 안 그래?"

크리스테르가 그에게 다가와 말했다.

"라세가 이 정도로 크리스마스에 미쳤다는 걸 미리 알았더라면 이 집에 들이지 않았을 텐데 말이야."

"아주 멋진데요."

빈센트가 진심을 담아 말했다.

"흥, 다행이네."

크리스테르가 툴툴댔다.

빈센트는 보세의 귀 뒤를 긁어 주며 팀원들을 바라봤다. 다른 환경에서 보니 낯설긴 해도, 그들을 더 잘 알게 될 탁월한 기회였다. 미나는 사람들과 거리를 유지했다. 루벤은 그녀 근처에 있긴 했지만, 대화 시도를 포기했는지 자기 휴대폰만 들여다보며 이따금 오른쪽으로 화면을 쓸었다. 아담과 율리아는 머리를 맞대고 활발하게 이야기를 나누는 중이었다. 흥미롭군.

미나 쪽으로 다가간 빈센트는 다른 사람들이 모두 자기 일에 열중하고 있는지 확인했다. 그런 다음 그녀에게 빨간 초를 건네며 나지막하게 말했다.

"질문은 하지 말고, 가방에 그냥 넣어요."

라세가 헛기침을 했다. 그는 작은 식당 문간에 서 있었다.

"식탁으로 오세요!"

빈센트는 미나에게 팔을 내밀었다. 그녀는 잠깐 망설이다

184

가 그의 팔을 살짝 잡았다.

"세탁소에서 가져온 양복이에요."

그가 윙크하며 속삭였다.

"손이 아니라 팔을 내밀어서 다행이네요."

미나가 살짝 구역질 난다는 표정으로 보세를 가리키며 대답했다.

"그러니까 우리가 손도 잡을 수 있다고 생각한다는 거죠?"

그가 히죽거리며 물었다.

"아주 재밌네."

미나가 그의 팔을 놓고 좀 더 빠른 걸음으로 식당에 들어갔다. 빈센트는 문 위에 걸린 겨우살이를 흘낏 본 다음 미나의 등에 시선을 고정했다. 그 순간 그녀가 뒤를 돌아보며 태어날 때부터 붉고 도톰했을 입술로 그에게 미소를 지었다. 그의 시선이 그 입술에 조금 길게 머물렀다.

미나는 다시 몸을 돌려 풍성하게 차려진 식탁으로 향했다. 빈센트는 그녀의 의자를 빼 주고 본인도 자리에 앉았다. 그리고 역시 나란히 앉는 율리아와 아담을 지켜봤다. 아담은 율리아에게 의자를 빼 주지 않았다. 신사는 정말 멸종 위기야. 아니면 아담이 율리아에게 거리를 두려는 적절한 이유가 있는지도 모르지. 흥미롭군.

"어떤 음식이 나올까요? 미리 뭘 좀 먹어 둘걸 그랬나 봐요."

미나가 나지막하게 말했다. 빈센트는 이 말이 크리스테르와 라세의 음식 솜씨가 아니라 모르는 것을 먹어야 한다는 걱정 때문이라는 걸 알고 있었다. 이 저녁이 그녀에게 얼마나 힘든지도 잘 알았다.

"크리스테르는 요리사로 믿을 만한 것 같지 않아요. 그러니 라세를 믿어 보자고요."

"뭐, 그러든가요. 하지만 내가 토할 것 같으면 당신도 따라 나와요."

미나가 느릿하게 대답했다.

"전채 요리 나갑니다!"

크리스테르가 부엌에서 소리쳤다. 그와 라세가 접시 여러 개를 능숙하게 손과 아래팔에 올려서 들고 나와 손님들 앞에 내려놓았다. 빈센트는 놀라서 자기 접시를 빤히 내려다봤다. 크리스테르가 손님들의 시선을 모으려 손뼉을 쳤다.

"전채는 트러플 소스에 포르치니 버섯 수플레를 얹은 요리야."

"크리스테르, 지금 장난하는 거죠?"

루벤은 우아한 접시 위의 형체와 자신의 동료를 놀란 눈으로 번갈아 보며 말했다.

"요리를 할 줄 아는지 전혀 몰랐어요. 커피조차 태운 맛을 내잖아요. 심지어 자판기에서 꺼내 주는 커피도요."

"크리스테르는 요리의 신이랍니다!"

라세가 연인에게 푹 빠진 듯한 눈으로 바라봤다.

"이 친구가 요리를 할 때마다 당장 울라 빈블라드 레스토랑에 일자리를 주겠다는 말이 절로 나온다니까요."

그들은 놀라서 침묵하며 음식을 먹었다. '고요한 밤' 노래가 배경으로 조용히 흘러나왔다.

"말도 안 돼."

루벤은 계속 이렇게 되뇌며 고개를 저었다.

"말도 안 돼."

"기자 회견에 반응이 있어?"

미나가 율리아에게 물었다.

"전혀 용납할 수 없는 대화 주제예요."

빈센트가 나지막하게 말했다.

미나는 전채 요리에 손도 대지 않았다. 빈센트는 그녀의 접시와 자기 접시를 슬쩍 바꿨다. 크리스테르의 전채 요리는 그에게 있는지조차 몰랐던 미뢰를 자극했다.

"쉿, 오늘 일 이야기는 금지예요!"

라세가 경고하듯 검지를 들어 올렸다.

"오늘은 여러분을 개인적으로 알고 싶은 거지, 살인이나 과실 치사 이야기를 들으려는 게 아니에요. 그런 이야기는 크리스테르가 나에게 충분히 하니까요. 미나, 당신부터 시작하죠. 당신 이야기는 뭔가요?"

미나는 충격을 받은 표정이었다. 낯선 사람에게 자기 이야기를 한다는 것은 전혀 그녀의 취향이 아니었지만, 이성적으로 생각하면 대답을 해야 했다.

"이야기랄 것도 없어요."

그녀가 입을 뗐다.

"경찰이 된 지 10년쯤 됐고, 10대 딸과 전남편이 있고, 오스타에 살아요. 그게 다예요."

"엄청나게 복잡했던 두 개의 사건에서 핵심적인 역할을 했다는 걸 제외하면 말이야."

율리아가 덧붙였다.

"미나는 정말 탁월한 경찰이랍니다. 다행스럽게도 경찰서 사람들 대부분이 그 사실을 몰라요. 알았다면 우리 팀에서 이미 오래전에 빼 갔을 거예요. 하지만 알게 되는 건 아마 시간문제일 테죠."

다음 사람이 말하는 동안 미나는 놀라서 율리아를 바라봤다. 크리스테르가 메인 요리가 나온다고 알릴 때쯤 아담에게 차례가 넘어갔다.

메인 요리도 전채만큼이나 놀라웠다. 노루 등심과 아코디언 감자에 육수와 정확한 양의 포트와인으로 만든 소스를 얹었다. 와인 병이 비어 갈수록 식탁 위의 대화도 순조롭게 흘러갔다. 빈센트는 율리아와 아담이 다시 머리를 맞대고 있는 모습을 흘낏 곁눈질했다. 아하, 내가 착각한 게 아니군.

미나는 메인 요리를 먹어 보려고 시도는 했지만, 결국 접시에서 요리를 이리저리 밀치는 데 그쳤다. 빈센트가 미나의 접시에서 아코디언 감자와 고기 한 토막을 덜어 오자 그녀는 고맙다는 눈길을 슬쩍 던졌다.

후식은 클라우드베리를 산더미처럼 올려 거의 무너질 지경인 파블로바 케이크였다. 루벤은 놀랍게도 하나도 남김없이 모두 먹었다. 심지어 접시까지 핥아 먹을 기세였다.

"아이고, 세상에. 정말 맛있었다!"

그가 배를 문지르며 말했다.

"정말 맛있었지만 이제 더는 못 먹겠어."

율리아가 한숨을 내쉬었다.

"나 데리고 집에 가 줄 수 있어요?"

미나가 소곤소곤 묻자 빈센트가 고개를 끄덕였다. 그 역시 미나와 함께 집으로 가고 싶은 마음이 굴뚝같았지만, 그 질문이 그런 의미가 아니라는 걸 알고 있었다.

"원한다면 지금 도망쳐요."

그가 속삭이며 대답했다. 30분 전부터 미나의 얼굴에는 공황 상태 같은 불안이 드리워져 있었다. 빈센트가 일어나서 헛기침을 하고 말했다.

"라세, 크리스테르. 정말 멋진 저녁이었어요. 초대해 주셔서 고맙습니다. 안타깝게도 오늘 제가 제일 먼저 일어나는 훼방꾼이 되겠네요. 아내가 여행을 간 터라, 이제 베이비시터와 제가 교대해야 해서요. 커피도 못 마시겠네요. 제 평생 최고의 커피가 될 게 확실했는데 말이죠. 미나, 저녁을 망쳐서 미안한데 내가 약속대로 당신을 집에 데려다주려면 지금 출발해야 해요."

미나는 초대해 준 사람들을 배려해서 실망한 표정을 지었지만, 빈센트는 그녀의 얼굴에 드러난 안도감을 눈치챘다. 그녀도 맛있는 식사에 고맙다고 하고 작별 인사를 했다.

밖으로 나오자 살을 에는 냉기가 얼굴로 밀려왔다. 미나는 길게 한숨을 내쉬고 심호흡을 했다. 긴장을 푼 모습이 확연하게 보였다.

"고마워요. 정말 더는 못 버텼을 거예요."

둘은 자동차로 향했다.

"전구 가지고 있어요?"

빈센트가 물었다. 미나가 가방에서 빨간 초를 꺼내 그에게 건넸다.

그리고 스트링 라이트의 조명이 꺼져 있다는 걸 깨달았다.

"이런 장난을 치다니. 도대체 나이가 몇 살이에요?"

빈센트가 초를 끼우자 23개의 초가 스트링 라이트에서 다시 흥겹게 반짝이기 시작했다. 그는 몸을 돌려 트렁크에서 포장지 한 롤을 꺼냈다.

그런 다음 미나에게 조수석 문을 열어 주고, 산타클로스가 인쇄된 포장지를 흔들며 말했다.

"좌석에 깔 비닐 시트가 없어서요. 산타클로스에 잠깐 올라 앉는 거 어때요? 누가 알아요? 이렇게 하면 당신이 산타클로 스를 질식시킬지도 모르잖아요. 일석이조라고요. 당신은 크리스마스를 싫어하니까."

미나가 그의 팔을 툭 쳤다.

"내가 너무 까다롭다는 말이에요? 언젠가 당신한테 올라앉지 않게 조심해요."

그러고는 얼굴이 새빨개졌다.

"어…… 당연히 그런 뜻이 아니라……."

빈센트도 뺨이 발개져서 요란하게 웃음을 터트렸다. 그런 다음 차에 올라타서 미나가 조수석에 오르기를 기다렸다. 시간이 조금 걸렸다.

"히죽거리지 말아요."

그녀가 말했다. 빈센트는 시동을 걸고 진입로에서 후진해 나왔다.

"그건 그렇고."

빈센트가 입을 뗐다.

"율리아와 아담은 언제부터 잠자리를 하는 사이가 된 거예요?"

미나는 입을 떡 벌린 채 그를 빤히 노려봤다.

*

    루벤은 한 시간 전에 집에 돌아왔다. 그리고 한 시간 내내 식탁에 놓인 선물 포장지를 쏘아보았다. 어떻게 해야 할지 결정할 수 없었다. 정신도 말짱하지 않았다. 반짝이 포장지에 찍힌 크리스마스 요정은 바보처럼 보였다. 아스트리드는 분명히 유치하다고 할 것이다.

    반짝이지 않는 빨간 포장지도 샀지만 그건 아마 어른 선물용 포장지 같았다. 어쩌면 아이는 오히려 담백한 쪽을 더 좋아할지도 모른다. 루벤은 전혀 알 수 없었다. 이런 일에 관해서는 완전히 무지했다.

    식탁 모서리를 꽉 잡고 있어도 상황은 나아지지 않았다. 크리스테르의 글뢰그는 탁월했다. 와인도 폭포수처럼 들이부었다. 그래서 루벤은 지금 몸동작이 어색했다. 아, 빨간 포장지로 하자. 그는 포장지를 1미터쯤 펴서 선물을 감았다. 몇 장이나 필요할지 모르지만 다섯 장이면 충분할 것 같았다. 그런데 점점 선물 형체가 이상해졌고, 포장지도 이제 잘 접히지 않았다. 게다가 접착테이프를 찾는 동안 포장지에서 손을 뗄 수가 없었다.

    빌어먹을 테이프는 바닥에 놓여 있었다. 그는 선물을 잡은 채로 몸을 숙였지만, 접착테이프는 손이 닿는 곳에서 몇 센티미터 떨어진 곳에 있었다. 발끝으로 잡고 가져오려다 실수로 더 멀리 차 버렸다. 아, 빌어먹을! 다른 사람들은 도대체 선물 포장을 어떻게 하는 거야?

바로 그 순간, 휴대폰에서 퐁 소리가 들렸다. 메시지가 왔다. 신경을 다른 데로 돌릴 수만 있다면 무슨 일이든 좋았다. 오른손은 여전히 포장지를 잡고 있어야 해서, 왼손으로 서툴게 휴대폰을 쥐었다.

이름이 Y로 끝나고, 전날 그의 집에서 밤을 보낸 젊은 여자가 보낸 메시지였다. 루벤은 여자가 그의 전화번호를 어떻게 알아냈는지 몰랐다. 아마 그가 잠시 조심하지 않았던 듯했다. 여자는 잠깐 들러 그에게 '크리스마스 선물'을 줘도 되는지 물었다. 첨부된 사진에서 그녀는 산타클로스 모자를 쓴 채 미소를 짓고 있었다. 그것 말고는 아무것도 입지 않았다. 문자 내용만으로는 충분하지 않다는 듯, 빌어먹을 만큼 나체였다.

루벤은 시선을 위로 올리며 한숨을 내쉬었다.

"페데르, 웃기지. 안 그래?"

그가 큰 소리로 물었다.

왼손 엄지로 답장을 입력하느라 시간이 좀 걸렸다. 여자에게 오라고 하고 싶었지만, 우선순위를 정해야 했다. 그는 지금 임무 중이라고 썼다. 사실 어느 정도는 맞는 말이었다. 무슨 일이 있어도 아스트리드에게 줄 선물 포장에 성공하고 말 것이다. 그게 이번 생에 해내는 마지막 일이 될지라도.

11일 전

페테르 크론룬드의 무언가가 루벤을 혼란스럽게 했다. 아담과 율리아가 구치소에서 그를 취조했지만 새롭게 알아낸 것은 없었다. 그런데 화면에 떠 있는 페테르의 얼굴이 루벤에게 낯익었다. 그는 얼굴을 잊는 법이 없었다.

인터넷에 들어가 콘피도 스캔들에 관한 신문 기사 몇 개를 클릭했다. 거의 모든 기사에 페테르 크론룬드의 사진이 있었다. 항상 말쑥하게 차려입은 모습이었다. 대부분 파란 정장에 분홍 셔츠, 그리고 거기에 어울리는 체크 또는 줄무늬 넥타이 차림이었다. 당연히 값비싼 시계도 있었다. 루벤은 눈을 가늘게 뜨고 사진 중 한 장을 확대했다. 롤렉스가 아니라 고급스러운 취향을 지닌, 이 분야에 정통한 남성의 신중한 선택인 파텍 필립이었다.

호기심에 시계를 검색해 본 루벤은 나지막하게 휘파람 소리를 냈다. 페테르 크론룬드가 오른쪽 손목에 아무렇지도 않게 차고 있는 시계를 사려면 최소한 100만 크로나를 지불해야 했다. 그것도 값비싼 그의 차에 함께 탄 여자들이 시계를 더 잘 볼 수 있게 왼쪽이 아니라 오른쪽 손목에 찬 것이다. 루벤이 히죽 웃었다. 물론 그는 페테르의 시계만큼 비싼 시계는 근처에도 가 본 적이 없지만, 이 작전은 그 역시 사용했었다.

그러나 이제 이런 종류의 시계는 어느 쪽 손목에 차든 위험하다. 시계 절도 사건이 점점 빈번해지고 있는데, 특히 외스테르말름에서 심했다. 이런 시계를 차고 돌아다니는 것은 도둑에게 훔쳐 가라고 부추기는 것과 다름없었다.

루벤은 이마를 찌푸렸다. 빌어먹을, 페테르가 왜 이렇게 낯익게 느껴지지? 짙은 눈썹과 가느다란 입술이 머릿속에서 계속 뭔가를 떠오르게 했다. 루벤은 정신을 집중했다. 기억을 철저히 뒤졌다. 그곳에는 그가 본 모든 얼굴이 저장되어 있었다. 그 얼굴들은 그가 원하든 원하지 않든 상관없이 저장됐다. 밤에 만난 여자들은 기억에서 삭제하고 싶은데도 저장되어 있었다.

페테르…… 페테르……. 기억의 가장자리에서 뭔가 움직였다. 그는 긴장을 풀려고 애썼다. 너무 긴장하면 오히려 목표에 도달하기 힘들었다. 이름과 얼굴을 일깨우는 생각과 장면과 연상 작용을 그냥 스쳐 지나가게 내버려두었다.

페테르…… 페테르…… 페테르 마노일로비치! 그래! 언론에 페테르 크론룬드라고 알려진 남자의 원래 이름은 페테르 마노일로비치였다. 루벤은 이 성을 과거에 여러 번 들었을 뿐 아니라 바로 최근에도 들은 적이 있었다. 아마 그 덕분에 뇌가 결국 생각해 냈을 것이다.

그는 얼른 사진 검색을 했다. 페테르는 예전 이름으로 올라왔던 사진들을 용의주도하게 삭제한 것 같았다. 루벤은 그가 이를 위해 전문적인 도움을 받았으리라고 짐작했다. 페테르 크론룬드는 과거 집안과의 모든 연결을 삭제하려고 했겠지만, 인터넷에서 모든 정보가 사라지는 일은 드물었다. 루벤은 열심히 검색한 끝에 《아프톤블라데트》의 오래된 신문 기사에서 마침내 찾던 것을 발견했다. 그 흑백 사진은 약간 흐릿했지만 거기 찍힌 남자들 중 한 명은 의심할 여지 없이 페테르 크론룬드였다. 사진 아래 설명은 다음과 같았다.

악명 높은 드라간 마노일로비치의 아들들인 빅토르와 밀란, 페테르 마노일로비치.

만족감이 온몸을 휘감았다. 급히 경찰 데이터베이스를 뒤지기 시작했고, 쏟아지는 자료들에 의기양양한 미소를 억누를 수가 없었다. 마노일로비치라는 성은 밀물처럼 정보를 쏟아 냈다. 초기 정보는 페테르의 아버지인 드라간 마노일로비치에 관한 것들이었지만 세월이 흐르면서 아들들인 빅토르와 밀란, 페테르의 범죄 행위도 흔적을 드러냈다. 그러다 약 15년 전 페테르라는 이름이 갑자기 사라졌다. 잠깐 검색을 해 보니, 결혼하면서 아내의 성을 받은 것이었다. 과거를 감추려고 별의별 방법을 동원한 듯했다. 이름과 거주지와 친구들을 바꿨다. 그의 과거사와 관련되는 것이 더는 없었다.

루벤은 이마를 찌푸렸다. 콘피도 스캔들에 관한 경찰 조서에 페테르의 과거 자료가 없다는 것은 이해할 만했다. 경제 범죄로 기소되었으니, 수사관은 페테르의 사업에 집중했을 것이다. 그의 가족 관계를 파헤칠 이유가 없었다. 그러나 황색 언론이라면 그 생각을 했을 것이다. 이 신문들은 피고인이 감추고 있는 온갖 비밀을 파헤치는 걸로 먹고 사니까. 그들이 이런 먹잇감을 간과했을 가능성은 거의 없었다. 그런데도 루벤은 이 주제와 관련해서 기사를 한 줄도 찾지 못했다.

그럴듯한 설명은 하나뿐이다. 신문사들은 페테르가 악명 높은 세르비아 범죄 집안 출신이라는 사실을 알아냈지만, 기사로 쓸 용기가 없었던 것이다. 아니면 협박을 받았을 수도 있고. 마노일로비치 집안의 범죄 행각은 알려진 것만 해도 수두룩했다. 그들은 마약과 인신매매, 성매매 사업까지 운영했다.

페테르는 가족 기업에서 물러나 성공적인 사업가로 재기한 듯했다. 하지만 루벤은 이런 사람들은 자기 집안을 좀처럼 떠나지 못한다는 사실을 잘 알고 있었다.

*

니클라스는 SVT 텔레비전 스튜디오 앞에 차려진 아침 뷔페를 홀낏 바라봤다. 그는 아침에 보통 건강식을 먹었다. 금방 짠 오렌지 주스, 싱싱한 블루베리를 넣은 무설탕 요구르트, 커피와 달걀 한 알. 그런데 조심하며 살기에는 갑자기 인생이 너무 짧아졌다. 배 속을 돌아다니는 안 좋은 느낌에는 대항할 수 없었지만, 최소한 꼬르륵거리는 소리는 없앨 방법이 있었다. 게다가 생방송에서 꼬르륵 소리는 좋지 않았다.

"법무부 장관님을 여기로 모시게 되어 정말 기쁩니다."

귀에 익은 목소리가 들려왔다. 예전과 다름없이 싹싹한 스튜디오 조수 미케 니데르만 묄레르가 마이크 클립을 들고 그의 옆에 서 있었다.

"일단 마이크 선을 연결할게요. 5분 후에 시작합니다. 뭔가 드실 시간은 충분해요."

"고맙습니다."

니클라스는 미케가 마이크를 꽂을 수 있게 옷깃을 올렸다.

조수의 일이 잘 마무리되자 니클라스는 흰 빵 토스트 하나를 집어 버터와 잼을 두툼하게 발랐다. 저만치에 기대 서 있는 토르 쪽은 쳐다보지도 않았다. 그의 언론 대변인은 지금쯤 눈썹을 한껏 치켜올리고 있을 것이다. 토르는 아침 식사로 겨우 자몽 반 개만 먹었다. '레인펠트 총리 다이어트'라나. 니클라스는 1분도 안 되어 빵을 모두 먹었다.

어쩌면 〈모론스튜디온〉 방송 출연을 거절했어야 했는지도 모른다. 그러나 이것 역시 그가 해야 할 일 중 하나였다. 그리고 그의 언론 대변인은 인터뷰가 순탄하게 진행될 수 있도록 미리 방송 제작진에게 질문 목록을 확인했다. 니클라스 스토켄베리가 국민에게 어떤 이미지로 보일지는 그의 몫이었다.

"가실까요?"

갑자기 옆에 나타난 미케가 말했다.

"괜찮으시면 제가 가져갈게요."

스튜디오 조수는 니클라스의 손에 들려 있는, 아무 로고도 없는 검은색 커피 잔을 가리켰다. 이 방송에서는 간접 광고가 허용되지 않았다. 니클라스는 고개를 끄덕이고 고마운 마음으로 그에게 커피 잔을 건넸다.

"갑시다."

니클라스는 토르가 벽 쪽에 서서 옷깃에 달린 소형 무전기에 대고 짧게 지시를 내리는 것을 보았다. 아직 새 경호원들을 보진 못했지만, 그게 그들이 주변에 없다는 뜻은 아니었다. 그들은 아마 어디에 가든 철저하게 따라다닐 것이다. 또 니클라스뿐 아니라 다른 모든 주변인을 관찰할 것이다. 카메라맨과 조명 기사와 엔지니어들까지. 지금 경호원들은 이들 모두를 실시간으로 지켜보고 있다.

니클라스는 미케를 따라 사회자 카린 망누손과 알렉산데르 레틱이 다음 영상의 예고 멘트를 하고 있는 스튜디오로 갔다. 미케는 니클라스에게 카메라 뒤에서 기다리라는 신호를 보내고 들어갔다. 붉은 디지털 숫자 표시가 영상이 시작되는 카운트다운을 알렸다. 영상이 시작되자 온 에어 표시등이 꺼졌다. 니클라스는 그 영상이 나오는 화면을 굳이 들여다볼 필요가 없었다. 그 사건이 발생했을 때 현장에 있던 당사자이기 때문에.

스튜디오 조수가 돌아와, 카린과 알렉산데르가 앉아 있는 탁자로 그를 안내했다. 그가 마실 커피도 이미 그곳에 놓여 있었다. 니클라스는 물 흐르듯 원활하게 진행되는 SVT 방송국의 아침 방송 시스템에 살짝 감탄했다.

그가 사회자들과 막 악수를 하는데, 영상이 끝나고 다시 온에어 표시등이 켜졌다.

"자, 윌란드의 늦여름은 이런 모습이었습니다."

카린 망누손이 카메라에 대고 말했다.

"이 테러의 피해자였던 법무부 장관 니클라스 스토켄베리를 오늘 스튜디오에 모셨습니다. 진심으로 환영합니다."

"고맙습니다."

니클라스는 신뢰감을 불러일으키는 멋진 장관의 미소를 지었다.

"장관님은 거리에서 칼로 공격당하셨죠. 범인은 장관님을 크게 해치려는 의도가 있었던 것 같은데요. 그 사건에 대해 지금은 어떻게 생각하시나요? 어떻게 지내시죠?"

"그의 공격이 성공할 뻔했던 데 비하면 잘 지내고 있습니다."

니클라스는 싱긋 웃다가 다시 진지한 표정으로 돌아왔다.

"하지만 그런 일이 아무런 흔적 없이 지나가지는 않지요. 저보다 훨씬 먼저 위험을 감지한 모든 경호원에게 다시 한번 감사의 인사를 드립니다."

"정신 질환이 있는 범인 개인의 범행이 아니라 배후에 어떤 조직이 있다는 소문이 돕니다. 그건 어떻게 생각하시나요?"

니클라스는 잠시 망설였다. 그도 짐작하는 바가 있었고, 그 짐작은 트위터에 떠도는 음모론과 별반 다르지 않았다. 하지만 가끔은 대중이 알고 싶어 하지 않는 것으로부터 그들을 보호해야 할 필요도 있다는 사실을 그는 잘 알았다.

"저는 검찰이 알빈 요하네손의 재판에 있어 훌륭한 공무 수행 능력을 보여 주었다고 생각합니다. 팩트가 스스로 말하고 있지요. 알빈은 지금 그가 있어야 할 곳에 있고, 추후 범죄 통계와 90년대의 이른바 '정신 의학 개혁'의 상관관계에 대해 검토할 예정입니다."

그는 카메라 뒤쪽에 있는 토르를 흘깃 쳐다봤다. 토르가 고개를 끄덕였다. 범인이 정신병자였든 아니든, 토르가 그의 목숨을 구했다는 사실 하나는 확실했다. 그의 훈련된 눈과 번개 같은 반응이 없었더라면 니클라스는 지금 여기 앉아 있을 수 없었다.

"장관님은 병가도 내지 않고 바로 업무로 복귀하셨지요. 테러로 인해서 장관님이 업무를 대하는 태도가 바뀐 것이 있나요?"

알렉산데르 레틱이 말했다.

"아닙니다."

니클라스가 바로 대답했다.

"우리는 이 나라의 법적 안정성을 위해 일하는 사람들이죠. 거기에 대한 제 생각은 달라진 게 없습니다. 당시 윌란드에 경찰관이 더 많았더라면 테러를 막을 수 있었을까요? 그랬을지도 모릅니다. 하지만 우리는 드러난 결과에 대해서만 대책을 논의하면 안 됩니다. 그것도 물론 중요하지만, 이런 사건이 반복되지 않으려면 원인에도 신경을 써야 합니다. 오늘날이는 아주 중요한 일이죠."

"불안해하는 사람들에게 하고 싶은 말씀이 있으시다면요."

카린 망누손이 메모를 보고 질문을 읽었다. 니클라스의 대변인은 이 질문을 꼭 포함해 달라고 고집했다. 니클라스는 제작진이 이걸 받아들였다는 것이 놀라웠다.

"불안은 감정이고, 감정은 간단하게 억누를 수 없지요."

그가 대답했다.

"하지만 스웨덴이 매우 안전한 국가들 가운데 하나라는 사실을 잊지 말아야 합니다. 이란을 보세요. 또 러시아와 중국, 이집트, 튀르키예, 아프가니스탄, 카타르도요. 그곳에는 불안해할 이유가 있습니다. 하지만 이곳은 어떻습니까. 우리는 무척 안전한 국가에 살고 있고, 범죄 행위에 연루되지 않는 한 위험한 상황에 처할 가능성이 매우 낮습니다."

사회자들이 진지한 표정으로 고개를 끄덕였다.

"윌란드에서도 마찬가지고요."

니클라스는 다소 무거워진 분위기를 풀기 위해 한마디 덧붙였다. 그러고는 커피 잔에 손을 뻗었는데, 엄지 아래쪽에 거칠거칠한 흔적이 만져졌다. 아까 한 모금 마실 때부터 그랬지만 그때는 신경 쓰지 않았다. 커피 잔을 홀낏 보니 스튜디오 엔지니어들이 사용하는 초록색 섬유 접착테이프 한 토막이 붙어 있었다. 아마 잔이 바뀌지 않게 누군가 거기에 그의 이름을 써 둔 모양이었다.

"이제 장관님의 개인적인 경험을 여쭤보겠는데요."

알렉산데르 레틱이 말했다.

"그런 일을 겪은 후에 더 이상 주위를 두리번거리지 않게 될 때까지 시간이 얼마나 걸리나요?"

니클라스는 눈을 깜박였다. 이 질문은 허용된 질문지에 없었다. 그는 자신에 대해 말하는 것을 좋아하지 않았다. 사생활과 정치를 뒤섞었다는 비난을 받을 위험이 상존하기 때문이었다. 아마 법무부 언론 대변인이 나중에 방송 제작자에게 책임을 물을 것이다. 하지만 니클라스는 사회자에게 미소를 지으며, 그가 이 질문을 단순한 호기심에서 했는지 아니면 덫을 놓은 것인지 그의 표정을 읽어 보려 했다. 그러다가 다시 한번 컵을 내려다보며 엄지를 옆으로 조금 옮겼다. 그의 짐작이 옳았다. 접착테이프에 뭔가 쓰여 있었다. 그러나 그의 이름은 아니었다.

숫자 8이었다.

아래쪽 절반은 채워져 있었다.

명함에 있던 부호와 똑같았다.

그 뒤에 숫자 11이 쓰여 있었다.

11일 전.

수많은 경호원이, 그리고 토르가 그를 계속 지켜보고 있는데도 이 스튜디오에서 누군가가 그곳에 접착테이프를 붙였다.

공포가 솟아올라 순식간에 온몸으로 퍼졌다. 팔다리가 간지러웠다. 자리에서 일어나고 싶었지만 억지로 참았다. 생방송이니까. 그는 다시 진정될 때까지 커피 잔 속을 들여다봤다. 그런 다음에야 시선을 들었다.

토르는 그의 몸짓에서 변화를 알아챈 눈치였다. 니클라스는 그가 제작자의 귀에 뭔가 속삭이는 모습을 지켜봤다. 제작자는 사회자들에게 대화를 끝내라는 신호를 보냈다.

"그 생각을 하는 게 부담되시나요?"

팔을 휘젓는 제작자를 못 보고 니클라스의 태도 변화가 자신의 집요한 질문 때문이라고 착각한 알렉산데르 레틱이 물었다.

"가끔은 그렇지요."

니클라스가 헛기침을 하고 대답했다.

"하지만 더 이상 주위를 두리번거리지 않게 되기까지 시간이 얼마나 걸리는가를 정말 알고 싶으시다면 대답하겠습니다. 시간이 아무리 지나도 그런 일은 없습니다."

스튜디오의 어두운 구석에서 급박한 움직임이 일어났다. 경호원들이 출구에 자리를 잡고 섰다. 하지만 니클라스는 그게 소용이 없음을 잘 알았다. 그를 노리는 인물은 이제 더는 스튜디오에 없다. 아직 때가 오지 않았으니까.

그럼에도 그 인물이 전하는 메시지는 오해의 여지 없이 분명했다. 니클라스가 무얼 하든, 경호원을 얼마나 많이 배치하든 소용없었다. 그의 순서가 오면 이 세상의 그 어떤 안전 대책도 무용지물이 될 터였다. 그는 절대 빠져나가지 못할 것이다.

*

크리스테르는 드디어 공용 사무실의 크리스마스 캐럴을 무시하는 데 성공했다. 그 대신 기억의 가장 바깥쪽, 아니 더 정확하게는 숨겨진 구석에서 움직이는 뭔가가 그의 신경을 점점 더 강하게 잡아당겼다. 욘 랑세트 사건과 유사한 사건이 있을지도 모른다는 희망으로 그는 다른 실종 사례들을 찾기 시작했다. 지금까지 경찰이 랑세트의 사건에 대해 알아낸 게 별로 없음에도 그렇게 했다. 실종 신고 전체를 몇 번이나 훑었지만, 갑자기 땅으로 꺼진 것처럼 사라진 사람의 수가 놀랄 만큼 많다는 사실을 제외하고는 눈에 띄는 게 없었다.

몇몇 경우는 다른 사건에 비해 설명하기 쉬웠다. 예를 들어 치매 환자였던 올가는 양로원에서 아무렇지 않게 걸어 나간 후 다시는 발견되지 않았다. 이런저런 전과도 있고 아마 갱단 소속이었을 요르예는 함께 살던 여성에게 '아는 사람을 만나러 간다'라고 하고서는 사라졌다. 또 19세였던 엘바는 정신 병원에서 세 번째로 퇴원하고 여러 번 자살 시도를 한 후에 더는 나타나지 않았다. 이런 경우에는 적어도 실종을 짐작할 만한 설명이 있었다.

모니터에 등장하는 사람들의 운명을 너무 오래 들여다보고 있자니 크리스테르는 한번씩 우울해지기도 했다. 하지만 지금 보는 사람들은 그나마 신고가 됐다. 그들이 없어졌다는 사실을 누군가는 알아챘다는 뜻이다.

가장 안 좋은 경우는 실종됐다는 사실을 아무도 모를 때였다. 누군가 죽어서 몇 달이나 침대에 방치되어 있어도 집세가 밀리기 시작하고 나서야 발견되는 때가 더러 있었다. 크리스테르 본인도 오랫동안 이와 비슷한 처지였고, 그를 찾을 사람이라고는 직장 동료들뿐이었다. 그들이 아니라면 그가 사라져도 아무도 찾지 않았을 것이다.

이제는 달라졌다. 지금은 라세가 있다. 크리스테르는 새로운 삶을 살아갈 이 기회를 놓칠까 봐 너무나 두려웠다. 그뿐만이 아니었다. 그는 지금 행복했다.

머리 뒤쪽에서 계속 떠드는 목소리가 그에게 무슨 말을 해 댔지만, 그는 그게 무슨 뜻인지 이해하지 못했다. 너무 행복해서 일을 하기가 힘든 걸까? 아니면 이건 치매가 시작된다는 뜻인가?

크리스테르는 모니터를 계속 스크롤했다. 얼굴이, 사람의 운명이 차례로 스쳐 지나갔다. 이 방대한 문서 어딘가에 욘 랑세트에 관한 결정적인 정보가 숨어 있다. 찾아내기만 하면 된다.

"잘 돼 가요?"

크리스테르는 소스라치게 놀랐다. 미나가 다가오는 발소리를 듣지 못했다. 사실 '라스트 크리스마스' 노래가 공용 사무실의 다른 소리를 덮어 버리긴 했다.

"응. 아니, 사실은 아니야. 여기 뭔가 중요한 게 숨어 있다는 건 확실히 알겠어. 본 적이 있거든. 그런데 그게 뭔지 도무지 생각이 나질 않네."

"페테르 크론룬드가 드라간 마노일로비치의 아들 중 한 명이라는 걸 루벤이 찾아냈는데, 그 소식 들었어요?"

크리스테르가 고개를 끄덕였다.

"응. 루벤은 나보다 기억력이 훨씬 좋은 것 같아. 엄청나게 흥미로운 연관성이더군. 율리아가 들떴다고 하던데. 하지만 나한테는 도움이 안 되네. 내 기억력은 체로 거른 것 같아. 나이 때문인가 봐."

크리스테르는 머리를 긁적이고는, 절망적인 얼굴로 책상에서 몸을 떼고 사무실 의자 바퀴를 뒤로 굴렸다.

"혹시 빈센트에게 조언을 구할 생각은 해 봤어요?"

미나가 조심스럽게 물었다.

"빈센트에게?"

크리스테르는 꾸르륵거리며 웃었다.

"마술이 무슨 도움이 되지? 그 사람이 내 기억력의 구멍을 메워 줄 수도 없잖아."

"잊어버렸던 중요한 디테일을 떠올릴 수 있게 그가 도와준 적이 있어요. 나한테 최면을 걸어서요. 그가 아니었더라면 우린 욘 벤하겐의 농장에서 벙커를 발견하지 못했을 거예요."

미나는 사무실에 있는 다른 의자를 흘깃 보고 앉을까 고민하는 눈치더니 그냥 그대로 서 있었다. 크리스테르는 미나의 마음을 이해했다. 의자 커버가 이미 오래전에 다 낡은 상태였다.

"나는 최면을 걸지 못하게 할 거야. 첫째, 그건 엉터리야. 최면이 통하지 않는다는 건 누구나 알아. 둘째, 빈센트는 분명히 나에게 장난을 칠 테고, 그러면 내가 소파에서 벌떡 일어나 엉덩이를 흔들어 대거나 뭐 그런 행동을 보일지도 모르니까."

"그러니까 최면은 통하지 않지만, 빈센트가 당신이 엉덩이를 흔들게 할 수는 있다고 믿는 거예요?"

미나는 흥미롭다는 듯이 눈썹을 치켜세웠다. 크리스테르는 그녀를 짜증스러운 눈길로 흘깃 쳐다봤다. 그런 다음 대화를 끝내겠다는 뜻을 확실하게 보여 주려고 다시 책상으로 의자를 당겨 모니터로 향했다.

"허튼짓이야."

그가 툴툴거렸다.

"난 그런 시시한 일을 벌일 시간이 없어."

"뭐, 어찌 됐든 조금 있다가 빈센트가 올 거예요. 그러니 그 사이에 고민해 보세요."

미나가 멀어져 가는 소리는 들리지 않았지만 크리스테르는 그녀가 갔다고 짐작했다. 이제 정말 일해야 한다.

*

늦었다. 빈센트는 미나가 경찰서 입구에서 기다리고 있으리라는 걸 알았다. 그녀의 화난 얼굴이 눈앞에 나타났다. 주차는 이미 했고, 이제 커피만 얼른 가져가면 된다. 하지만 카페에서 기다리는 동안 눈보라가 엄청난 눈 폭풍으로 변해서 개 산책도 나가지 못할 지경이 됐다.

잠시 기다려 봤지만 날씨가 진정될 기미가 보이지 않았고, 그는 결국 어깨를 귀까지 올리고 입과 코를 머플러로 가린 다음 용기를 내어 바깥으로 나갔다.

모퉁이만 돌면 되는 거리였는데도 그는 얼음덩어리가 되어 경찰서에 도착했다. 건물에 들어서니 예상대로 미나가 팔짱을 낀 채 그를 기다리고 있었다. 미나는 그에게 와 달라고 부탁만 하고 이유는 설명하지 않았었다.

빈센트는 가끔 자기도 모르게 내가 미나를 위험에 처하게 한 건 아닐까 하고 생각할 때가 있었다. 그는 미나에게 무슨 일이 벌어지게 그냥 놔두지 않을 테지만, 그림자가 그녀까지 노린다면 어떻게 막아야 할지는 알지 못했다.

"오는 길에 커피를 한 잔 사 오느라고요. 근데 그사이에 아이스커피가 됐겠네요."

그가 겨우 변명하고는 흐물흐물해진 종이컵을 쓰레기통에 던졌다.

"빈센트, 왜 모자를 안 썼어요? 머리카락에 눈이 잔뜩 붙었어요."

미나가 한숨을 내쉬었다. 그가 세차게 머리를 털자 눈송이가 사방으로 날렸다.

"나는 어른이고, 쓰기 싫으니까요."

"허세 때문이겠죠. 그건 그렇고, 우리 커피메이커는 당신이 기억하는 것만큼 나쁘지 않아요."

빈센트는 머플러와 외투를 벗어 들고 눈을 털었다. 눈이 아까보다 더 많이 바닥에 떨어졌다.

"어쩌면 여기서 눈에 갇힐지도 모르겠네요. 다행히도 크리스마스이브까지는 아직 며칠 남아 있으니, 자유를 찾아 길을 내기에 시간이 충분하겠어요."

"안타깝지만 그렇게 재미있지는 않을걸요."

미나가 출입증 카드를 검색대에 댔다.

"내가 크리스마스를 좀 더 재미있게 만들어 줄게요. 그게 나의 인생 마지막 일이 될지라도요."

빈센트가 말했다.

두 사람은 이제 그에게도 익숙한 복도를 지나 취조실로 향했다. 빈센트는 미나의 머리카락이 이제 거의 처음 만났을 때만큼이나 길게 자랐고, 그때처럼 뒤에서 하나로 단단하게 묶어서 얼굴 윤곽이 잘 드러난다는 사실을 깨달았다. 말도 안 돼. 그사이에 정말 3년이나 흘렀나? 마치 어제인 것 같은데.

"크리스마스 영화를 보는 것부터 시작하죠."

그가 말을 이었다.

"영화 마라톤 어때요? 〈나 홀로 집에〉랑 〈크람푸스〉, 〈크리스마스 스토리〉 이렇게요."

미나가 걸음을 멈추고 그를 쏘아보며 말했다.

"첫째, 당신은 여기 일하러 왔어요. 그러니 일에 집중해요. 둘째, 그게 설마 당신 취향의 크리스마스 영화들은 아니겠죠."

"아니, 맞아요. 〈그렘린〉은 약간 심하잖아요. 안 그래요?"

그가 삐딱하게 히죽거렸다.

"말했죠. 일에 집중하라고."

"그래요, 알았어요. 크리스마스는 이 정도로 충분하죠. 지금 여기가 중요하고요. 자, 내가 여기에 온 이유가 뭘까요?"

둘은 다시 발걸음을 옮겼다.

"오늘 우린 구스타프 브론스를 처음 신문할 예정이에요."

미나가 대답했다.

"서장님은 여전히 그 사람이 욘 랑세트를 살해했다고 생각하세요."

빈센트는 겨울 햇살이 미나에게 비치는 바로 그 순간, 그녀의 옆모습을 가만히 바라봤다. 어디서 봐도 그녀는 여전히 숨막히게 아름다웠다. 외면에 집착하는 이런 생각이 부끄러웠지만, 솔직하게 말하자면 몇 시간이든 그녀를 바라보고 그녀가 하는 말에 귀를 기울일 수 있었다. 거칠면서도 힘이 있는 미나의 목소리는 그를 매혹시켰다. 그런 목소리는 들어 본 적이 없었다. 어쩌면 지금까지 그가 그렇게 귀를 기울여 목소리를 들어 본 사람이 없었는지도 모른다.

"아…… 그 사람이 바로 왔다니 다행이네요."

빈센트는 자신이 바라보고 있었다는 걸 미나가 눈치채지 못하게 얼른 대답했다.

"무엇보다도 그가 정말 살인범이라면 말이에요."

"네. 살인자치고는 무척 협조적이죠. 안타깝게도 그의 변호사는 그렇지 않지만."

"그런데 '우리'가 당신과 나예요?"

빈센트가 물었다. 미나는 화난 표정으로 고개를 끄덕였다. 구스타프를 싫어하는 게 분명했다.

빈센트는 불현듯 한기를 느꼈다. 온몸이 얼었고, 건물 내부가 기이할 정도로 추웠다. 입에서 하얀 입김이 나오는 게 보이는 것 같았다. 하지만 미나는 낮은 온도가 아무렇지도 않은 듯했다. 터틀넥 스웨터를 입긴 했지만 반소매였다. 추위를 정말 좋아하는 모양이었다.

"당신은 율리아의 아버지와 의견이 다른 것 같네요?"

그가 물었다. 미나는 한숨을 내쉬고 대답했다.

"그 인간은 욘의 동료였는데 완전히 개자식이에요. 아마 누군가를 은밀하게 처리해 버릴 수도 있을 거예요. 그리고 그의 표현대로, 욘이 겁을 집어먹고 다 불어 버릴까 봐 무진장 걱정한 것도 사실이고요. 하지만 구스타프 브론스는 노인들이 힘겹게 번 돈을 주머니에서 빼 가는 개자식에 가깝지, 느긋하게 뼈를 삶고 있을 종류의 인간은 아니거든요. 무슨 뜻인지 알겠어요? 해골을 그런 식으로 깔끔하게 만드는 건 그의 아이디어가 아니었을 거라는 거죠. 청부 살인자가 어떤 개자식한테서 그런 지시와 돈을 받지 않았는데도 그렇게 힘겨운 수고를 할 리 없잖아요. 왜 그렇게 히죽거려요?"

빈센트는 입술을 꽉 깨물었다. 미나는 방금 개자식이라는 말을 세 번이나 입에 올렸다. 평소엔 이 정도로 험한 말을 하는 경우가 거의 없었다. 구스타프 브론스가 누군지는 몰라도, 빈센트는 그와 같은 입장에 처하고 싶지 않았다.

"좋아요. 내가 할 일이 뭐예요? 구스타프는 자신이 무죄라고 주장할 테고, 내가 맞게 이해했다면 당신도 그렇게 판단하는 것 같은데."

미나는 슬쩍 싸늘하게 웃었다. 두 사람이 3번 취조실 앞에 이르자 미나가 문손잡이에 손을 올렸다. 그리고 빈센트의 눈을 마주 보며 말했다.

"구스타프는 분명히 몇 가지 죄를 지었어요. 우리가 발견한 시신은 논외로 치더라도, 다른 살인을 저지르지 않았으리란 법은 없거든요. 말했다시피 서장님도 그렇게 확신하고 있고요. 그런데 구스타프 브론스는 유럽에서 가장 비싼 변호사를 데려왔고, 나는 그와 최대한 시간을 적게 보내고 싶은 거죠."

"그러니까 나는 당신의 지름길이군요?"

"맞아요. 내가 그를 꿰뚫어 볼 수 있게 당신이 도와줘요."

그들은 취조실에 들어섰다.

흠잡을 데 없이 완벽하게 차려입은 두 남자가 작은 취조실에서 그들을 기다리고 있었다. 저렴한 오스카 제이콥슨 정장을 입은 빈센트는 갑자기 자신이 노숙자처럼 느껴졌다. 푹 젖은 외투를 의자 손잡이에 걸었다. 눈앞의 두 남자는 여기서 누가 더 잘 빼입었는지 내기라도 하는 듯했다. 빈센트는 최소한 둘 중 한 명의 눈 아래에는 다크서클이 있을 거라고 예상했지만, 최신 피부 미용법은 기적을 일으키는 모양인지 두 남자 가운데 누가 구스타프인지 알아볼 수 없었다.

"이 사람은 누굽니까?"

한 남자가 물었다.

"경찰서로 오는 아량을 베풀었으면 됐지, 방청객까지 허용하지는 않았어요."

틀림없이 그가 변호사일 것이다. 그는 빈센트를 똑바로 쳐다보지도 않았다. 미나는 빈센트에게, 구스타프가 페테르 크론룬드와는 달리 구치소행을 피했다고 미리 설명했었다. 빈센트는 이제 그 이유를 알게 됐다. 이 변호사는 아마 미제로 남은 올로프 팔메 총리 암살 사건의 진범이 범행을 자백한대도 집행 유예로 풀려나게 할 수 있을 것이다. 분명히 쉽지 않은 상황이 될 것 같았다.

"이쪽은 빈센트입니다. 우리와 함께 일해요."

미나가 짤막하게 대답했다.

"괜찮소."

구스타프가 느긋하게 손을 들어 올리며 말했다.

"나도 이 남자를 알아요. 마술인가 뭔가를 하는 양반이잖아. 경찰이 이 사람 때문에 일을 망치면 나야 좋지."

빈센트는 미나를 흘낏 봤다. 그는 자신이 이곳에서 정말 도움이 될지 확신이 서지 않았다. 오히려 일을 어렵게 만들지 모른다는 생각도 들었다.

구스타프는 미나의 몸매를 훑어보고는 흡족하다는 듯이 히죽거렸다. 미나는 별다른 반응을 보이지 않고 그의 맞은편에 앉았다.

빈센트는 구스타프와 그의 변호사를 좀 더 잘 관찰하기 위해 벽 쪽에 앉았다.

"와 주셔서 고맙습니다."

미나가 구스타프에게 말했다.

"소중한 시간을 빼앗고 싶지 않으니 바로 시작하시죠. 욘 랑세트는 콘피도에서 어떤 역할을 했습니까?"

"욘?"

구스타프는 본인에 관한 질문이 아니라서 놀란 모양이었다.

"흐음…… 그는 회사의 간판이었소. 우리 제품을 팔았고. 하지만 그거야 당신도 이미 알 테지."

미나가 고개를 끄덕이고 말했다.

"맞아요. 압니다. 제 질문은 그것보다는…… 그 사람이 당신의 사업에 대해 어디까지 알고 있었느냐는 겁니다."

변호사가 헛기침을 하고 손바닥으로 탁자를 쳤다.

"제 의뢰인은 사업 비밀에 대해서 진술할 필요가 없습니다."

미나는 구스타프에게서 눈길을 떼지 않은 채 탁자에 팔꿈치를 대고 양손에 턱을 괬다.

"살인 기소를 막을 수 있어도 말인가요?"

뻔뻔하게 굴던 금융인이 흠칫 놀랐다. 그의 입꼬리가 한순간에 처졌다.

미나는 용기를 북돋우려는 듯이 그에게 고개를 끄덕였다.

변호사가 진술할 필요 없다고 다시 한번 말하려는 듯했지만, 이번에는 구스타프가 손을 내저었다.

"콘피도는 우리가 함께 개발한 아이디어였소."

그가 몸을 뒤로 기대고 다리를 쩍 벌렸다. 드디어 자기 이야기를 하게 되어 기분이 좋아진 모양이었다.

"회사 지분은 우리 모두 똑같았지. 하지만 욘은 언제나 겁쟁이였소. 위험을 감수하는 걸 좋아하지 않았어요. 그래서 페테르와 나는 특정한 결정을 내릴 때는 그에게 말하지 않았소. 그가 너무 긴장해서 제대로 처리하지 못할 중요한 일을 결정할 때는 말이오."

"아니면 욘이 어디서 불어 버릴지 몰라 걱정되었든지요."

미나는 마초 같은 그의 위압적인 태도를 일부러 무시하며 물었다.

"우린 그가 회사에 해를 끼칠 정보를 넘길까 봐 우려했던 거요. 예를 들어 언론 같은 곳에 말이지."

"그렇군요. 그가 실종됐을 때 머릿속에 어떤 생각이 떠오르던가요?"

구스타프가 눈썹을 치켜세웠다. 그런데 슬픈 표정이 살짝 묻어났다. 원래는 그와 반대되는 감정을 보여 주려고 한 것 같았는데, 오히려 이 주제가 그의 마음을 건드렸음이 확연하게 드러났다. 미나가 갑자기 따뜻하게 미소 짓자 구스타프도 본능적으로 미소로 화답했다. 그는 친근함을 표하려는 듯이 몸을 앞으로 내밀었다.

빈센트는 함박웃음을 감추려고 손으로 입을 가렸다. 구스타프 같은 남자들은 자기 자신을 여자에게 주는 신의 선물이라고 생각한다. 그들은 조종당하는 쪽이 자기라는 사실은 상상도 하지 못한다. 그에게는 아마 익숙하지 않은 경험이었겠지만, 미나는 쩍 벌린 그의 가랑이에 반응을 보이지 않음으로

써 구스타프로 하여금 무의식적으로 인정 욕구를 갈구하게 만들었다. 그런 다음 미나가 미소를 짓자 그는 곧장 그 미끼를 물고 그녀의 관심을 얻기 위해 태도를 바꾸었다. 빈센트는 감탄했다. 하기야 미나는 그가 아는 사람 중에 가장 현명했다.

"회사 경영의 기술적인 측면으로는 물론 욘이 없는 쪽이 더 편하지요."

구스타프가 부드러워진 말투로 대답했다.

"하지만 요세핀에게는 쉽지 않은 상황이었소……. 욘의 아내 말이오. 그런데 저 남자, 그냥 저기 앉아 있기만 할 거요?"

구스타프가 빈센트 방향을 턱으로 가리켰다. 변호사가 다시 헛기침을 했다.

"제 의뢰인이 하고 싶은 말은."

그가 한 마디 한 마디 힘주어 말했다.

"친구의 사생활은 당연히 무척 걱정됐지만 회사에서의 소통은 덜 복잡해졌다는 뜻입니다."

"그러니까 구스타프 씨는 욘의 실종과 아무 관련이 없다는 말씀이죠?"

미나가 몇 센티미터쯤 구스타프에게 가까이 다가갔다.

"당연히 없소. 나는 사업가이지 범죄자가 아니오."

"그런데 왜 드라간 마노일로비치에게서 고액의 사례금을 받았습니까?"

침묵이 이어졌다. 미나는 의도적으로 그 질문이 침묵 속에서 메아리치게 했다.

"무슨 말인지 모르겠군."

구스타프가 말했다. 그의 시선이 불현듯 아주 싸늘해졌다.

"무슨 말이 하고 싶은 겁니까?"

변호사도 화난 표정으로 미나를 노려봤다. 하지만 동시에 불안함이 스쳐 지나갔다.

"시간 낭비하지 마시죠. 입금 내역을 끝자리까지 모두 확인했습니다. 당신은 드라간 마노일로비치에게서 돈을 받았고, 여기서 그 사람이 누군지는 설명할 필요 없겠죠. 그가 페테르 크론룬드의 아버지라는 사실을 제쳐 두고서도 말입니다. 그러니 그가 콘피도와 무슨 관계인지 알고 싶은데요. 아니면 그냥 사적인 관계였나요?"

구스타프가 눈을 질끈 감았다. 드디어 반응이 나왔다. 미나는 공격으로 넘어갔다. 빈센트는 이 상황이 앞으로 어떻게 흘러갈지 궁금했다.

"페테르와 당신이 함께 그를 살해한 겁니까?"

미나가 취조를 이어 갔다.

"페테르는 자기 가족에게 충성하느라, 그리고 당신은 돈을 위해서? 거의 100만 크로나더군요. 놀란 척하지 말아요. 우린 당신이 이 금액을 드라간에게서 받았다는 사실을 알고 있습니다. 살인을 청부하기에 적절한 금액이죠."

그녀는 구스타프에게서 눈을 떼지 않았다. 방금은 무슨 이유로 당황했었는지 몰라도, 이제 그는 다시 정신을 차렸다. 변호사가 그의 귀에 대고 뭔가 속삭였다. 구스타프가 고개를 끄덕였다.

"커피 하우징."

그가 변호사에게 어깨를 으쓱하며 말했다. 변호사는 말없이 서류 가방을 들고 구스타프에게 고개를 끄덕였다.

"우린 제 의뢰인의 무죄와 선한 의지를 증명하기 위해 왔습니다."

변호사가 벌떡 일어났다.

"비난을 들으려고 온 게 아니에요. 이제 대화는 끝났습니다. 그리고 당신들을 명예 훼손으로 고소하겠습니다."

"잠깐만."

구스타프가 삐딱하게 히죽거렸다.

"난 급하지 않소. 가기 전에 마술사가 할 말이 있는지 알고 싶은데."

그가 빈센트에게로 몸을 돌렸다.

"나를 분석하려고 여기 왔을 테지. 어때, 내가 유죄라고 생각하오? 경찰이 뭐라고 했더라……? 내가 청부 살인을 했소?"

빈센트는 한동안 그를 가만히 바라봤다. 그리고 일어나서 천천히 그에게 다가갔다.

"지금은 한 가지만 말할 수 있습니다."

그러고 나서 그가 아주 나지막하게 구스타프의 귓가에 뭔가를 속삭였는데, 소리가 너무 작아서 다른 사람들은 듣지 못했다. 몸을 일으킨 빈센트의 눈에 금융인의 얼굴이 새하얗게 질렸을 뿐 아니라 눈가도 축축해진 모습이 보였다. 눈물을 겨우 참고 있는 것 같았다.

구스타프 브론스가 급하게 일어나 미나에게 고개를 까딱하고, 빈센트나 변호사에게는 눈길도 주지 않은 채 취조실을 나갔다. 변호사가 놀라서 그의 뒤를 따라갔다.

"어땠어요?"

둘만 남게 되자 미나가 물었다.

"어떻게 생각해요?"

빈센트는 생각에 잠긴 채 탁자 모서리에 몸을 기댔다. 취조 결과 많은 정보가 드러났지만, 구스타프의 일반적인 행동 양식과 방어 반응을 구별하기가 쉽지 않았다.

"구스타프가 '어쩌면' 욘의 실종과 관계가 있을지도 모르겠어요."

그가 드디어 입을 뗐다.

"당신과 구스타프가 욘에 대해 얘기할 때 그의 표정에 분명히 슬픔이 보였거든요."

"슬픔이요?"

"네. 하지만 죄책감도 그것과 똑같은 표정을 보여요. 나를 모욕하고 당신을 대상화함으로써 일단 우리 둘을 당황하게 만들려는 그의 작전은 과잉 보상 같아 보이고요. 그래서 슬픔보다는 죄책감에 더 가까운 것 같아요. 뭔가 있어요. 문제는 그가 왜 죄책감을 느끼는가 하는 거예요. 당신이 드라간의 돈 이야기를 꺼냈을 때 그는 차분하게 앉아 있는 데까지는 성공했지만, 부자연스러울 정도로 오랫동안 눈을 꽉 감았죠. 내 생각에, 이 행동 뒤에는 당신과 당신의 질문을 멀리하려는 욕구가 숨어 있어요. 당신이 그의 아픈 데를 찌른 거죠. 당신도 느꼈겠지만요. 몸짓 언어가 나온 김에 말하자면, 처음에는 쌀쌀맞게 굴다가 나중에 그가 보인 신호에 반응한 건 무척 현명한 행동이었어요."

미나가 웃음을 터트렸다. 약간 거칠지만 환한 웃음소리를 들으니 빈센트는 마음이 따뜻해졌다.

"그건 아마 우리의 오랜 협업으로 생긴 부가적 능력일 거예요."

미나가 말했다.

"그러니까 당신은 서장님 견해에 동의하는 거군요. 구스타프를 체포해야 할까요? 난 드라간과 콘피도, 그가 받은 돈에 대해 질문을 더 하고 싶은데 현재로서는 그가 자발적으로 입을 열기를 바라는 수밖에 없어요."

빈센트가 고개를 저었다.

"내가 결정할 수는 없죠. 구스타프는 뭔가 연관이 있긴 한데, 그것이 곧 그가 욘을 살해했거나 청부 살인을 의뢰했다는 뜻은 아니에요. 그리고 모스 테우토니쿠스는…… 다른 사람이 했을 수도 있겠죠. 시신을 우연히 발견한 누군가가 말이에요. 우린 아는 바가 전혀 없어요. 어쩌면 경찰이 찾아야 할 범인은 한 명이 아닌지도 몰라요. 요세핀 랑세트 이야기를 하다가 구스타프가 갑자기 말을 멈췄던 거, 생각나요? 내가 경찰이라면 다시 한번 그 여자와 이야기해 볼 것 같아요. 구스타프가 왜 죄책감을 느끼는지 그 사람이 혹시 알지도 모르니까."

미나는 멍하니 생각에 잠긴 채 고개를 끄덕였다. 하나로 묶은 꽁지머리가 가볍게 흔들렸고, 빈센트는 그 머리카락을 만지고 싶다는 욕구를 강하게 느꼈다. 그는 사고를 치지 않으려고 아예 손을 깔고 앉았다.

"좋아요. 그래야겠네요. 나머지 팀원들과 이야기해요. 그런데 하나만 알려 줘요. 구스타프의 귀에 대고 뭐라고 한 거예요? 그 사람, 당장이라도 울 것 같던데."

"그냥 막연한 추측이었어요."

빈센트가 대답했다.

"누군가가 그와 같은 사람이 되는 데에는 다 이유가 있죠. 사이코패스를 제외하면요. 내가 보기에 구스타프는 사이코

패스 같지는 않았어요. 그래서 다 지나갔다고 말해 줬어요. 학교에서 따돌림을 당한 사람은 당신만이 아니라고, 당신은 이미 오래전에 보복을 했고 가해자들은 벌을 받았다고요."

미나는 평소와 달리 그가 전혀 해석할 수 없는 표정으로 그를 빤히 바라봤다.

"빈센트, 바로 가야 해요? 시간 있으면 혹시 크리스테르를 도와줄 수 있어요?"

바로 가야 하냐고? 미나는 정말 아무것도 몰랐다. 빈센트는 언제나 그저 '오기를' 원하지, '가기를' 원하지는 않았다. 다시는 떠나고 싶지 않았다.

"기꺼이 도와드리죠."

빈센트가 대답했다.

"그런데 구스타프와 그의 변호사가 자기들끼리 여기서 못 나가잖아요. 안 그래요? 검색대를 통과시켜 줘야 하지 않아요?"

"그렇죠. 그 사람들도 곧 알아챌 거예요. 둘이 돌아올 때까지 우린 여기서 느긋하게 기다리자고요."

빈센트가 웃음을 터트렸다. 미나와 함께할 시간이 아직 조금 더 남아 있었다.

*

크리스테르는 초조하게 자기 허벅지를 두드렸다. 좀 작은 회의실을 예약하긴 했는데, 막상 와 보니 심리 치료실에 들어온 기분이었다. 최면이라니, 이게 무슨 허튼짓인가. 그리고 어차피 되지도 않을 텐데. 나는 미나가 아니라고.

천장을 보니 형광등 하나가 고장이었다. 보기 흉한 베이지색 커튼이 달린 이 회의실은 전반적으로 우울했다. 누군가 경찰서 인테리어 담당자에게 어느 정도 색채가 들어가도 잘못될 건 없다는 사실을 알려 줘야 할 텐데. 그는 속으로 싱긋 웃었다. 반년 전만 해도 이런 생각은 전혀 하지 않았을 것이다. 하지만 이젠 라세를 다시 만났다.

빈센트와 미나가 회의실로 들어왔다. 그는 머릿속 생각에서 벗어났다.

"자, 크리스테르. 뭔가를 기억해 내고 싶다고요?"

멘탈리스트가 그의 맞은편에 앉았다. 미나는 그대로 서 있었다.

"내가 옆에 있어도 될까요?"

그녀가 물었다. 크리스테르는 어깨를 으쓱하고 대답했다.

"마음대로 해. 어차피 안 될 테니까. 미나, 나는 자네와 달라. 그렇게…… 예민하지 않다고."

"뭐에 예민하지 않다는 말이에요?"

빈센트가 그에게 더 가까이 다가갔다.

"나도 알고 싶네요."

미나가 팔짱을 끼며 말했다. 크리스테르가 뒤로 살짝 물러나자 의자 다리가 바닥을 긁었다.

"최면 말이야. 지금 그거 할 생각이잖아. 나에게 최면 걸기."

"당신이 원하지 않으면 안 할 거예요. 일단 이야기를 해 보자고요."

빈센트가 대답했다. 크리스테르는 고개를 끄덕였다. 최면을 걸지 않는 한 반대할 이유가 없었다.

"뭔가 떠올리려면 상상력을 이용해야 해요."

빈센트가 말했다.

"크리스테르는 상상력이 탁월해요. 내가 알죠. 소소한 연습으로 시작해 볼까요. 오른손을 허벅지에 올리고 손이 다리의 일부라고 상상해 보세요. 손이 허벅지에 붙었는데 거기다 콘크리트를 부은 것 같다고 말이에요. 다시 말해서 다리와 하나가 된 거죠. 어떤 느낌인지 정말 느낄 수 있게 용기를 내 보세요."

크리스테르는 그렇게 했다. 기이하게도 손바닥이 무겁게 느껴졌는데, 손가락은 아직 움직일 수 있었다.

"손바닥이, 이게 왜……."

"아주 좋아요. 이제 손가락에 정신을 집중하고, 그것도 손바닥처럼 단단하게 붙을 때까지 시간이 얼마나 걸리는지 살

퍼보세요. 벌써 시작됐군요……. 다 끝나면 알려 주세요."

크리스테르는 놀랍게도 손가락을 점점 더 움직일 수 없다
는 사실을 깨달았다. 지금 무슨 일이 벌어지는 중인지 모르겠
지만, 어쨌든 전혀 불편한 느낌이 아니었다. 그가 천천히 고
개를 끄덕였다.

"내 생각에…… 내가 느끼기에는 손이 완전히 붙은 것 같
아. 그런데 도무지 이해가 안……."

"괜찮아요."

빈센트가 말했다.

"최면에 걸렸다는 느낌이 들어요?"

크리스테르는 고개를 저었다. 당연히 최면에 걸리지 않았
다. 모든 것을 그대로 느끼고 있었다. 앉아 있는 의자를 느꼈
고, 커튼은 여전히 보기 흉했다. 게다가 빈센트는 겨우 5분 전
에 들어왔는데, 누군가에게 최면을 거는 데는 훨씬 더 긴 시
간이 필요했다. 텔레비전에서 봐서 알고 있었다.

"이 사람이 자네한테도 똑같이 이렇게 했어?"

그가 미나 쪽을 봤다.

"아니, 달랐어요."

미나가 미소를 지으며 대답했다.

"손을 올리려고 하면 어때요? 올라가나요?"

빈센트가 물었다.

크리스테르는 손을 들려고 했다. 하지만 마법에 걸린 것 같았다. 그는 이마를 또 찌푸렸다. 손이 정말로 붙어 버렸다. 온 힘을 다해도 올릴 수 없었다.

"이게 왜⋯⋯."

"걱정하지 마세요."

빈센트는 손가락 끝을 크리스테르의 손에 올렸다.

"당신이 기억을 아주 잘 떠올리게 되리라는 걸 보여 주는 거니까요. 그게 다예요. 이제 손의 무게가 팔과 목, 머리까지 퍼지는 걸 느껴 보세요. 무게가 생각에까지 닿으면 눈을 감고 긴장을 더 많이 풀어요."

몸이 무거울 뿐 아니라 갑자기 아주, 아주 많이 나른해졌다. 한숨을 내쉰 크리스테르는 주변이 어두워졌음을 깨달았다. 아마 눈을 감은 모양이었다. 어쨌든 멘탈리스트가 그에게 최면을 걸지는 않았다. 크리스테르는 최면이 아닌 이상 뭐든 동의했다.

"앞에 세 개의 공간으로 향하는 세 개의 문이 보일 거예요."

빈센트가 말했다.

"첫 번째 공간에는 스톡홀름 지하철이 있어요. 뒤엉킨 터널들이 그 안으로 이어져요. 그곳에 어떤 비밀이 숨어 있어요. 두 번째 공간에는 욘 랑세트의 해골이 있죠. 펼쳐져 있는 게 아니라 무더기로 쌓여 있어요. 아마 모래로 덮여 있을 거예요."

크리스테르의 눈앞에 정말로 세 개의 공간이 나타났다. 물론 실제로는 전혀 보이지 않았다. 그의 뇌 가운데 일부는 이 모든 것이 현실이 아니라고 내내 말했다. 그런데도 문들이 거기에 있었다.

"세 번째 공간에는 당신만 아는 뭔가가 있어요."

빈센트가 말을 이어 갔다.

"이 공간들은 서로 통해요. 먼저 처음 두 개의 공간에 들어가서, 그곳이 세 번째 공간으로 당신을 이끌 때까지 마음껏 머무르세요. 그리고 당신이 보는 걸 우리에게 말해 주세요."

크리스테르는 상상 속에서 손을 뻗어 두 번째 문을 열고 주위를 둘러봤다. 욘이 이곳에 있었다. 그의 해골도 여기 있었다. 크리스테르는 곧바로 한 가지 사실을 깨달았다. 그가 찾는 것은 욘 랑세트와 관계있는 게 아니었다. 그보다는 그의 해골과 관련이 있었다. 해골이…… 더 중요했다.

뼈 무더기에서 대퇴골 하나를 꺼낸 크리스테르는 자신의 신발에서 모래가 떨어지는 모습을 지켜봤다. 자신이 지금 경찰서 회의실에 앉아 있다는 걸 알면서도 그랬다. 그는 그곳을 떠나 스톡홀름 지하철이 있는 첫 번째 공간으로 갔다.

"난 지금 지하철에 있어."

크리스테르가 말했다.

"욘의 뼈 중에 하나를 들고 있지. 그런데 터널이 좀 이상해."

"무슨 뜻이에요?"

멀리서 미나가 물었다.

"말로 설명이 안 돼. 내 손에 든 뼈……. 내가 뭘 찾는지 알아. 어떤 특정한 장소야. 열차에서 그다지 가깝지 않은 곳."

그는 선로를 따라 조금 걸었다.

"그 장소가 어디 있죠?"

빈센트가 물었다.

"안전한 곳에. 다른 사람들 눈에 띄지 않고 살 수 있는 곳."

그는 계속 걸어 터널이 달라지는 곳까지 왔다. 의자에서 조금도 움직이지 않았는데도 그랬다. 기이한 경험이었다. 그러다가 선로들이 사라지고 그는 다른 터널에 도착했다. 그곳에는 지역난방관과 하수관이 있는 것 같았다. 천장에 검은 전등이 달려 있고 바닥에는 종이 상자와 찢어진 매트리스가 깔려 있었다. 크리스테르는 고개를 끄덕였다. 여기가 맞는 듯했다.

"발견했어. 여기야."

그가 말했다.

그때 갑자기 누군가 그의 손에 들려 있는 뼈를 잡았다.

"이건 내 거야."

뒤에서 어떤 남자가 말했다.

크리스테르가 몸을 돌렸다. 남자는 이루 말할 수 없이 지저분했다. 수염도, 긴 머리카락도 마구 헝클어진 상태였다. 머리에는 원래 빨간색이었을 모자를 쓰고 있었는데, 여러 벌을 겹쳐 입은 옷차림과 마찬가지로 이제는 터널 벽과 똑같은 재색이었다. 크리스테르가 아는 사람이었다. 아니, 아는 사이라는 뜻은 아니다. 그는 이 남자가 누구인지 알았다. 남자는 치아가 없는 입으로 웃고는 뼈를 낚아채서 도망쳤다.

크리스테르는 세 번째 공간에 뭐가 있는지 깨달았다. 수수께끼의 해답이 그곳에 있었다.

세 번째 문을 열자 요란한 기타 솔로 소리가 그를 맞았다. 어떤 젊은 남자가 대형 무대에 서 있고, 뒤에서는 폭죽이 터졌다. 청중이 환호성을 질렀다.

"마르크 에릭."

크리스테르가 눈을 떴다. 갑자기 어지러웠다.

"안심해요."

빈센트가 말했다.

"눈을 감고 심호흡을 몇 번 해 보세요."

크리스테르는 빈센트가 말한 대로 하기 전에, 미나의 반응을 봤다. 빈센트가 다섯까지 세면서 뭐라고 말했지만 크리스테르에게는 또렷하게 들리지가 않았다. 그저 자신이 강해지고 푹 쉬었다고 느끼게 될 거라는 말만 알아들었다. 다섯에서 저절로 눈이 떠졌다. 이렇게 푹 쉰 것은 오랜만이었다.

"마르크 에릭."

크리스테르가 흥분해서 소리쳤다.

"2년 전쯤 실종된 그 가수 말이야. 실종되고 몇 달 후에 정신적으로 혼란한 노숙자가 마르크의 재킷을 입고 나타났지. 그 사람은 마르크의 유해도 비닐봉지에 넣어 가지고 다녔어. 정확하게는 그의 뼈를. 사람들은 그가 마르크를 살해하고 인육을 먹었다고 생각했어. 그런데 그 사람 상태가 너무 안 좋아서 이성적인 진술을 받아 낼 수가 없었고, 그는 얼마 후에 조사를 받는 중에 사망했지."

"당신도 신문에서 읽었을 거예요."

미나가 빈센트에게 말했다.

"록스타를 먹은 '식인종'이라고 떠들썩했었잖아요."

빈센트는 고개를 저었다.

"예인과 케너트가 우리를 죽이려고 했을 때 이후예요? 그때 한동안 뉴스를 멀리했거든요. 경찰이 등장하는 뉴스는 특히 더."

멘탈리스트의 얼굴이 붉어진 것 같았다.

"뭐, 어쨌든."

크리스테르가 말했다.

"우리가 실수한 거라면, 그 정신병자가 마르크 에릭을 죽이고 먹은 게 아니었다면 어떡하지? 증거물이라고는 그가 입었던 재킷과 들고 다니던 뼈밖에 없었잖아. 어쩌면 뼈도 어디서 주운 건지도 몰라. 그 록스타가 욘의 살인범과 같은 사람에게 희생됐다면 어떻게 해야 하나?"

미나가 그를 빤히 바라보다가 말했다.

"크리스테르, 집에 돌아가면 라세에게 진하게 키스해 줘요. 잘했어요. 마르크 에릭의 유족과 이야기를 해 봐야겠네요."

*

진땀이 났다. 아스트리드의 크리스마스 선물을 포장하느라 무척이나 긴 시간이 걸렸지만, 그럼에도 엘리노르의 크리스마스트리 아래에 놓인 완벽한 선물들과 비교하면 그의 것은 그저 리본을 두른 애물단지 같았다.

"와 줘서 고마워."

엘리노르가 말했다.

"산장에 가기 전에 아스트리드가 당신과 꼭 크리스마스 파티를 하고 싶어 했거든."

그녀는 찻잔을 들고 커다란 소파에 편하게 앉아 있었는데, 평퍼짐한 스웨터를 입은 모습이 너무도 매력적이었다. 아스트리드가 켜 둔 엄청난 양의 촛불 덕분에 방은 비현실적인 황금빛에 잠겨 있었다. 루벤은 갑자기 눈물을 흘렸다. 이건 분명히 초에서 나온 연기 때문이리라.

"형편없는 크리스마스트리, 미안해."

엘리노르가 웃음을 터트렸다.

"너무 늦게 가는 바람에 이 시원찮은 나무만 손에 넣었어."

정말 전나무는 자그마했다. 루벤은 그게 전나무인지조차 알아보지 못했다. 나뭇가지는 수많은 장식 볼 때문에 바닥까지 휘었고, 반짝이 금술을 너무 많이 둘러서 원래의 초록빛은 거의 보이지도 않았다.

완벽한 트리였다. 루벤에게는.

"차, 더 있어?"

그가 갈라진 목소리로 물었다. 엘리노르는 고개를 끄덕이고 일어나서 부엌으로 갔다.

아스트리드는 방바닥에 앉아 산타클로스 모양의 마시멜로가 든 상자를 놀라운 속도로 비우고 있었다.

"아빠, 선물을 오늘 미리 열어 봐도 돼요?"

산타클로스 머리 하나를 더 뜯어 먹은 딸이 물었다.

"당연하지."

루벤이 대답했다.

"우리에겐 오늘이 크리스마스이브잖아. 대신 나도 그런 마시멜로 하나 얻어먹을 수 있다면 허락할게."

아스트리드는 기뻐서 환호성을 울리며 상자를 루벤 옆의 소파에 놓았다. 그런 다음 우글쭈글한 포장의 끈을 당겼다.

포장지를 막 벗겼을 때 엘리노르가 돌아와서 김이 나는 찻잔을 건넸지만, 루벤은 딸만 바라보았다.

못생긴 포장 안에 두 개의 선물이 또 들어 있었다. 그래서 포장지와의 전투에 그렇게 긴 시간이 걸린 거였다.

"세상에! 두 개네!"

엘리노르가 손뼉을 쳤다.

루벤은 자신이 지금 멍청해 보이는 미소를 지으며 히죽거리고 있음을 알았다. 선물 하나는 사라가 제안한 책이었다. 두 사람이 함께 서점에 갔을 때 사라는 직원에게 13세 아이들이 요즘 무슨 책을 읽는지 물었다. 루벤이 아스트리드는 이제 겨우 열 살이라고 말했지만, 사라는 바로 그 점이 중요하다고 했다. 직원이 추천한 책은 루벤이 들어 본 적도 없는 것이었다. 멀리서 봐도 책 표지에서부터 10대의 사랑 냄새가 풍겼다. 아무리 좋게 생각하려고 해도 회의감이 들었는데, 아스트리드의 반응을 보니 걱정할 필요가 없었다.

"고맙습니다아아아!"

딸이 소리쳤다.

"지금 다들 이 책 이야기만 해요! 엄청 재밌다고 했어요!"

아이는 눈을 반짝이며 책 표지를 살폈다. 루벤은 차마 엘리노르 쪽을 볼 용기가 나지 않았다.

두 번째 선물에는 한쪽 끝이 체인으로 연결된 길쭉한 나무

막대 두 개가 들어 있었다. 쌍절곤이었다. 이 아이디어는 그가 직접 생각해 냈다. 아스트리드는 앞에 있는 물건이 뭔지 한눈에 알아보지 못해서 이마를 찌푸렸다. 그러다가 환하게 미소 지으며 말했다.

"브루스 리가 가지고 있는 거죠! 우와!"

"누구라고?"

엘리노르가 물었다.

"엄마는 관심 없을 거예요."

아스트리드가 대답했다.

"이 책도 그렇고요."

아이는 책을 산더미처럼 쌓인 포장지 아래로 밀어 넣었다.

엘리노르는 루벤의 옆구리를 찌르고서 미소를 지었다. 그는 안도의 한숨을 내쉬었다. 다행스럽게도 대재난은 발생하지 않았다.

"아빠에게 드릴 선물도 있어요."

아스트리드가 자랑스럽게 말하고는 자리에서 일어섰다.

"잠깐 기다리세요."

루벤은 놀란 표정으로 엘리노르를 바라봤다.

"난 책임 안 져. 애가 혼자 고른 거야."

아스트리드가 포장지로 싼 커다랗고 둥근 선물을 가지고 돌아왔다. 루벤이 받아 들자 버스럭거리는 소리가 났다.

"아빠, 열어 보세요!"

아스트리드가 고개를 열정적으로 끄덕이며 맞은편에 앉았다.

루벤은 접착테이프를 조심스럽게 뜯었다. 포장지를 망가뜨리고 싶지 않았다. 하지만 결국은 찢어야 했다. 포장지 안에는 그가 지금까지 본 것 중에 가장 큰 모자가 들어 있었다. 갈색에, 털이 덥수룩하고, 아주 커다란 귀덮개가 달려 있었다. 턱 아래에서 묶을 수 있는 방한모자였다.

"아스트리드가 직접 찾아냈어."

엘리노르가 웃음을 지었다.

"물론 내가 기꺼이 돈을 냈고."

루벤은 엄숙한 표정으로 모자를 쓰고 귀덮개를 내린 다음, 턱 아래에서 조심스럽게 끈을 묶었다.

"완벽하네."

그가 진심을 담아 대답했다.

"겨울에 일하실 때 쓰세요. 몸이 얼지 않게 말이에요."

아스트리드가 말했다.

루벤은 딸을 가만히 바라보았다. 몇 달 만에 처음으로 페데르의 유령이 그를 편하게 내버려두었다.

*

빈센트는 경찰서와 가까운 롤람스호브 공원에서 미나와 함께 산책을 하고 있었다. 공원에는 말 그대로 두 사람밖에 없어서 집처럼 편안했다. 이번 겨울의 첫 산책 때는 부츠에 질퍽질퍽한 눈이 달라붙었는데 지금은 두툼하게 언 눈이 공원 전체에 깔려 있었다. 가로등 불빛만이 산책로를 따라 반사될 뿐, 그것 말고는 온 세상이 어둠에 잠겨 있었다. 두 사람 머리 위의 하늘에는 구름이 드리워서 별도 보이지 않았다. 1년 중 가장 어두운 날들이 시작됐다.

빈센트는 이런 날씨에 굳이 공원에서 산책할 마음은 없었지만, 미나는 추위를 좋아하는 듯했다. 그는 미나가 좋아하는 것을 하고 싶었다. 그리고 미나 팀이 맡은 사건은 그의 관심을 그림자의 위협에서 다른 곳으로 돌리게 해 주었다. 그림자에 대해 너무 많이 생각하면 불안해져서 뇌가 제대로 작동하지 않을 것이다. 그는 지금 그 어느 때보다도 빠르게, 그리고 완벽하게 정신력을 갖추고 있어야 했다.

"구스타프 브론스와 그 돈이 계속 걸려요. 그가 왜 드라간 마노일로비치에게서 그 돈을 받았을까요?"

미나가 말했다.

"아까 얘기한 것처럼 욘의 아내와 말해 봐야 해요. 취조 중에 보인 구스타프의 태도에서 뭔가가 사적인 관계를 암시했거든요. 생각을 읽어 내는 마법이 안타깝게도 그 이상까지는 미치지 않았지만요. 나머지는 당신 팀이 지극히 평범한 '머글' 업무를 통해 알아내야 해요."

"당신도 머글이에요."

미나가 툴툴댔다.

"그럼 식인종은요? 그 사람에 대해서는 어떻게 생각해요?"

"일단 그 사람은 욘 랑세트와 관련이 없어 보여요."

빈센트는 크리스테르가 한 말을 떠올리며 대답했다.

"그 사건에서도 해골이 발견됐고, 아마도 터널에 사는 사람이 연루됐을 거라는 점을 제외하면요. 지금으로서는 연관성을 뒷받침할 다른 근거는 없는 것 같아요. 물론 구스타프 브론스에 대한 경찰서장의 추측이 틀렸다는 전제하에 말이에요. 미안하지만 내가 도와줄 수 있다는 느낌이 들지 않네요."

"그러니까 당신 말은, 이번 사건이 복잡한 수수께끼는 아니라는 뜻이군요?"

빈센트는 미소를 지으며 고개를 숙였다. 한동안 둘은 말없이 어두운 공원을 걸었다.

"그건 그렇고, 당신에게 줄 새로운 크리스마스 선물이 있어요."

빈센트가 발걸음을 멈추고, 돌려서 여는 뚜껑이 달린 유리병을 주머니에서 꺼냈다. 두툼한 장갑 때문에 꺼내기가 쉽지 않았다.

"점토 대신."

그는 일부러 포장하지 않은 병을 미나에게 건넸다. 뚜껑에만 리본이 붙어 있었다. 미나가 적갈색 내용물을 바로 알아보게 하기 위해서였다.

"이게 뭐예요?"

그녀가 미심쩍은 표정으로 유리병을 돌렸다.

"움브라예요. 회화사에서 중요한 안료 중 하나죠. 이산화망간이 많이 함유된 흙이라서 색깔이 이래요. 키프로스에서 생산되는 종이 가장 유명하지만, 레바논과 시리아, 튀르키예에서도 많이 나와요. 기원전 200년부터 사용됐다고 하고요. 라틴어로 움브라는 그림자를 의미하는데, 그중에서도 '가장 어두운 그림자'를 뜻해요. 주로 그림자를 그리는 데 사용되죠."

"크리스마스 선물이 역사 강의였어요?"

"아니, 아니. 도예 강습 대신 회화 강습을 선물하는 거예요. 그건 심하게 질척거리지 않으니까."

미나는 그를 빤히 바라보다가 고개를 저으며 재킷 주머니에 유리병을 넣었다. 확실히 알 수는 없었지만 그래도 점토보다는 조금 더 반기는 눈치였다.

둘은 계속 걸었다.

그러다 빈센트는 미나에게 말하려던 것이 떠올랐다.

"수수께끼 이야기가 나왔으니 말인데, 낯선 사람에게서 수수께끼 하나를 우편으로 받았어요. 아마 팬이겠죠. 성별은 모르지만 소소한 수수께끼를 자주 보내서 필체는 눈에 익었고, 문제를 풀 때마다 늘 재미있었어요. 그중 몇 가지는 여전히 내 책장에 있고요. 그런데 이번 것은 달라요. 나무틀에 든 네 개의 모래시계예요. 쟤는 시간이 각각 다른. 문제는 내가 어떤 수수께끼를 풀어야 하는지 모른다는 점이에요. '네 번째를 찾으라'는 지시 말고는 아무것도 없어요. 어디에서 시작해야 할지조차 모르겠어요. 이런 문제는 지금까지 없었거든요. 아마 내가 이제 더는 멘탈리스트계의 최고봉이 아닌가 봐요. 내 입지가 슬슬 걱정스러워지네요."

모래시계와 메시지가 조금 두렵다는 말은 하고 싶지 않았다.

미나는 반쯤 귀를 닫고 있었는지, 당황스러운 표정으로 그를 쳐다봤다.

"모래시계요? 그게 이거랑 무슨 상관이에요?"

빈센트는 어깨를 으쓱했다. 두 사람은 한동안 말없이 걸었다.

"그나저나 모래시계 말이에요. 내 기억이 맞는다면 프리티요프 슈온이 1966년에 모래시계의 상징적 의미에 대해 쓴 글이 있어요."

빈센트가 입을 열었다.

"모래는 시간이 유한하며 우리가 원하든 원하지 않든 한쪽 방향으로만 움직인다는 걸 의미해요. 모래는 삭막하고 무자비하죠. 아래로 다 떨어지면 움직임이 멎어요. 죽을 때와 똑

242

같이. 그리고 모래시계에는 두 개의 영역이 있어요. 신성한 것과 세속적인 것, 숭고한 것과 일상적인 것, 그리고 천국과 지옥이죠. 음양, 또는 눈에 보이는 세계와 보이지 않는 세계라고도 할 수 있고요. 반대인 두 개의 극에서 우리는 아래의 극으로만 갈 수 있어요. 모든 것이 그쪽으로 움직이니까요. 조금 더 긍정적인 해석으로는 우주론적인 해석이 있어요. 거기에 따르면 모래의 움직임은 우리에게 제공되는 모든 가능성을 의미해요. 그 움직임은 가능성을 완전히 다 사용한 후에야 멎는 거죠. 말했다시피 나는 모래시계를 네 개 가지고 있어요. 그런데 왜 가지고 있는지 그 이유를 모르네요."

그는 다시 입을 다물었다. 미나가 뭐라고 하지는 않았지만 그는 자신이 말이 너무 많다는 사실을 잘 알았다. 그래서 모래시계의 실제 역설, 에른스트 윙거에 따르면 인간의 계몽이 일어나는 장소인 두 영역 사이의 고통스러운 과도기에 대해서는 일부러 언급하지 않았다. 그리고 미시마 유키오가 지적한, 간과할 수 없는 관능적인 연결 같은 것에 대해서도 말하지 않았다.

빈센트는 고개를 젓는 미나를 바라봤다.

"그 강습반에서 움브라로 당신을 위해 모래시계를 하나 그릴게요."

그녀는 미소를 지으며 따뜻하게 장갑을 낀 손으로 그의 팔짱을 꼈다.

10일 전

"1월에는 여기가 훨씬 더 붐빌 거야."

경쾌한 사라의 목소리에 루벤은 몸을 움찔했다. 그는 경찰
서 피트니스실에서 레그 프레스를 하는 중이었는데, 자신이
무게를 얼마나 많이, 사실은 얼마나 적게 올리는지 사라가 보
지 않기를 바랐다. 전날 엘리노르와 아스트리드 집에서 크리
스마스 파티를 마치고 돌아오자 페데르의 유령이 그를 덮쳤
다. 그는 도망치듯 집에서 나와 스파이 바 나이트클럽이 문을
닫을 때까지 그곳에서 밤을 보냈다. 그래서 오늘은 힘이 별로
없었다.

"지금은 우리뿐인 것 같네."

루벤은 수건으로 이마의 땀을 훔쳤다.

"크리스마스에 뭐 해?"

그는 사라가 무게를 못 보게 몸을 돌렸다.

"나는 아이들이 있잖아."

사라가 환하게 웃으며 대답했다.

"매주 교대해?"

그는 이렇게 묻고는, 국가작전부 동료에 대해 너무 많은 것
을 알려고 하는 스스로에게 놀랐다.

"아니, 다행스럽게도 아니야. 애들 아빠는 미국에 살아. 길

고 긴 법정 싸움 끝에 단독 양육권을 얻긴 했지만, 애들 아빠도 가끔 아이들을 만날 수 있어. 크리스마스는 3년에 한 번, 여름휴가는 2년에 한 번. 방학 때는 좀 복잡하긴 해. 그래도 어쨌든 잘 돌아가고 있어. 그 사람에게는 새 연인이 생겼고, 3월에 두 사람의 아기가 태어나. 그 사람한테 연인이 생긴 뒤론 덜 싸워. 하지만 크리스마스를 혼자 보내야 하는 건 당연히 빌어먹을 일이지. 올해는 내가 아이들과 지낼 차례라서 잘됐어……."

사라는 복부 운동 기구에 앉았다. 루벤은 꽉 끼는 민소매 탱크톱의 가슴 부위에 '스트롱거'라고 쓰여서 더 돋보이는 그녀의 가슴골을 애써 외면했다.

"어제 아스트리드와 엘리노르랑 함께 미리 파티를 했어."

그가 말했다.

"참 좋더라고. 크리스마스 선물 고르는 거 도와줘서 고마워. 아이가 책에 완전 감동하던데. 파티에 함께할 수 있는 게 감사할 뿐이지. 아스트리드도 좋아한 것 같고."

"당연히 좋아했을 거야!"

사라가 그에게 미소를 지었다. 그 미소가 음울한 피트니스실을 환하게 밝혔다. 루벤은 당황했다. 그는 미소 정도에 당황하는 사람이 아니었다. 유방과 엉덩이에 반응할 뿐, 귀여운 보조개 두 개에는 반응을 보이지 않았다. 그런데 그녀의 보조개가 그의 내면에서 오래전에 얼어붙었던 뭔가를 녹였다. 엘리노르 이후로 처음인 것 같았다.

"폭탄은 어떻게 됐어?"

다시 마음의 균형을 잡으려고 루벤이 물었다.

"실질적인 위험 요소가 나타났어?"

둘밖에 없는데도 사라는 대답하기 전에 주위를 살폈다.

"아직 몰라. 하지만 우려스러울 정도로 많은 양의 질산 암모늄이 사라진 건 사실이야."

그녀가 나지막하게 말했다.

"2020년에 베이루트 항구에서 일어난 폭발 사고 기억해? 2천 명 이상이 다치고 200여 명이 사망했잖아. 이재민이 30만 명이었고. 도시 곳곳이 심하게 파괴됐었지."

"기억나. 세관에서 장기간 압수해 온 질산 암모늄을 안전장치 없이 보관하다가 더운 날씨에 폭발한 거 아니야?"

"맞아. 질산 암모늄은 저절로 폭발하지는 않지만, 아주 무더우면 그런 일이 발생하기도 해. 베이루트 사건은 사상 최대 규모의 10대 비군사적 폭발 사건 중 하나지."

"그런데 그때는 수천 톤이 폭발하지 않았어? 이번에 그렇게 많은 양이 사라진 거야?"

"다행히도 그렇진 않아. 현재 스웨덴 전역에서 도난당한 양은 10톤가량이야. 하지만 잘못된 손아귀에 들어가면 엄청난 해를 끼치게 될 거야."

루벤이 사라를 바라보며 물었다.

"폭발 피해가 얼마나 될까?"

"알고 싶지 않을 정도야. 내 생각에는 범인이 폭발력을 높이기 위해 질산 암모늄을 다른 물질과 조합할 것 같아. 그게 폭발하는 곳이 예를 들어 스톡홀름 시내라면, 도시에 남는 것이 별로 없을 거야. 사상자가 수천은 될 테고, 우리 의료 체계는 그렇게 많은 부상자를 감당하지 못해 붕괴하게 되겠지."

루벤은 그녀를 빤히 보다가 말했다.

"빌어먹을. 잘못된 경보이길 진심으로 바라야겠네."

"당신 팀 사건은 어떻게 되어 가?"

"잘 되는 건지 안 되는 건지 모르겠어."

그가 한숨을 쉬었다.

"제자리걸음을 하는 건 아니지만 전체적으로 엄청나게 기이하고 혼란스러워. 어쨌든 단서가 있긴 해. 콘피도의 소유주인 페테르 크론룬드를 취조했는데, 그 사람 원래 이름이 페테르 크론룬드가 아니라 페테르 마노일로비치더군. 누구 아들인가 하니……."

"드라간 마노일로비치."

사라가 몸을 꼿꼿하게 펴고 앉았다.

"스웨덴에 있는 세르비아 마피아의 보스. 나도 알아. 더 알아낸 거 있어? 설명해 줘."

"사실 그게 다야. 지금까지는 가장 쓸 만한 단서인 것 같고. 그러니까 내 말은, 세르비아인과 관련이 없는 사건에서 마노 일로비치 집안과 직접적인 연관이 있는 시신을 찾을 가능성 이 얼마나 되겠냐는 거지. 그런데 당신, 왜 '나도 알아'라고 한 거야? 페테르가 드라간의 아들이라는 사실을 알았다고? 알았 는데 왜 나한테 말 안 했어?"

루벤은 얼굴에서 흐르는 땀을 더 많이 닦아냈다. 땀만 나는 게 아니라 알코올 냄새까지 살짝 풍겼다. 그는 사라가 눈치채 지 못하기를 간절히 바랐다.

문이 쿵 소리를 내며 열리더니 동료 한 명이 들어왔다. 그 는 사라와 루벤에게 고개를 까딱하고 곧장 벤치 프레스 쪽으 로 향했다. 그 동료는 전형적인 '고참' 체형을 하고 있었다. 팔 이 두툼하고 배가 나와 있었다. '멋진 팔뚝'이란 그 세대 경찰 이 사용하는 전형적인 표현이었다. 그들은 근육질 팔뚝이 햄 버거와 감자 퓌레를 곁들인 소시지 때문에 불룩하게 튀어나 온 배를 상쇄할 수 있다고 진심으로 믿었다.

사라가 더 가까이 다가와 목소리를 낮추었다. 루벤은 땀구 멍마다 솟구치는 보드카 냄새를 사라가 맡지 못하도록 뒤로 물러나려 했다. 하지만 그는 이미 좌석 제일 뒤편으로 물러나 있는 상태였다.

"미안해."

사라가 나지막하게 말했다.

"당신도 경찰 내부의 정책을 알잖아. 국가작전부는 지금 국내 조직범죄를 체계적으로 조사하고 있어. 마노일로비치 집안은 당연히 우리 목록의 제일 꼭대기에 있고. 그것과 관련된 정보는 모두 기밀이야. 우리 수사를 위태롭게 하고 싶진 않아. 당신 팀이 구스타프 브론스를 파헤친다는 사실을 알고 우리 국가작전부에서는 벌써 난리가 났어."

"경찰끼리 서로 방해하는 꼴이군. 우리가 일을 두 배로 하는 게 더 낫다는 건가?"

루벤이 고개를 저었다.

"그렇게 생각하는 사람들도 있긴 한데, 나는 동의하지 않아. 당신이 율리아와 이야기하고 내가 우리 상관과 의논해 보면 정보 교환 허가를 받을 수 있지 않을까? 그러면 우리 둘 모두에게 이득이 될 것 같은데."

"그래, 진짜 그렇겠네."

루벤이 열렬히 동의했다.

"상관들만 허가한다면 우리가 페테르를 직접 찾아가는 편이 좋지 않겠어?"

"그게 가장 현명하지 않을까. 그런데 당신은 그 사람들이 얼마나 위험한지 잘 모르는 것 같아. 알려진 일만으로도 이미 끔찍하지만 우리 정보에 따르면…… 흠, 어쨌든 조심해."

사라가 걱정해 주는 말에 그의 심장이 살짝 공중제비를 넘었지만, 그녀의 걱정은 아마 평범한 동료애일 터였다. 루벤은 사라가 다른 모든 동료에게도 똑같은 말을 했을 거라고 짐작했다.

루벤이 자리에서 일어났다. 보드카 냄새가 점점 더 심해져서 사라에게서 거리를 유지하고 싶었다. 마음 같아서는 사라가 보기 전에 레그 프레스의 무게도 옮기고 싶었다.

사라도 동시에 일어났다. 두 사람은 아주 가까이 서 있었고, 조금 길게 침묵했다. 벤치 프레스에 있는 동료는 위팔의 볼륨을 부풀리려고 애쓰면서 발정한 수노루처럼 고함을 지르고 있었다. 그러다 사라가 침묵을 깼다.

"저기…… 정신 나간 것처럼 들릴지도 모르겠는데. 우린 잘 모르는 사이니까. 그래도…… 크리스마스에 집에 혼자 있는 건 슬프잖아. 우리 집에 오지 않을래? 크게 일을 벌이지는 말고, 매번 먹는 크리스마스 음식이 아니라 그냥 뭐 맛있는 것 좀 먹고. 영화도 한 편 보고 말이야. 우리끼리는 선물을 생략하고. 어때? 아이들 선물은 소소하게 가져와도 좋지만, 어차피 내가 아이들 선물을 아주 많이 준비해 뒀거든. 알잖아. 헤어진 부모들은 언제나 애들한테 과하게 보상하는 거……."

사라는 느긋하게 두 팔을 벌렸고, 그도 똑같이 느긋하게 어깨를 으쓱하려고 했다.

"그래."

그가 목을 빼며 대답했다.

"안 갈 이유가 없지. 몇 시에?"

"다섯 시 어때?"

"아주 좋아."

루벤은 사라가 몸을 돌려 로잉 머신으로 갈 때까지 기다렸다. 그런 다음 휙 돌아서서 80킬로그램 옆의 구멍에서 핀을 빼서 200킬로그램에 꽂았다. 갑자기 크리스마스 때까지 몸을 만들고 싶다는 생각이 들었다. 크리스테르와 만나기까지는 아직 한 시간이 남아 있었다.

*

머리카락이 젖은 채 스포츠 가방을 어깨에 걸치고 복도를 걷는 루벤을 보며 미나가 히죽거렸다.

"흠, 좋았어?"

그녀가 물었다.

"어, 빌어먹게 좋더라."

그가 가방을 내려놓고 물었다.

"왜 그렇게 히죽거려?"

그는 뺨이 새빨개졌다. 미나가 그의 얼굴이 달아오른 원인을 묻기 전에 루벤은 자리에 앉아 진지한 말투로 말을 꺼냈다.

"드라간 마노일로비치가 기소될 거라는 소문을 들었어."

"아하. 사라가 또 무슨 말을 했나 보네? 피트니스실에서 나오는 걸 봤어."

이제 루벤은 목까지 빨개졌다.

"참 나, 그만해. 그래, 맞아. 사라가 알려 준 거야. 그건 그렇고, 구스타프 브론스가 변호사 등 뒤에 숨었다는 소문도 들었어. 그 인간을 공식적으로 체포해야 할 때가 된 거 아닌가?"

"그러려면 더 많은 증거가 있어야 해. 핵심은 그가 무슨 이유로 돈을 받았느냐이지. 그리고 그 돈이 왜 필요했는지도. 구스타프의 연간 수입은 장난이 아니야. 그런 사람이 세르비아 마피아의 돈으로 뭘 하려던 걸까? 보통 사람에게 100만 크로나는 엄청난 금액이겠지만, 구스타프에겐 어디 좋은 데 가서 일주일이면 탕진할 돈인데 말이야."

"마약이나 여자, 또는 도박."

루벤이 말했다.

"내 경험상 그중 하나야. 동시에 여러 가지를 할 때도 있고."

"마약이나 여자, 또는 도박이라……."

미나의 뒷머리에서 뭔가가 움직였다. 구스타프 브론스가 이런 쪽으로 무슨 말인가를 했는데 떠오르지 않았다. 커피라는 단어만 생각났다. 내 뇌가 도대체 무슨 말을 하려는 걸까.

"드라간이 돈세탁을 하려고 콘피도를 이용했나?"

그녀가 크게 혼잣말을 했다.

"그러면 넌 그 돈이 욘의 살해에 대한 보수라는 추측을 포기하는 거야?"

루벤은 스포츠 가방에서 수건을 꺼내 이마에 조금 난 땀을 닦았다.

"난 아무것도 포기하지 않아. 그냥 모든 가능성을 염두에 두는 거지."

루벤이 일어나서 수건을 가방에 다시 넣었다.

"오늘 무슨 계획 있어?"

미나는 우울한 표정으로 커피 잔을 빤히 들여다보며 말했다. 차갑게 식은 커피 위에 벤진을 연상시키는 흐릿한 막이 떠 있었다.

"이제 바로 크리스테르를 만나서 함께 마르쿠스의 엄마를 찾아가 보려고."

미나가 그게 누구냐는 표정으로 쳐다보자 루벤이 덧붙였다.

"마르크 에릭."

"아, 그렇구나."

미나의 생각은 다른 곳에 가 있었다. 그녀의 뇌는 구스타프 브론스 취조에서 어떤 디테일이 자신의 관심을 이렇게 끄는지 생각해 내느라 아주 분주했다. 미나는 벤진 커피를 더 채우려고 일어섰다. 차라리 다른 생각을 하는 게 가끔 도움이 될 때도 있었다.

*

빈센트는 누군가가 어깨를 흔드는 바람에 잠이 깼다. 벌써 아침일 리가 없었다. 방금 잠이 들었던 것 같은 기분이었다. 어깨를 흔드는 손이 멈추지 않았다.

"아빠."

초조한 목소리가 그의 귓가에서 울렸다.

"아빠!"

빈센트는 억지로 눈을 떴다. 옆에 서 있던 아스톤이 그의 이불을 걷었다.

"왜 그래?"

빈센트가 중얼거렸다.

"무슨 일 있어?"

그는 눈을 깜박이며 협탁에 놓인, 거의 고대 유물에 가까운 알람 시계를 쳐다봤다. 6시 5분 전이었다. 아스톤이 다시 이불을 당겼지만 그는 단단히 이불 자락을 붙잡았다.

"네 이불 덮어."

그가 투덜거렸다.

"왜 깨우니? 왜 벌써 일어났어?"

"오늘이 방학 첫날이니까! 그리고 바깥에 눈이 엄청나게 쌓여 있어! 아빠, 나가자! 아빠가 눈을 치우면, 나는 동굴을 만들래."

아스톤이 신이 나서 외쳤다. 빈센트는 한숨을 쉬며 이불을 머리 위로 끌어 올리고 말했다.

"가서 평범한 애들처럼 플레이스테이션을 하렴. 그리고 엄마 깨우지 마."

"엄마는 안 자는데."

빈센트는 이불에서 고개를 내밀어 침대 맞은편을 건너다봤다. 마리아가 없었다. 그녀의 자리는 비어 있을 뿐 아니라 깔끔하게 정리되어 있었다. 그가 아는 한 침대를 반만큼만 정리할 줄 아는 사람은 이 세상에 한 명밖에 없었다. 항상 "파도를 멈추게 하지는 못해도 서핑을 배울 수는 있지요"라고 말하는 마리아는 남이 보기에는 아주 느긋한 인상이었지만, 그는 둘 중 통제 욕구가 더 강한 게 누구일지 이따금 궁금했다. 마리아는 한참 전에 깬 것 같았다.

"갈게."

그는 아스톤에게 손짓을 했다.

"일단 정신을 좀 차리고."

아스톤은 옆 동네까지도 들릴 만큼 요란하게 기쁨의 환호성을 울리며 침실에서 나갔다. 빈센트는 한숨을 내쉬며 이불

을 옆으로 걷어내고 자리에 앉아 목욕 가운을 입었다. 그러고
는 실내화를 한참이나 찾았다. 집 전체 바닥이 얼음처럼 차가
워서, 보드라운 실내화 없이는 그 어디에도 가지 않았다.

부엌에 갔지만 당황스럽게도 마리아는 그곳에도 보이지
않았다. 거실에도, 욕실에도 없었다. 회사 일을 시작하기에는
아직 너무 이른 시각이었다. 푹신한 목욕 가운을 단단히 여미
고 있는데도 갑자기 몸이 떨렸다. 그림자의 메시지가 머릿속
에서 울렸다.

난 당신 가족을 데려갈 거야. 그런 다음에는 당신을. 당신
은 그 어떤 저항도 할 수 없어.

"마리아!"

그가 고함을 질렀다.

"마리아! 어디 있어?"

공황 상태에 빠지면 안 돼. 마리아가 이곳에 없는 아주 평
범한 이유가 분명히 있을 거야.

부엌으로 돌아가던 중에 큰 소리가 나서 그는 몸을 움찔했
다. 레베카의 방이었는데, 책장이 넘어지는 듯한 소리였다.
아이의 방문이 휙 열리더니 헝클어진 머리를 한 레베카가 밖
을 내다봤다.

"뭐 해? 아직 한밤중이잖아."

아이가 짜증이 난 목소리로 물었다.

"마리아 봤니?"

빈센트가 얼른 물었다.

"아무 데도 없네. 그리고 방금 무슨 소리가 난 거야?"

"아빠가 고함을 지르는 통에 놀라서 침대에서 떨어졌어."

"미안하다."

빈센트는 얼굴을 찌푸렸다.

"마리아 봤어?"

"이 한밤중에?"

딸이 그를 쏘아봤다.

"아니, 못 봤어. 이제 아빠도 못 본 것처럼 행동할게."

아이는 화난 표정으로 그를 몇 초간 더 노려보고는 다시 방으로 들어갔다. 그때 현관문이 열렸다. 손에 신문을 든 마리아였다. 두툼한 다운재킷 아래에 아직 잠옷 차림인 그녀가 몸을 떨며 말했다.

"으휴, 춥다."

"왜 이렇게 일찍 일어났어?"

빈센트는 온몸이 안도의 한숨을 내쉬는 것을 느꼈다.

"잠이 안 와서."

마리아가 재킷을 걸었다.

"그리고 그렇게 이른 시간도 아니야. 오늘 도착할 소포가 있어. 내 온라인 쇼핑몰에서 크리스마스 사업이 지금 성황인데 천사가 다 떨어졌거든. 커다란 날개가 달린 청동 천사가 특히 더 잘 나가. 오늘 물품이 들어와서 바로 발송할 수 있길 기원하는 중이야. 안 그러면 크리스마스에 제때 도착하지 못하니까."

"메타트론 말이야? 신의 목소리? 일부 종교인들이 아들인 이삭을 죽이려는 아브라함을 말렸다고 믿는다는 그 천사?"

마리아는 잘 모르겠다는 듯이 어깨를 으쓱했다.

"어쨌든 크리스마스 시즌에는 날개 돋친 듯이 잘 팔려. 사람들이 그걸 창턱에 올려놓는가 봐."

"크리스마스에? 메타트론은 원래 기독교 천사가 아니라 유대교……."

그는 입을 다물었다. 지금 이 천사는 전혀 문제가 되지 않았다. 마리아가 여기, 안전한 이곳에 있다는 사실이 중요했다. 문제는 가족이 그와 함께 한 지붕 아래 사는 것이 정말 안전한지였다.

난 당신 가족을 데려갈 거야. 그런 다음에는 당신을.

"아침 차릴게. 어차피 다들 일어났으니 말이야."

마리아가 부엌으로 가며 말했다.

빈센트는 그녀를 따라갔다. 그는 아내를 이곳에서 내보내야 한다는 것을 분명하게 깨달았다.

"올해는 당신 부모님이 우리를 집으로 초대하지 않으셨어?"

그는 최대한 아무렇지도 않은 척하고 물었다.

"이번 크리스마스엔 집에만 처박혀 있고 싶진 않은데."

마리아는 찬장을 막 열다가 눈썹을 치켜세운 채 몸을 돌리고 물었다.

"당신, 누구에게 한 대 맞았어? 우리 부모님은 우리와 울리카를 매년 초대해. 당신도 잘 알잖아. 당신이 절대 안 가려고 할 뿐이지."

"생각을 바꿨어."

그는 찬장에서 크리스마스 느낌이 나는 빨간 잔을 하나 꺼냈다.

"오늘이 21일이니 사흘 후면 벌써 크리스마스이브네. 당신은 내일 가는 게 어때? 아스톤도 데려가. 부모님을 오랫동안 못 만났잖아. 레베카는 내일 프랑스에 갈 거고. 베냐민과 나는 뒤따라갈게."

마리아는 '내 것이 당신 것보다 커'라고 쓰인 잔을 골랐다.

"누구에게 한 대 맞은 게 분명하군. 하지만 좋아. 그렇게 하자."

"당신이 오늘 할 일이 없다면 말이야."

그는 아내가 오늘 날짜에 동그라미를 쳐 둔 가족 달력을 가리켰다.

"응? 아니, 내가 그런 거 아니야. 그런데 당신 아이디어 정말 좋다."

마리아는 그의 팔에 부드럽게 손을 올렸다.

"당신이 정말 따라올 거라고 약속한다면 말이야. 그러면 당신이 나의 상상 속 존재가 아니라는 사실을 우리 부모님에게 드디어 증명할 수 있을 테니까."

마리아가 커피메이커에 물을 부었다. 빈센트처럼 그녀도 캡슐 커피에 슬슬 싫증이 났다.

"울리카와 연락이 닿았어?"

마리아가 커피 가루를 넣으며 물었다.

"아니, 아직."

마리아가 재미있는 듯 웃었다.

"우리가 함께 나타나면 울리카가 어떤 얼굴을 할지 상상해 봐. 이혼도 안 하고 말이야. 난 그 표정을 몇 년은 즐길 수 있을 것 같아."

마리아는 커피 스푼을 손에 든 채 동작을 멈췄다. 그러고는 조리대에 스푼을 내려놓고 빈센트에게로 몸을 돌렸다. 그녀의 웃음이 의심스러운 표정으로 바뀌었다.

"왜 같이 출발 안 해? 아스톤은 방학이야. 레베카는 혼자서도 잘 지낼 거고. 베냐민은 온라인으로 수업 들으면 되고. 당신은 공연이 없잖아. 그러니까 결국은 미나와 둘이서만 며칠 시간을 보내려는 건가? 혹시 우리 침대에서? 그게 당신 계획이야?"

빈센트는 한숨을 내쉬었다. 그녀의 악명 높은 질투 발작은 한동안 거의 일어나지 않았었다. 그러니까, 말 그대로 '거의'.

"엄마!"

아스톤이 달려 들어왔다.

"아빠 이제 옷 입어야 해. 우린 밖에 나가서 동굴 만들 거야."

아스톤은 말리려고 라디에이터에 널어 둔 방한복을 낚아채서 입었다.

"미나를 위해 힘을 아껴 둬. 당신은 이제 더 이상 스물다섯 살이 아니니까."

마리아는 입술을 일그러뜨린 채 다시 커피메이커로 몸을 돌렸다.

빈센트는 아들의 머리카락을 쓸어 준 다음, 조금 느슨해진 목욕 가운 끈을 다시 단단하게 묶었다.

"아스톤, 그 전에 최소한 아침이라도 먹자. 힘을 내려면 뭘 좀 먹어야지."

"눈을 먹으면 돼!"

아들이 이렇게 소리치고는 바깥으로 달려 나갔다.

"나도 눈을 먹을 거거든!"

빈센트의 휴대폰에서 땡, 소리가 들렸다. 오늘 오후에 움베르토와 약속이 있다는 알람이었다. 빈센트는 한숨을 내쉬었다. 자기 계획을 이야기하면 에이전트가 기뻐하지 않을 터였다.

빈센트는 물고기 사료를 주려고 거실로 갔다. 사료 통을 막 들었을 때 갑자기 기차가 치는 듯한 무게로 두통이 몰려왔다. 그는 숨을 헉헉거리며 어항을 붙잡았다. 약이 필요했다. 어항 뒤쪽 벽에 정신을 집중하려고 애썼지만 상태는 더 악화됐다. 벽에 가족사진 액자들만 걸려 있는 게 보이는데도 무슨 글자가 겹쳐 있는 듯한 기이한 느낌이 들었다. 분명히 뭔가 쓰여 있었다. 눈앞에서 글씨가 깜박거렸다.

어릴 때 학교 운동장에서 물건을 정확하게 맹점에 놓음으로써 그 물건이 '사라지게' 하는 마술을 봤던 기억이 떠올랐다. 시선을 정면에 똑바로 두고, 물건은 시야의 가장 바깥쪽에 있을 때 생겨나는 현상이었다. 그는 그때의 느낌을 지금 이 순간 다시 느꼈다. 보이는 동시에 보이지 않았다.

눈을 감고 호흡에 정신을 집중했다.

두통이 서서히 가라앉았다. 그러나 완전히 사라지지는 않았다. 요즘은 두통이 완전히 멎는 경우가 없었다. 나지막하게 웅웅거리는 소리처럼 언제나 배경에 있었다. 멈춰야 알아채는 귀찮은 소음 같았다. 그는 열린 현관문으로 쌓인 눈을 내다봤다. 크리스마스는 좋지만 겨울은 아주 싫었다.

*

"들어가도 될까요?"

크리스테르가 물었다.

안전 고리가 걸린 좁은 문 틈새로 내다보는 얼굴은 바짝 마르고 주름이 많았다. 노인은 한동안 말이 없었다.

"복권을 팔려고 온 것 같진 않구려."

노인이 갈라진 목소리로 말했다.

"그렇습니다."

크리스테르가 대답했다.

"마르쿠스에 대해 말씀 좀 나누려고요. 괜찮으시다면요."

노인은 다시 두 사람을 빤히 바라봤다. 그리고 문이 닫히더니 안전 고리가 달그락거리는 소리가 들려왔다. 문이 완전히 열리고 환하게 불이 켜진 현관이 두 사람을 맞았다. 크리스테르가 먼저 들어가서 산타클로스가 썰매를 타는 도어 매트에 눈을 털었다.

마르크 에릭의 어머니는 70년이 넘는 세월 동안 늘 품위 있게 살아온 듯했다. 사진 속 한창때 마르크의 모습과는 정반대였다.

현관 옷걸이에 구세군 제복이 걸려 있었다. 마르쿠스 에릭손은 자신의 가정을 일구지 않았고 형제자매도 없었으므로, 아버지가 이른 나이에 사망한 후로 남은 유일한 가족이 어머니였다. 크리스마스 캐럴이 나지막하게 흐르고, 맛있는 글뢰그와 계피 향기가 풍겨 왔다.

"들어와서 몸을 녹여요."

가냘픈 노인이 부엌으로 향했다.

"아시겠지만, 저희는 마르크를…… 발굴할 예정입니다."

크리스테르가 망설이며 말했다. 이런 자리에서 전문 용어를 쓰는 것이 적절한지 확신이 서지 않았다.

부엌 식탁에는 반쯤 푼 가로세로 낱말 퍼즐이 놓여 있고, 그 옆에 독서용 안경이 있었다.

"아, 마르쿠스라고 불러 주구려."

노인이 뜨거운 글뢰그를 잔 세 개에 따랐다.

"내 이름은 구드룬이에요. 남들은 그냥 군이라고 부른다오."

노인이 두 사람에게 김이 오르는 잔을 내밀었다.

"마르쿠스는…… 마르크 에릭이 아니었어요. 어쨌든 나에겐 그랬지요. 그 모든 건 그저 쇼였으니까. 그 아이는 자기가 맡은 역할을 했을 뿐, 나에게는 언제나 마르쿠스였지요."

"아드님은 어떤 사람이었나요?"

크리스테르는 글뢰그를 살짝 맛봤다. 아직 너무 뜨거웠다.

"아, 무척 착한 아이였어요."

노인이 환하게 웃으며 대답했다.

"우린 늘 둘뿐이었지만 서로에게 최고의 친구였지요. 신들은 알 거예요. 아이는 악마에 시달린 적도 있지만, 결국은 옳은 길을 발견했다오. 안 그랬다면 무슨 일이 벌어졌을지 모르겠어요."

"미리 경찰 조서를 읽긴 했지만, 당시 상황을 어르신께서 직접 말씀해 주시겠습니까?"

"흐음……."

노인은 멍하니 가로세로 낱말 퍼즐을 만지다가 생각에 잠긴 표정을 지었다.

"제 할머니도 사진이 들어간 십자말풀이 퍼즐을 좋아하세요."

루벤이 잡지를 가리켰다.

"처음 두 사진의 남자들은 레이프 G. W. 페르손과 빅토르 프리스크네요. 그런데 나머지 두 명은 누구죠?"

군은 미소를 지으며 사진을 자세히 들여다봤다.

"한 명은 분명히 유명한 요리사예요. 다른 한 명은…… 내 생각에 노래하는 사람인 것 같은데. 어쨌든 요즘 여기저기서 보여요."

그러고는 퍼즐에 양손을 내려놓고 크리스테르와 루벤에게로 몸을 돌렸다.

"마르쿠스에게 다시 문제가 생겼더랬어요. 아주 오래전에 지나간 일이었지요. 나는 그 애가 다 괜찮아진 줄 알았는데."

"마약 말씀인가요?"

크리스테르가 조심스럽게 물었다. 그리고 글뢰그에 다시 입을 대 보았다. 이제는 마실 만했다.

"아주 오래전 일이라오."

군은 질문에 즉답을 피했다. 그러고는 손바닥으로 퍼즐을 쓰다듬었다.

"베냐민 잉로소!"

루벤이 불쑥 외쳤다.

크리스테르는 움찔 놀라 그를 바라보았고, 군은 미소를 지으며 펜을 들더니 깔끔한 글씨로 네모 칸을 채웠다.

"맞아요."

군이 펜을 내려놓았다.

"이러니 몇 개가 풀리는군. 뭐 어찌 됐든, 오래전에 마르쿠스는 힘든 시기를 겪었어요. 마약도 거기 포함되긴 하는데, 그게 모든 걸 설명해 주지는 않아요. 아이는 고민이 많았지. 여기저기 헤매기도 했고. 결국 마약에서 길을 찾을 수 있다고 생각했지요. 하지만 사실 내 아들은 늘 현명한 아이였어요. 한동안 모든 것을 음울하게 봤을 뿐이지. 아이가 밤에 거리로 나서면 나는 그 애가 언제 집으로 돌아올지조차 몰랐다오. 자기 아이가 기차에 뛰어들거나 다리에서 투신하는 악몽을 꿔 본 적 있어요?"

크리스테르는 고개를 저었다. 이 주제는 그가 짐작한 것보다 훨씬 낯설었다.

"다행인 줄 아시구려."

군이 말을 이어 갔다.

"하지만 아까도 말했듯이, 마르쿠스는 그 구덩이에서 탈출했어요. 동시에 음악으로도 성공 가도를 달렸지요. 다시는 마약에 손을 대지 않았고, 알코올도 멀리했다오. 그 모든⋯⋯ 악동 이미지도 그렇고, 언론에서 뭐라고 불렀든 간에 그건 겉모습에 불과했어요. 음반 회사가 허튼짓을 생각해 낸 게지. 마르쿠스는 투어를 하지 않을 땐 조용하게 살았어요. 우린 많은 시간을 함께했고, 아이가 자기 가정을 이루지는 않았지만⋯⋯ 대신 내가 있었지요."

"좋았던 것 같네요."

크리스테르가 말했다.

"그렇게 친한 관계였으니 아드님이 실종에 관련됐을 법한 얘기를 어르신에게 언급했을 수도 있겠네요."

루벤은 애타는 마음으로 퍼즐을 흘깃거렸다. 할머니와 함께 한두 번 풀어 본 적이 있는 퍼즐 같았다.

"아니, 한 번도 없었다오."

군이 이마를 찌푸렸다.

"하지만 실종되기 몇 주 전에 아이가 갑자기 변했어요. 나중에야 그때 생각이 많이 났지요."

"어떻게 변했나요?"

크리스테르가 군을 바라봤다.

"마르쿠스와 내가 매일 만나지는 않았으니 언제부터 그랬는지 정확하게 말할 수는 없지만, 아이가 불안해했어요. 휴대폰만 들여다보기도 했고, 자동차를 집 뒤에 세워 두고는 거기서 눈을 떼지 못하기도 했지요. 나는 아이가 다시 마약을 한다고 생각했어요. 그래서 내가 직접 물어보기도 했는데, 아이는 부인했다오."

군은 자리에서 일어나 냄비에 글뢰그를 더 담아 데웠다.

"이제 그 아이를 어떻게 할 건가요?"

군이 떨리는 목소리로 물었다.

크리스테르는 뭐라고 대답해야 할지 몰랐다. 그들은 지금 눈앞에 있는 노인의 하나뿐인 아들의 유해에 대해 이야기하는 중이었다.

"페르 모르베리!"

루벤이 소리쳤다. 크리스테르는 이번에도 움찔 놀라 글뢰그를 조금 쏟았다.

"페르 모르베리요."

루벤이 나지막하게 다시 말하고는 십자말풀이 퍼즐을 두드렸다.

"요리사 이름입니다."

"법의학자가 유해를 다시 한번 조사할 겁니다."

크리스테르는 화난 눈길로 동료를 흘깃 쏘아보고 군에게

대답했다.

"그의 실종과 죽음에 대해 새로운 증거가 나올 거라고 추측하고 있습니다. 다른 사건과 유사한 점이 있거든요."

군은 고개를 끄덕이고서 작은 도자기 잔에 글뢰그를 가득 따르고 자리에 앉았다. 그런 다음 펜을 들고 페르 모르베리의 이름을 그의 사진 아래 네모 칸에 조심스럽게 써넣었다.

"해야 할 일을 하세요."

군이 말했다. 뒤에서 '베들레헴의 별'이라는 노래가 나지막하게 흘렀다.

"내가 축복하리다. 해야 할 일을 하세요."

"네, 크리스마스 잘 보내시고요."

크리스테르가 중얼거렸다.

"이렇게 말해도 된다면 말이지요."

두 사람이 나올 때까지도 노인은 부엌 식탁에 그대로 앉아 있었다. 이마를 한껏 찌푸린 채 퍼즐로 몸을 숙이고, 정신을 집중하여 네모 칸에 글자를 채웠다.

"최대한 일찍 할머니를 찾아가야겠어요."

루벤이 현관에서 말했다.

"시간이란 정말 이상하죠. 불현듯 더 이상 아무것도 남지 않으니."

*

꿈과 현실의 사이. 아이는 이런 순간에 엄마와 가장 가까이 있었다. 꿈에서는 엄마를 잡을 수 없었고, 잠에서 깨면 엄마의 얼굴이 거의 기억나지 않았다. 하지만 꿈이 지나간 직후, 현실이 아직 제대로 오지 않은 순간이면 아이 눈앞에 엄마가 또렷하게 보였다. 아빠는 엄마를 '우리의 태양'이라고 불렀다. 아빠는 언제나 옳았다. 엄마는 자기만의 태양을 가지고 있는 것처럼 주변을 환하게 밝혔다. 그 태양은 엄마가 어딜 가든 따라다녔고, 엄마뿐 아니라 주변 사람들을 위해서도 빛을 비춰 주었다.

해가 지면 추웠다. 그래서 해가 영원히 졌을 때, 아빠는 아이와 함께 어둠 속으로 가기로 결정했다. 예전에 소유했던 것을 완전히 포기하는 편이 나았기 때문이다. 부엌에서 춤추는 엄마, 체크무늬 식탁보가 깔린 식탁, 쓰레기차가 가져가기 전에 엄마가 주워 와서 제각각 다른 모양이었던 의자들.

아빠가 직접 말하지 않아도 아이는 스스로 생각할 수 있었다. 이곳 아래 어둠 속에서는 위에서처럼 아프지 않았다. 이곳에서 그들은 안전했다. 그들은 사랑과 보살핌을 받았고 다른 사람을 돌볼 수 있었다. 주기와 받기. 아빠는 그게 중요하다고 말했다.

아이가 깔고 누워 있는 종이 박스 옆을 쥐 한 마리가 날쌔게 지나갔다. 수염 한 올 한 올이 모두 보였다. 쥐의 이름은 부스테르였다. 부스테르가 빵 한 조각을 앞발로 잡고 흥분해서 작은 주둥이를 움찔거릴 때면 언제나 무척 귀여웠다.

주기와 받기.

새로 온 사람 중 한 명이 부스테르를 때려죽이려고 했다. 하지만 아빠가 그러지 못하게 말렸다. 아빠는 그에게 조건을 설명했다. 그 조건을 이행하는 사람이라야 이곳 아래에서 가족으로 받아들여졌다. 생명을 존중한다. 생명은 신성하다. 아빠는 인간에겐 생명을 끝낼 권리가 없다고 늘 말했다. 덕분에 부스테르는 지금도 여전히 즐겁게 돌아다녔다.

노란 모자가 잠꼬대를 하다가 돌아눕더니 조용해졌다. 열차가 지나가는 소리는 졸음을 불러왔다.

아이는 다른 쪽으로 몸을 돌리고 담요를 턱까지 끌어 올렸다. 눈을 감자 꿈이 다시 아이를 사로잡았다. 아이는 집에 있었다. 이곳은 안전했다.

*

"지금 얼른 들러서 거기 사람들한테 '미치광이 톰'에 대해 물어보는 거 어때?"

크리스테르가 루벤의 의견을 물었다.

"마르크의 유해가 어떻게 발견됐는지 알아낼 수 있을지도 모르잖아."

"네, 나도 그 생각을 했어요."

루벤이 후딩에 방향으로 차를 꺾었다.

헬릭스 법정신의학센터는 후딩에 병원 근처에 있었다. 두 사람 모두 자주 왔던 곳이라 쉽게 길을 찾았다. 유죄 판결을 받은 범죄자가 심각한 정신 질환이 있다고 간주되면 교도소가 아니라 이 센터에 수감됐다.

크리스테르는 이곳에 오면 항상 우울했고, 떠날 때가 되면 이곳을 벗어날 수 있음에 기뻐했다. 그러나 수감자들은 계속 그곳에 머물러야 했다. 그는 깊은 한숨을 내쉬었다.

도로 위의 몇몇 멍청이들이 여전히 여름용 타이어로 운전하는 바람에, 그들이 보기 흉한 갈색 건물에 도착하기까지는 시간이 한참 걸렸다.

"빌어먹을 스톡홀름 것들."

크리스테르가 욕설을 퍼부었다.

"겨울이 매년 온다는 사실을 매년 까먹지."

"크리스테르도 스톡홀름 사람이잖아요."

"나도 알아."

주차장을 찾은 그들은 입구로 향했다. 안전 조치가 확실했다. 담장과 전기 울타리가 건물을 빈틈없이 에워싸고 있었다.

"미치광이 톰이 수감됐던 시절에 일하던 직원이 아직도 있을까? 벌써 2년 전의 일이니, 많이들 옮겼을지도 몰라."

건물에 들어서면서 크리스테르가 투덜거렸다. 루벤은 어깨를 으쓱했다.

"곧 알게 되겠죠."

장식 볼 한 줌과 짤막한 반짝이 금술을 매단 아주 작은 플라스틱 크리스마스트리가 로비에 있는 유일한 크리스마스 장식이었다. 유리 벽으로 막힌 접수처 뒤편에 거대한 안경과 그것보다 더 큰 귀걸이를 한 여성이 의아한 표정으로 그들을 보다가 물었다.

"방문 요청을 받고 오셨나요?"

"아니, 아닙니다."

루벤이 손을 내저었다.

"지금 수사하는 사건과 관련해서 예전에 수감됐던 사람의 정보를 알아보러 왔습니다. 지금은 사망하고 없지만요. 그 수감자를 아는 사람을 만날 수 있을까요? 미치광이 톰 또는 식인종이라고 불렸던 수감자입니다."

"저도 미치광이 톰을 기억해요."

여자가 나른한 목소리로 대답했다.

"보통은 아르놀드가 그 사람을 돌봤어요. 지금 근무 중이니

이야기해 두겠습니다."

　두 사람은 불편한 의자에 앉아 잠시 기다렸다. 벽에 걸린 시계가 똑딱거렸다. 크리스테르는 시곗바늘이 부자연스럽게 천천히 움직인다는 느낌을 받았다. 고립된 낯선 세상에 있는 기분이었다. 이곳에서 일하면 어떤 느낌일까? 그와 동료들도 정신적으로 문제가 있는 사람을 만나는 일이 종종 있었지만, 이곳에는 오로지 그런 사람들뿐이었다. 게다가 몇몇 수감자는 상태가 심각했다.

　"아르놀드는 금방 나올 거예요. 어차피 담배를 피우려고 했대요."

　거대한 귀걸이를 한 여자가 통화를 끝내고 다시 서류 뭉치로 시선을 돌렸다. 크리스테르는 천천히 움직이는 초침을 계속 바라봤다. 몇 분 지나지 않아 잿빛 수염이 난 뚱뚱한 남자가 그들에게 다가왔다. 정신 병원의 산타클로스 같은 외모였는데, 움직일 때마다 거친 숨을 내쉬는 것을 보니 손에 들린 말보로 담뱃갑이 전혀 좋게 보이지 않았다.

　"바깥으로 나가시죠."

　그가 터덜터덜 앞장섰다. 그러고는 문 앞에서 떨리는 손으로 담뱃불을 붙이고 힘껏 빨아들인 후에야 한결 느긋해진 표정으로 경찰들을 바라보았다.

　"빌어먹을, 이게 급하게 필요했어요."

"루벤 회크, 크리스테르 벵트손입니다. 마르쿠스 에릭손 사건을 수사 중이고요."

"마르쿠스 에릭손?"

아르놀드는 담배 연기를 폐 깊숙하게 빨아들이면서 이맛살을 찌푸렸다.

"마르크 에릭이요."

크리스테르가 덧붙였다. 두툼한 제복 재킷 아래로 냉기가 스며들었다. 그는 겨울을 좋아한 적이 없다. 그의 어머니는 그가 어릴 때 눈밭에서 놀 마음이 없는데도 몇 시간씩 밖으로 내보낼 때가 많았다. 그는 눈밭에서 노는 대신 전나무 아래에 쪼그리고 앉아 엄마가 다시 불러들일 때까지 기다렸다.

"아하, 마르크. 그럼 아마 미치광이 톰 때문인가 보군요. 그가 이미 사망한 건 아시죠? 자기 감방에서 목을 맸어요. 예상도 못 했는데 말입니다. 자살 징후가 전혀 없었거든요. 하지만 그런 사람도 많답니다. 어느 날 갑자기 자기 삶을 끝내 버리는 거죠."

"그 사건에 대해 어느 정도 아십니까?"

"아주 잘 알지요."

아르놀드는 담배 연기로 고리를 만들어 하늘을 향해 불었다.

"나는 미치광이 톰이 그 남자를 죽여서 먹었다는 말을 단 1초도 믿지 않았습니다. 톰이건 토마스건, 이름이 뭐든 간에 내가 만나 본 사람 중 그 남자만큼 착한 사람이 없었어요. 진부한 말이긴 하지만, 그는 파리 한 마리도 죽이지 못하는 사람이었답니다."

"하지만 마르쿠스의 유골과 개인 물품이 톰의 비닐봉지 안에 들어 있었잖습니까."

아르놀드가 어깨를 으쓱하자 잿빛 수염이 흔들렸다.

"그건 아무런 의미도 없죠. 증거가 아주 빈약했는데도 그는 유죄 판결을 받았습니다. 톰이 그 남자를 죽였다는 증거도, 먹었다는 증거도 없었어요. 그는 이상하고 위험해 보이는 괴짜라서 유죄 판결을 받은 겁니다. 톰은 자기가 그 뼈를 발견했다고 늘 말했어요. 게다가 자기 소장품이 거의 완성된 걸 자랑스러워했지요. 그는 수집가였거든요."

"거의 완성됐다고요?"

루벤이 물었다.

"내 기억이 옳다면 인간의 뼈는 모두 206개지요. 미치광이 톰은 200개를 발견했답니다."

"그러니까 당신도 톰이 뼈를 발견한 거라고 생각하시는군요. 마르쿠스의 뼈는 어디서 발견했다고 했나요?"

"자는 곳에서 멀지 않은 곳에 있었다고 했습니다. 모든 뼈가 바가르모센 지하철역 부근에 무더기로 있었다더군요."

"바가르모센."

크리스테르가 생각에 잠긴 채 말했다.

"그 사람이 그 아래에서 뭘 했는지 아십니까?"

두 사람은 아르놀드가 담배를 한 모금 더 피울 때까지 기다렸다.

"그는 거기 살았어요. 터널에 말입니다. 물론 그래서는 안 되니까 그곳에 사는 사람들은 숨어 지내지요. 무엇보다도 이번 겨울처럼 추울 때는 거리보다 지하가 훨씬 따뜻합니다. 머리 위에 지붕도 있고요."

루벤은 나지막하게 휘익, 휘파람 소리를 냈다.

"톰을 알던 사람 중에 아직 그 아래에 있는 사람이 있을까요?"

"미치광이 톰의 친구 몇 명은 아직 살아 있을 테죠."

아르놀드가 담뱃불을 눌러서 껐다.

"아니면 그의 옛 친구들을 아는 사람이라도 찾아내실 수 있을 겁니다. 스톡홀름에는 노숙자가 지금 그 어느 때보다도 많으니까요."

크리스테르는 루벤을 보며, 그도 자신과 같은 생각을 하는지 궁금했다. 터널에 전보다 많은 사람이 살고 있다. 혹시 그들은 뭔가 봤을지도 모른다. 어쩌면 마르쿠스와 욘의 살인범도. 이제는 발견되지 않으려는 사람들을 어떻게 찾아야 하는지가 문제였다.

묘비에는 마르쿠스 에릭손이라고 쓰여 있었다. 아담은 눈부시던 그 인물에 비해 놀라울 만큼 평범한 이름이라고 생각했다.

"유해 발굴에 직접 참관하려는 중요한 이유가 있겠지?"

그가 율리아를 곁눈질하며 물었다.

"그 사람 노래를 모두 외우거든."

율리아는 당황해서 미소를 지었다.

"마르크는 음악적으로 천재였어. 완곡하게 표현하자면 뒤죽박죽인 사람이기도 했지. 하지만 천재들은 다 그렇지 않아?"

"흠, 나는 사실 무척 질서 정연한 사람인데……."

"아이고, 조용히 해."

율리아가 그의 옆구리를 찔렀다.

아담은 그녀에게서 몸을 돌렸다. 안 그랬다가는 율리아에게 힘겹게 감추려는 것이 그의 눈빛 때문에 발각될 것만 같았다. 아담은 율리아를 무척 사랑했다.

하지만 부담을 주고 싶지 않았다. 율리아에게는 가정이 있었다. 그게 얼마나 가치 있는 것인지는 아담도 잘 알았다. 엄마가 돌아가시고 옆에 아무도 남지 않게 된 다음부터 특히 더 그랬다. 누구에게든 가정을 깨라고 강요하고 싶지 않았다. 그래서 더 많은 것을 원하면서도 자신에게 떨어지는 빵 부스러기에 만족하며 지냈다. 섹스도 물론 환상적이긴 했지만 중요한 건 그게 아니었다. 그는 무엇보다도 율리아와의 일상을 원했다. 같이 자다가 그녀가 이불을 끌고 가면 툴툴거리며 도로 빼앗아 오기. 누가 쓰레기를 내놓을까 하는 문제로 다투기. 함께 장염에 걸리기. 정신 나간 사람의 판타지처럼 들리겠지만, 같이 토하고 나면 진정으로 모든 것을 함께한다고 말할 수 있을 것 같았다.

"이제 관을 들어 올리네."

율리아가 나지막하게 말하고 고개를 숙였다.

아담도 함께 숙였다.

묘지는 평소엔 느끼지 못하는 장엄한 감정을 저절로 불러 일으켰다. 그는 특히 숲에 있는 묘지에서 그런 감정을 많이 느꼈다. 몇 년 전 엔훼데의 방 두 칸짜리 집에서 살았을 때는 자주 그곳으로 조깅하러 갔었다. 숲의 묘지는 아름다울 뿐 아니라 크게 한 바퀴 돌기에 충분할 만큼 넓었다. 그래도 아이들의 무덤은 피해서 뛰었다.

그들의 눈앞에 천천히 땅속에서 올라오는 하얀 관이 보였다.

"세르비아 사람들과 어떤 연관이 있다고 생각해?"

그가 관에서 눈을 떼지 않은 채 물었다. 율리아는 어두운 표정으로 한숨을 내쉬었다.

"유력한 단서처럼 보이기는 하지만 이 방향으로 수사하는 데는 두 가지 문제가 있어. 하나는 세르비아인들의 흔적이 지금까지는 욘에게만 이어질 뿐 마르쿠스에게는 이어지지 않는다는 점이야. 다른 하나는 우리 윗분들의 신경이 날카로워져서 이 방향으로 나아가는 데 계속 제동을 건다는 점이지. 상부는 우리 수사가 이 나라의 대규모 조직범죄 수사와 충돌할까 봐 두려워하고 있거든."

"그렇군."

아담이 얼른 대답했다.

그리고 심호흡을 한 후에 며칠 전부터 혀끝에서 맴돌던 그 질문을 했다.

"집에서는 어때?"

아담의 질문은 그 후에 따라온 요란한 정적 속에서 메아리쳤다. 금지된 질문이었다. 그들은 율리아가 '현실'이라고 부르는 일에 대해서는 말하지 않기로 합의했었다. 두 사람의 불륜은 평행 세계에서만 존재했다. 아담은 이 사실을 알고 있었고 이해도 했다. 이를 존중했다. 그런데도 그가 소리 내어 말한 이 질문은, 이제 묘지 위에서 흔들리는 관처럼 심오하게 두 사람 사이에 떠 있었다.

"아마 이혼하게 될 것 같아."

마르쿠스 에릭손의 관이 눈 덮인 바닥에 내려진 순간, 율리아의 말이 그의 귀에 들어왔다.

아담은 율리아 쪽을 돌아볼 엄두를 내지 못했다. 몸이 굳은 채 그대로 서 있었다. 그러나 심장은 두 배 속도로 뛰었고, 핏줄에서는 피가 솨솨 소리를 내며 흘렀다.

*

빈센트가 몸을 뒤로 기댔다. 그가 앉아 있는 값비싼 안락의자는 새것 냄새를 풍겼다. 쇼라이프의 사업은 잘 운영되는 듯했다. 움베르토의 사무실을 둘러보니 가구만 바뀐 게 아니었다. 벽이 좀 더 어둡고 우아한 색의 페인트로 칠해져 있었다.

"마음에 들어."

그의 말에 에이전트는 자랑스럽게 싱긋 웃었다.

"정말 세련되게 변했지. 안 그래?"

그가 양팔을 활짝 벌렸다.

"저 귀부인은 마음에 안 드는데, 그거야 뭐 내가 여기 사장도 아니니까."

움베르토가 빈센트 뒤쪽의 벽을 가리켰다.

그곳에는 사진작가 리사 러브의 거대한 자화상이 걸려 있었다. 그녀는 카드로만 만들어진 화려한 옷을 입고 있었다. 빈센트는 《이상한 나라의 앨리스》를 떠올렸다. 그 책에서 여

왕이 참수형을 내리며 즐거워하는 모습을 떠올리면, 그 자화상은 숨겨진 위협으로 해석할 수 있었다.

"자네의 투어 수입도 이런 현대화 추진에 당연히 기여했지. 그리고 자네한테 떨어질 몫도 더 커질 거고."

움베르토가 말했다. 두 사람 사이에 놓인 새로 산 소형 대리석 탁자에는 움베르토가 아마 직접 수입했을 원두를 막 갈아서 만든 더블 에스프레소 두 잔이 놓여 있었다. 무척이나 아름답게 만들어진 쿠키 접시도 있었다.

"망누스 요한손 제과점에서 주문한 거야. 제과점이 도시 반대쪽 끝에 있긴 하지만, 주문할 만한 가치가 있어."

움베르토가 만족스러운 얼굴로 말했다.

"내가 공장제 발레리나 쿠키에 불평한 적이 있던가?"

빈센트가 쿠키를 자세히 살펴보며 물었다. 그는 이 쿠키를 만든 제빵사가 자기 분야에 통달했음을 인정할 수밖에 없었다. 쿠키는 완벽하게 대칭이었다.

"발레리나 쿠키라니!"

움베르토가 웃음을 터뜨렸다.

"망누스 요한손 씨 귀에 안 들어가게 조심해."

"성공 이야기가 나왔으니 말인데."

빈센트는 에스프레소 반 잔을 한 번에 마셨다.

"한동안 투어는 하지 않기로 결정했어."

움베르토의 손이 쿠키 접시 위에서 그대로 굳었다. 얼굴이 살짝 창백해졌지만 아무 말도 하지 않았다. 대신 '그게 또 무슨 멍청한 소리야'라는 눈길로 빈센트를 빤히 바라봤다.

"사적인 용무 몇 가지를 급하게 처리해야 해."

빈센트가 말을 이었다. 협박 이야기는 하고 싶지 않았다.

"그리고 솔직하게 말하자면 건강이 안 좋아. 공연이 끝날 때마다 두통에 시달리는데, 시간이 갈수록 점점 심해져."

"틀림없이 피곤해서 그럴 거야."

움베르토가 억지 미소를 지었다.

"이봐, 친구. 자네는 무대에서 머리를 쓰잖아. 그러니 공연 후에 에너지가 소진되는 게 당연하다고. 공연을 마치고 단 걸 좀 먹으면 괜찮아질 거야. 달콤한 군것질거리를 비치해 달라고 무대 팀에 요청해 둘까?"

"두뇌 노동에 엄청난 에너지가 소비된다는 말은 사실이 아니야."

빈센트가 말했다.

"최신 연구에 따르면 '과로한' 뇌에는 틱택 캔디 한 알에 든 것보다 적은 양의 포도당만 있으면 돼. 그런데 파리의 안토니우스 빌러 연구진이 뇌가 과로하면 이성적인 사고를 하는 전두엽에 글루타메이트 잔류물이 축적된다는 연구 결과를 발표했지. 불필요한 글루타메이트를 다시 분해하려면 인지 기능을 감소시킬 수밖에 없어. 그래서 우리는 집중해서 일한 다음에는 지적인 능력이 요구되지 않는 일을 하려는 경향이 있지. 그런 이유에서 사람들은 저녁에 피자를 주문하고 넷플릭스를 시청하는 거야. 어쩌면 이게 내 두통의 원인인지도 몰라. 뇌에 쌓인 글루타메이트를 분해할 기회가 전혀 없으니까."

움베르토가 그를 빤히 노려보다가 천천히 말했다.

"뇌에 글루타메이트라고. 그게 이유야? 우리가 지금 조명 기사 네 명과 운전사 두 명, 투어 매니저 한 명과 프로젝트 매니저 한 명을 오로지 자네를 위해 고용하고 있다는 건 알고 있나? 그들에게 뭐라고 말해야 하지?"

빈센트는 어깨를 으쓱했다.

"내가 휴식이 필요하다고 하는 게 어때?"

"휴식이라."

움베르트는 구역질 난다는 듯이 그 말을 따라 했다.

"올해는 그 사람들이 자네에게 크리스마스 선물을 안 하겠군. 나도 안 할 거고. 휴식에 시간이 얼마나 걸리지?"

"흐음…… 일단 내가 나중에 알려 줄 때까지."

움베르토의 몸이 푹 꺼졌다. 쿠키도 집어 들지 않고, 얼굴은 아까보다 더 창백해졌다.

"나에게 벌을 주는 건가?"

움베르토가 물었다.

"자네가 원한다면 가까운 마트에 가서 발레리나 쿠키를 사올 테니……."

"자네 때문이 아니야. 쿠키 때문도 아니고. 여기 이 쿠키도 틀림없이 아주 맛있을 거야. 난 그저…… 모든 일을 놓고 좀 쉬어야 해서 그래."

"자네 팬들이 좋아하지 않을 텐데. 그나저나 팬들이 우편을 계속 여기로 보내고 있어."

그는 자리에서 일어나 책상으로 가서 빈센트에게 온 엽서를 가져와 건넸다.

"지난주에 아래 접수처에 놓여 있었어. 우리가 만나던 날에. 어떻게 다른 사람들 눈에 안 띄고 여기 들어왔는지 모르겠어."

빈센트가 카드들을 뒤집어 보니 원래는 크기가 조금 큰 그림엽서 한 장을 두 조각으로 자른 것이었다. 수신인 주소는 '빈센트 발데르/쇼라이프 프로덕션'이었다. 우표는 없었다. 그러니 정말로 직접 가져다 둔 엽서였다. 쓰여 있는 글귀는 아주 기이했다.

다투기를 좋아하는 여자는 비 오는 날 지붕에서 끊임없이 비가 새는 것과 같다. 한 엽서에는 이렇게 쓰여 있었다.

경솔하게 '이것은 거룩하다' 하여 함부로 서원하여 놓고 나중에 생각이 달라지는 것은 사람이 걸리기 쉬운 올가미이다.

다른 엽서에는 이런 문구가 있었다.

보낸 이의 이름은 쓰여 있지 않았다.

"이게 무슨 뜻이지? 속담인가?"

움베르토가 물었다.

"내가 알기로는 아니야."

빈센트는 엽서를 재킷 주머니에 넣었다.

"모르겠어. 어쨌든 고마워."

"휴식이 필요하단 말이지."

움베르토가 불쾌한 표정으로 말했다.

"자네가 그렇게 말한다면 뭐."

그러고는 한숨을 내쉬고, 이상한 나라의 여왕과 시선을 주고받았다.

*

"당신이 만족에 대해 말했던 거, 내가 곰곰이 생각해 봤는데요."

미나가 입을 열었다.

로케는 불쑥 멈춰 서서 무슨 말이냐는 표정으로 그녀를 빤히 보다가 다시 시신이 놓인 이동 침대를 밀었다.

벌거벗은 중년 남성의 시신이었다. 로케가 냉장 보관실에 조심스럽게 밀어 넣을 때 보니, 배에 세심하게 꿰맨 자국을 제외하면 시신은 잠을 자는 듯한 모습이었다.

"자비심에서 우러나온 살인이에요."

로케가 설명했다.

"이 사람은 말기 암이었어요. 살날이 두어 달밖에 남지 않았죠. 통증이 심했는데, 병원에는 절대 가지 않으려고 했대요. 그래서 아내가 그를 살해했어요. 그의 동의, 아니 그의 소원에 따라서 말이에요. 그런데 아내는 이제 여생을 교도소에서 근근이 목숨을 부지하며 보내야 해요."

"법은 명확해요."

미나가 이마를 찌푸렸다.

"어떤 경우에도 타인을 살해해서는 안 되죠. 그렇지 않으면 우리가 어떤 사회에서 살게 되겠어요?"

로케는 대답하지 않고 일회용 장갑을 벗은 다음 새 장갑을 꼈다. 그리고 미나에게 몸을 돌렸다.

"뭔가 달라졌나요?"

"무슨 말이에요?"

냉장 보관실에 든 남자를 생각하고 있던 미나가 되물었다.

밀다는 또 지각이었다. 그녀와는 어울리지 않는 행동이었다. 밀다가 올 때까지 미나는 로케와 다소 어색한 대화를 나눠야 했다.

"뭔가 달라진 게 있냐고요. 제가 만족에 대해서 했던 말을 곰곰이 생각해 봤다면서요."

"아, 그거요."

미나는 닫힌 냉장 보관실에서 애써 눈길을 돌렸다.

"뭐가 달라졌는지는 모르겠어요. 하지만 오랫동안 생각해 봤죠. 내 삶에서 재고 정리를 해야 할지도 모른다고. 뭐가 좋은가? 뭐가 나쁜가? 뭘 바꿀 수 있나? 뭘 바꿀 수 없나?"

"바꿀 수 없는 것을 받아들이는 평온함과 바꿀 수 있는 것을 변화시키는 용기를 주시고, 이 둘의 차이를 아는 지혜를 주소서."

"평온을 비는 기도. 12단계. 당신도 그래요?"

로케는 잠깐 망설였다. 그는 이미 무균 상태인 듯한 스테인리스 작업대를 헝겊으로 닦았다. 그러다 동작을 멈추고 미나를 가만히 바라봤다.

"아니요. 제가 아니라…… 가까웠던 어떤 사람이 그랬어요. 예전에 가까웠던 사람."

미나는 고개를 끄덕였다. 그녀가 오랫동안 지속해 온 12단계 프로그램은 그녀에게 캐묻지 말라고 가르쳤다.

"정말 미안해요!"

밀다가 새빨개진 얼굴로 숨을 헐떡이며 달려 들어왔다.

"요즘 내 생활이 아주 엉망이라서."

밀다는 해골이 펼쳐져 있는 작업대로 미나를 불렀다. 미나는 데자뷔와 비슷한 감정을 느꼈다. 계속되는 반복이 좋은 징조로 보이지 않았다. 이미 알고 있는 두 사람 외에 더 많은 사람을 죽였을 누군가가 밖에서 돌아다니고 있다는 생각이 아주 명확하게 떠올랐다. 그 살인범은 아직 연쇄 살인을 끝내지 않았을지도 모른다. 앞으로 이곳에 얼마나 더 자주 와서, 금속 작업대 위에 해부학적으로 정확하게 배치된 유골을 확인해야 할까?

"어쨌든 나로서는 해부학 지식을 다시 새롭게 채울 수 있었어요."

밀다가 무표정한 얼굴로 말했다. 그러고는 헝겊을 내려놓고 새 장갑을 끼는 로케에게 손짓했다. 미나는 이 과정을 좋아했다. 새 장갑은 모든 게 깨끗하고 무균 상태라는 느낌을 주었다. 주변에서 이상하게 생각하지만 않는다면 하루 종일 고무장갑을 끼고 살고 싶었다.

"로케, 시작해. 너의 해박한 지식을 보여 줘."

밀다는 옆으로 한 걸음 비켜서며 로케에게 자리를 내주었다. 그는 매혹된 듯, 거의 사랑이 담긴 눈길로 해골을 내려다봤다.

"우리 눈앞에 있는 것은 완벽한 작품입니다."

그가 말했다.

"감동했다고 인정할 수밖에 없네요. 이 뼈는 놀랄 만큼 정교하고 깔끔하게 세척됐어요."

"어떻게 세척한 거죠? 욘의 경우와 같아요?"

미나가 해골로 몸을 숙였다. 로케 말이 옳았다. 뼈는 완벽하게 청소된 상태였다. 살이나 힘줄, 피부 또는 기타 조직이 한 점도 남아 있지 않았다.

"그건 모르겠어요. 그저 짐작할 뿐이죠."

로케가 대답하고는 조심스럽게 뼈를 톡톡 두드렸다.

"일단 삶고 그 후에 수시렁이가 청소했다는 제 짐작이 맞을 거라고 봐요."

"삶기만 했으면 이렇게 깨끗해지지 않는다는 거죠?"

"아마 그럴 거예요."

잠깐 생각에 잠겼던 로케의 표정이 밝아졌다.

"실험을 해 볼 수도 있겠네요. 삶는 실험을 해 봐야겠어요."

"사람…… 뼈로요?"

미나가 물었다.

"인골로요? 아니, 아니에요."

그가 진지한 얼굴로 고개를 저었다.

"그건 허용되지 않아요. 당연히 동물을 생각했죠. 소나 돼지 말이에요."

"아주 좋은 아이디어 같은데."

밀다가 한 손을 그의 어깨에 얹었다.

"직접 실험을 하면 귀중한 정보를 많이 얻을 수 있지."

"뼈에서 더 알아낼 게 있을까요? 예를 들면 사망 원인이라 거나."

미나가 밀다를 흘낏 보며 물었다.

"내가 다시 한번 자세히 살펴볼 테지만 그럴 가능성은 거의 없어요. 지금으로서는 사망 원인은 모르겠고 마르크…… 아니, 마르쿠스 에릭손의…… 뼈는 아주 깔끔해요. 내가 찾아낸 거라고는 관과 그 안에 들어간 흙의 흔적뿐이에요. 그것 말고는 아무것도 없어요."

"알았어요."

미나가 실망한 목소리로 말했다.

"그…… 돼지를 삶고 나서 연락 줘요. 거기서 뭔가 나오면 좋겠네요."

"바로 전화할게요!"

로케가 흥분해서 외쳤다.

분명히 그럴 것이다. 미나는 확신했다.

*

크리스테르는 컴퓨터에 들어 있는 서류를 스크롤했다. 지난 2년 동안 실종된 사람들의 목록을 이미 몇 번이나 훑었다. 하지만 이번에는 뭘 찾아야 할지 알았다. 욘 랑세트와 마르크 에릭의 연관성은 명백하지 않았고 어쩌면 그저 희망 사항에 불과할지도 모르지만, 그는 드디어 작은 퍼즐 조각을 찾았다고 생각했다. 어쨌든 진전이 있었다.

욘도, 마르크도 단서를 남겼다. 마르크는 성공한 음악가였다. 욘은 죽기 전 콘피도 스캔들이 아니었더라면 대중적으로 이름을 알리지 못했을 테지만, 금융계에서는 그 나름의 스타였다.

발견된 것은 두 명이지만 실제로는 아마 더 많은 사례가 있었을 터였다. 그래서 그는 일단 눈에 띄는 사람들부터 찾아보기로 했다. 그가 찾는 것은 자기 분야에서 최고 경력에 올랐다가 실종된 사람들이었다.

한 시간이 족히 지난 후에 그는 세 사람을 더 찾아냈다. 세계적으로 유명한 동기 부여 트레이너와 패션 디자이너, 건축가였다. 크리스테르는 각각의 경찰 보고서를 열었다. 건축가는 브라질로 여행을 간 후에 돌아오지 않았다. 가족이 스웨덴 대사관과 브라질 기관들에 연락을 취했지만 사라진 여성의 흔적은 전혀 발견되지 않았다.

크리스테르는 그녀가 건축가 노릇이 그냥 지겨워졌던 것이기를, 그래서 리우 해변에서 방탕한 생활을 즐기며 숨어 있는 것이기를 진심으로 바랐다. 무슨 일이 벌어졌든 간에 그녀가 스톡홀름 지하철 터널의 유령에게 희생당했을 것 같지는 않았다.

패션 디자이너는 이와 달랐다. 그는 어느 날 외스텔렌의 여름 별장을 나선 후 돌아오지 않았다. 사람들은 그가 익사했고 시신이 파도에 휩쓸려 갔을 거라고 생각했다. 그날 저녁 그가 술을 많이 마셨고 폭풍우가 몰아치는 날이었음을 감안하면 그게 사실일 수도 있었다.

이에 비해 동기 부여 트레이너는 관심이 갔다. 에리카 세벨덴이라는 여성이었다. 크리스테르는 그 이름을 들어 본 적이 있었다. 몇 년 전에 상부의 지시로 참석한 '영감을 주는 날' 강연에서 연설을 한 사람이 아니었나? 맞아, 그랬어. 주최 측이 애플의 헨리크 휘페르트와 바로 이 에리카 세벨덴을 홍보했었다. 확실하게 기억이 났다. 우아한 사람이었다.

보고서에는 에리카에게 가족이 없으며, 그래서 그녀가 강연에 나타나지 않은 후에야 실종 의혹이 생겼다고 쓰여 있었다. 경찰에 신고한 사람은 언니인 디아나 세벨덴이었다. 그녀가 동생 집에 갔을 땐 집이 텅 비어 있었고, 그때 이후로 에리카의 소식을 들은 사람은 아무도 없었다. 그 후로 이제 1년이 흘렀다.

크리스테르는 수화기를 들어 언니의 전화번호를 눌렀다.

그녀가 바로 전화를 받았다.

"여보세요, 디아나입니다."

"안녕하십니까? 저는 스톡홀름 경찰서의 크리스테르 벵트손이라고 합니다. 통화 가능한가요?"

몇 초 동안 답이 없었다. 수화기 저편에서 찻길의 소음이 들렸다.

"네, 점심 식사를 하고 오는 길이에요."

잠시 후 디아나가 대답했다.

"통화할 수 있어요. 에리카 일로 전화하셨나요?"

크리스테르는 소음에도 불구하고 그녀의 목소리가 떨린다는 사실을 알아챘다. 디아나는 1년 전부터 동생의 생사가 불확실한 상태에서 살았다. 그는 이런 상황이 사람을 얼마나 괴롭힐지 상상할 수조차 없었지만, 언젠가는 반갑지 않은 소식을 듣게 되리라는 불안 때문에 당사자는 아마 마비될 것 같은 느낌일 것이라 짐작했다. 그가 이제 곧 하게 될 말이 그녀의 세상을 무너뜨릴 수도 있었다.

"일단 에리카 씨에 대해 새로운 소식이 없다는 말씀부터 드려야겠습니다."

그가 말했다.

"새 소식이 있었더라면 좋았을 텐데요. 방금 보고서를 읽었는데, 보고서가 대답해 주지 못하는 의문이 생겨서요. 에리카

씨는…… 어떤 사람이었습니까? 어릴 때 어땠나요?"

수화기 저편의 배경 소리가 달라졌다. 소음이 사라진 것으로 미루어 디아나가 실내로 들어온 것 같았다.

"회의가 이미 시작된 거 저도 알아요."

그녀가 휴대폰을 입에서 약간 떼고 말했다.

"중요한 전화예요. 죄송합니다. 이제 다시 조용히 통화할 수 있어요."

그녀가 다시 수화기에 대고 말했다.

"에리카가 어릴 때 어땠는지 왜 물으시죠?"

"에리카 씨에 대해 더 자세히 조사하는 중입니다. 동생분을 찾을 가능성이 높아질 수도 있으니까요."

크리스테르는 최악의 경우 그녀를 어떤 상태로 발견하게 될지는 일부러 언급하지 않았다.

"뭐라고 해야 할까요?"

디아나는 잠시 가만히 생각에 빠졌다.

"저는 언니였고, 에리카는 동생이었어요. 다시 말해서 우리는 늘 경쟁했지요. 어쨌든 에리카는 그렇게 생각했어요. 모든 면에서 자기가 더 우월해지려고 했죠. 특히 제가 좋아하는 일에서 더 그랬어요. 어릴 때 제가 테니스를 치기 시작하니까 에리카는 자기가 스웨덴 최고의 테니스 선수가 되겠다고 하더라고요."

디아나의 설명을 들으면서 크리스테르는 에리카의 집 사진을 클릭했다. 거실에 트로피가 가득한 장식장이 있었다.

"그렇게 됐나요? 스웨덴 최고의 선수 말입니다."

"잘하게 됐어요."

디아나가 대답했다.

"저보다 훨씬 잘했지요. 하지만 최고와는 거리가 멀었어요. 오랫동안 노력했지만 선두까지 간 적은 한 번도 없었어요. 사실은 그런 상황 때문에 동생은 우울증에 시달렸어요. 벌써 20년 전의 일이에요. 에리카는 라켓을 놓고 몇 달 동안 침대에 누워만 있었어요. 식사도 거의 하지 않았죠. 겉으로 티를 내지는 않았지만 걔는 늘 조금 불안정했는데, 그 시기는 특히 더 암울했어요. 저는 에리카가 다리에서 투신할까 봐 두렵기까지 했죠. 동생이 가장 우울한 시기에 그런 말을 했었거든요."

보고서에 이런 말은 전혀 없었다. 크리스테르는 왜 없는지 이해했다. 20년 전의 우울은 현재의 실종과 관련이 없어 보였다. 그럼에도 그의 머릿속에서 나지막하게 알람이 울렸고, 그 소리는 점점 더 커졌다. 언니가 한 말 중에 뭔가가 그의 주목을 끌었다.

"그런 후에 어떻게 됐습니까?"

"저도 모르겠어요. 에리카는 자기 힘으로 180도 돌아섰죠. 아마도 최악의 상태에서 스웨덴 최고의 연설가가 되기로 결심했던 것 같아요. 본인의 경험을 공유함으로써 사람들에게 동기 부여를 하려고 했어요. 그런 동력이 어디서 왔는지 모르겠어요. 하지만 그때 이후로 정말 그렇게 됐죠. 그리고 테니스장에서보다 훨씬 더 큰 성공을 거두었고요."

"이번에는 최고가 되는 데 성공했나요?"

디아나는 다시 몇 초 동안 입을 다물고 있다가 말을 이었다.

"죄송해요. 빨리 끊어야겠어요. 상사가 저더러 얼른 회의에 들어오라고 미친 듯이 팔을 휘젓네요. 에리카는 이상했어요. 제가 보기엔 자기가 얼마나 성공했는지 전혀 모르는 사람 같았죠. 언제 갑자기 강연 요청이 끊길지 모른다며 늘 두려워했어요. 스톡홀름과 런던, 두바이와 로스앤젤레스를 오가면서도 말이에요. 자기는 성공을 위해 힘겹게 노력해야 하는데 남들은 모두 편하고 쉽게 이루어 낸다며 계속 흥분했어요. 하지만 그 애에 비하면 다른 사람들의 잔은 절반조차 채워지지 않았거든요. 무슨 말인지 아시겠어요?"

물론이다. 크리스테르는 그런 상황을 잘 알았다. 그 자신도 그런 사람이었다. 그러다가 라세를 만나서 잔이 가득 찼다. 그러나 에리카는 그와는 달리 행운이 따르지 않았던 것 같다. 그녀는 혼자였고, 자기 일을 위해 살았다. 그는 에리카에게서 본인의 모습을 아주 잘 볼 수 있었다.

"실종 때까지도 그랬나요?"

크리스테르가 물었다.

"그렇다면 그냥 번아웃 상태였는지도 모르겠네요."

디아나는 잠시 말이 없었다.

"그렇게 말씀하시니까 생각났는데…… 뭔가 일이 있긴 했어요."

그녀가 입을 열었다.

"에리카가…… 실종되기 얼마 전이었어요. 2주쯤 전이었죠. 언제나 5년 치 계획을 꽉 채우고 살던 애가 갑자기 '지금 여기'를 살기 시작했어요. 연락도 자주 하더군요. 그리고 더는 새로운 계약을 하려고 하지도 않았고요. 다들 에리카가 갑자기 어떤 깨달음을 얻었는지 궁금해했죠. 하지만 우리가 답을 알아내기도 전에 에리카는 사라졌어요. 너무 흥분해서 그 애가 실종되기 전에 얼마나 차분했었는지 제가 완전히 잊고 있었네요. 섬뜩하게 들릴지 몰라도, 그 애가 평화를 찾은 모습이었다고 표현하고 싶어요."

크리스테르 머릿속의 알람 소리는 이제 귀가 먹먹할 정도로 커졌다. 에리카 세벨덴의 성격이 실종 2주 전에 변했다. 그리고 그녀는 자기 분야의 스타였다. 그는 디아나에게 시간을 내줘서 감사하다고, 뭔가 더 알아내면 바로 연락하겠다고 약속하고 전화를 끊었다.

그러고는 양손으로 얼굴을 쓸어내린 다음, 모니터에 떠 있는 에리카의 프로필 사진을 바라보았다. 또다시 지하철 터널에서 찾아야 할 유골이 생겼다.

*

"긍정적인 에너지가 느껴지네."

율리아가 한 명 한 명을 바라보며 말했다. 그런 다음 더 이상 자료를 보충할 자리가 없는 화이트보드로 몸을 돌렸다. 사진과 메모지가 이미 벽까지 뻗어 있었다. 율리아는 전문가의 화장과 옷차림을 갖추고 또 얼굴에 전문가적인 미소까지 띤 어떤 여성의 사진을 톡톡 두드렸다.

"크리스테르, 발표해 주세요."

율리아가 옆으로 조금 비켜나 벽에 기대섰다. 그리고 팔짱을 끼고 격려하듯 그에게 고개를 끄덕였다. 미나는 아담의 시선이 율리아의 목선으로 향하는 모습을 놓치지 않았다.

빈센트 말이 옳았다. 일단 알고 나니 눈에 훤하게 보였다. 율리아와 아담은 분명히 연애 중이었다.

미나는 등에 빈센트의 시선이 와 닿는 것을 느꼈다. 그녀는 법의학연구소에서 급히 경찰서로 향했고, 회의가 시작되기 전에 빈센트와 몇 마디밖에 나누지 못했다.

크리스테르가 헛기침을 하며 의자를 뒤로 조금 밀자 보세가 일어나 앉았다. 크리스테르는 사프란이 들어간 달팽이 모양의 빵을 테이블에 내려놓고 손에 묻은 굵은 설탕 알갱이를 살짝 털었다.

"에리카는……."

빵이 입에 가득 차서 발음이 뭉개졌다.

"에리카 세벨덴은."

그는 빵을 크게 한 번 꿀꺽 삼킨 후에 말을 이었다.

"1년쯤 전에 욘 랑세트와 마르크 에릭처럼 알지 못하는 이유로 실종됐어. 동기 부여 트레이너였는데, 아마 자네들도 들어 봤을 거야. 다른 두 명과 마찬가지로 그녀 역시 자기 분야에서 엄청난 성공을 거두었지. 그게 내가 떠올린 첫 번째 공통점인데, 또 다른 게 있어."

그가 팀원들을 쭉 둘러봤다.

"주목 받는 거 참 좋아하신다니까."

루벤이 눈을 흘기며 말했지만 크리스테르는 거기에 말려들지 않았다.

"실종되기 전에 에리카도 비슷한 모습을 보였대. 에리카의 언니에게 자세한 이야기를 들어 봤거든. 욘과 마르크처럼 에리카 역시 성격 변화가 나타났다는 거야. 하지만 그녀의 경우는 반대였어. 욘과 마르크는 둘 다 피해망상 증세를 보이고 누군가에게 쫓기는 듯한 모습이었다고 했지. 하지만 에리카는 원래 극도로 스트레스가 심하고 다혈질인 성격이었는데, 느긋하고 관대한 사람으로 변했대. 언니 말로는 에리카가 평화를 찾고, 갑자기 '지금 여기'를 살기 시작했다는 거야."

"아마 자기에게 무슨 일이 닥칠지 알았던 것 같네요. 욘과 마르쿠스처럼요."

빈센트가 말했다.

"죽음이 목전에 닥쳐왔고 피할 수 없다는 걸 알게 되면 예상치 못한 평온을 느끼는 사람도 많거든요."

"맞아. 그래서 자살이 유족에게 엄청난 충격을 주는 경우가 많지."

크리스테르가 우울한 표정으로 고개를 끄덕였다.

"가끔 친구나 가족이 오랜 우울 끝에 다시 희망을 찾은 것처럼 보일 때가 있어. 주변 사람들은 안도의 한숨을 쉬고 이제 위험이 지나갔다고 생각하지. 낙관이 가장 큰 위험 신호라는 걸 인식하지 못하고 말이야."

"그러니까 그들 모두 무슨 일인가가 벌어지리라는 걸 알고 있었다는 거로군."

루벤이 나지막하게 휘익 휘파람 소리를 냈다. 미나는 크리스테르가 달팽이 빵을 내려놓은 테이블 구석으로 보세가 살그머니 다가가는 모습을 힐끗 보았다.

"내 생각에는 에리카도 다른 두 명과 똑같은 운명을 맞은 것 같아."

크리스테르가 달팽이 빵을 테이블 가운데로 밀어 놓았다. 보세는 눈에 띄게 실망했다.

"크리스테르, 훌륭한 수사였어요."

율리아가 말했다.

"이게 무슨 뜻인지 다들 알겠지. 터널을 철저히 뒤져서 에리카의 유골을 찾아야 해. 운이 좋으면 내일 바로 시작할 수 있을 거야. 아직 그 아래에 살고 있을지도 모르는 미치광이 톰의 친구들도 찾아야 하는데, 그건 나중에 하자고. 모든 건 때가 있으니까."

미나는 침을 꿀꺽 삼켰다. 쥐가 나지막하게 바스락거리는 소리가 들리고, 썩어 가는 쓰레기와 오줌 악취가 문자 그대로 코로 올라왔다. 다른 팀원들도 동시에, 하지만 다른 이유로 흥분했다. 크리스테르의 추측대로 에리카 세벨덴의 유해가 지하철 터널에 숨겨져 있다면, 그들의 수사는 크게 한 걸음 나아갈 것이다. 살인범도 인간에 불과하다. 그들도 실수를 한다. 바로 이 점이 팀원들에게 크나큰 도움이 될 터였다.

"미나, 네가 구스타프 브론스를 철저하게 취조하고 싶어 한다는 거 알아. 상부도 반대하지 않고. 그러니 그와 다른 희생자들의 연관성을 집중적으로 수사해 줘."

율리아가 말을 이어 갔다. 그리고 나머지 팀원들에게로 몸을 돌렸다.

"다른 팀원들은 드라간 마노일로비치와 관련된 모든 사항에 최대한 조심스럽게 접근해 줘. 아직 상부의 지시를 기다리는 중이거든. 우리 수사가 현재 중요한 단계에 있는 국가작전부의 수사를 방해해서는 절대 안 돼. 수사를 어떻게 진행해야 할지 모르겠다면 나한테 이야기하는 게 가장 좋은 방법이야. 내가 해결책을 찾아볼 테니까."

율리아가 다시 미나에게 시선을 돌렸다.

"법의학연구소에 갔던 얘기를 아직 못 들었네. 묘지를 발굴하는 게 쉬운 결정은 아니니까, 뭔가 결과가 나왔으면 좋겠는데."

"그렇기도 하고 아니기도 해."

미나가 입을 뗐다.

"사실 새로운 건 없어. 유골이 욘 랑세트의 것과 완전히 똑같은 상태라는 점만 제외하면. 밀다의 조수인 로케는 빈센트의 추측이 옳다고 확신하더군. 뼈는 먼저 삶아진 후에, 특정한 딱정벌레 종류가 남은 조직을 먹은 걸로 보고 있어."

"으웩."

아담은 온몸이 가려운 듯했다. 미나는 전부터 그가 곤충이나 기어다니는 벌레들을 혐오한다는 느낌을 받았다. 아주 작은 거미만 나타나도 아담은 사무실 다른 쪽 끝으로 도망갔다. 그래서 딱정벌레라는 단어만 들어도 등줄기에 소름이 돋는 모양이었다.

"말이 되는 것 같아요."

미나의 등 뒤에서 빈센트가 말했다. 미나가 그에게 몸을 돌리자 그가 말을 이었다.

"무척 수긍이 가는 가설이라고 생각해요. 실험해 볼 수 없을까요?"

"로케도 그렇게 제안했어요. 지하철 뼈들과 같은 결과가 나올지 알아보기 위해서 돼지로 실험할 거래요."

"딱정벌레는 어떻게 구하지?"

루벤이 질문하자 아담의 얼굴이 초록빛으로 변했다. 그는 다급하게 팔을 긁었다. 미나도 그렇게 하고 싶은 마음을 억눌렀다. 하도 씻어 대서 이미 상할 대로 상한 피부는 손톱을 견디지 못했다.

"그건 안 물어봤어."

미나가 침을 꿀꺽 삼키고 말했다.

"내가 로케와 할 일이 있어요."

빈센트가 말했다.

"같이 곤충학자를 만나서 그 딱정벌레에 대해 알아보려고요."

"응, 내가 밀다에게 그렇게 부탁하니 로케는 선물을 받은 어린아이처럼 기뻐하더군요."

율리아가 대답했다. 그러고는 재킷의 깃을 잡아당겼다. 심지어 율리아조차 이 주제를 불편해하는 것 같았다.

"일단 여기까지. 그런데 한 가지가 더 있어."

율리아는 헛기침을 하고 말을 이었다.

"선물 이야기가 나왔으니 말인데, 세쌍둥이 선물을 두어 개 샀거든."

그리고 페데르의 빈자리를 가리켰다.

"아네트를 위해서는 맛있는 걸로 가득 채운 음식 바구니를 준비했고. 오늘 저녁에 가져다줄 건데, 함께 가고 싶은 사람 들은 가도 좋아."

침묵이 이어졌다. 그 적막을 깬 것은 복도 다른 쪽 끝의 어 느 사무실에서 들려오는 '올 아이 원트 포 크리스마스' 노래뿐 이었다.

잠시 후 팀원들은 말없이 고개를 끄덕였고, 한 명씩 차례로 회의실을 떠났다.

미나는 문 쪽으로 가면서 빈센트를 멈춰 세웠다.

"지금 바로 곤충 전문가에게 가야 하는 건 아는데, 혹시 잠 깐 시간 있어요?"

"당연하죠."

그가 대답했다.

"당신이 원하는 만큼 시간 낼 수 있어요. 무슨 일인데요?"

둘은 다른 사람들의 길을 막지 않게 옆으로 조금 비켜섰다.

"구스타프 브론스 취조에 관한 일이에요."

미나가 대답했다.

"그가 왜 드라간에게서 돈을 받았을지 루벤과 이야기했는데, 루벤 말로는 '마약이나 여자, 또는 도박'이 항상 문제라고 하더라고요. 그때 뭔가 떠오른 생각이 있었는데 그게 뭔지 도무지 모르겠어요. 지금 기억나는 거라고는 커피 한 잔뿐이에요. 내가 왜 그런 생각을 하게 됐는지 혹시 알아요?"

미나 스스로 생각하기에도 정신 나간 질문처럼 들렸지만, 빈센트는 환하게 웃었다.

"아, 그 문제였군요. 나는 구스타프가 도박에 빠졌다고 거의 100퍼센트 확신해요."

"도박이요?"

"맞아요. 취조 중에 그는 약간 특이한 포커 전문 용어를 사용했어요. 그걸 안다는 건 포커를 자주 한다는 뜻이죠. 아니면 나처럼 카드 마술과 깊은 연관이 있거나."

"그 사람이 무슨 말을 했더라?"

미나가 어리둥절해서 물었다.

"포커 용어를 들은 기억은 없어요. 그리고 그게 커피랑 무슨 상관이에요?"

"그들이 나갈 때 구스타프가 변호사에게 '커피 하우징'이라고 말했어요. 당신이 그걸 했다는 뜻이죠."

"한 번도 못 들어 본 표현인데요."

"지금 말하려던 참이에요. 포커를 해 본 사람이라면 누구나 블러프나 와일드카드, 플러시라는 표현은 알아요. 하지만 '커피 하우징'은 낯설 수도 있어요."

"그게 무슨 뜻이에요? 내가 그걸 했다는 게?"

그녀는 긴 강연을 들을 마음의 준비를 했다. 빈센트에게 사물이나 용어의 뜻을 묻는 것은 위험한 일이었다. 하지만 지금은 꼭 알고 싶었다.

"도박을 할 때 말로 상대의 심기를 건드리는 거예요. 주로 상대방을 속이려는 의도일 때가 많죠. 내 생각에는 당신이 그에게 욘을 살해한 대가를 받았는지 물었을 때 그는 당신이 커피 하우징을 하는 거라고 생각했나 봐요. 포커 판에서 커피 하우징은 부도덕한 것으로 간주되고, 그래서 금지하는 카지노도 많아요."

"그러니까 구스타프가 노름꾼일 수도 있다는 거예요? 하긴, 도박 중독은 그 사람보다 훨씬 더 큰 부자들도 망하게 하죠."

"네. 나는 그럴 가능성이 있다고 생각해요."

미나는 안도의 한숨을 내쉬었다. 취조 이후로 계속 머릿속에서 맴돌던 게 뭐였는지 드디어 알게 됐다. 게다가 빈센트는 평소와 달리 짤막하게 설명했다.

307

"포커 게임의 기원과 관련해서 서로 다른 세 가지 가설이 있다는 거 알아요?"

둘이 밖으로 나갈 때 그가 물었다.

"첫 번째는 이 게임이 10세기 중국의 당 무종 때 있던 도미노에서 발전되었다는 거예요. 두 번째 가설은 17세기 페르시아의 카드 게임인 '아스나스'에서 나왔다는 거고요. 세 번째는 프랑스 이주민들이 미국 뉴올리언스로 가져온 포크 게임이 점점 발전해서 포커가 나왔다는 거예요. 내 생각에는 이 가설이 가장 믿을 만해요. 포커는 포크와 여러 가지로 비슷한 점이 많으니까요. 하지만 포크의 카드는 오늘날 사용하는 것과 달리 25장이 아니라 20장이었고 현재 타로 카드에서 쓰이는 요소들, 즉 동전과 지팡이, 컵과 검이 있었어요. 타로 카드에서 특히 흥미로운 점은……."

미나는 그가 강연을 계속하기 전에 잠시 숨을 고르는 소리를 들었다. 빈센트가 다시 이야기를 이어 가려 했을 땐, 이미 미나가 회의실을 빠져나간 후였다.

*

빈센트는 미나와 이야기를 끝낸 후 차를 가지러 바로 지하 주차장으로 향했다. '커피 하우징'. 미나는 이유도 알지 못한 채 커피 한 잔을 떠올렸다. 그는 유르스홀름 방향으로 운전하면서 슬그머니 미소 지었다. 그가 생각하는 방식에 미나도 물든 것 같았다.

유르스홀름에 도착해서 스트란드베겐으로 접어들었다. 스톡홀름에서 가장 우아한 교외의 화려한 산책로는 시내에서 가장 땅값이 비싼 거리와 이름이 똑같았다. 빈센트는 로케가 부자라는 밀다의 암시를 이미 들었지만, 그의 주소를 보니 절로 감탄이 나왔다. 거리 한편에 거대한 저택들이 웅장하게 솟아 있었다. 어떤 집들은 작은 성처럼 보였다. 다른 쪽은 바다였다. 그곳에는 집주인들이 소유한 몇백만 크로나 가격의 요트들이 떠 있었다.

내비게이션에 따르면 이미 목적지에 도착했지만, 빈센트는 확실하게 하려고 주소를 두세 번 더 확인했다. 그의 앞에 3미터 높이의 격자문이 솟아 있었다. 그 뒤로 커다란 벽돌 건물로 올라가는 가로수 길이 이어졌는데, 건물은 나무에 가려 일부만 보였다.

그때 로케가 담배를 입에 문 채 다가왔다. 그는 차에 앉아 있는 빈센트를 보더니 싱긋 웃고 담뱃불을 비벼 껐다. 그러고는 큰 문 옆에 있는 작은 문으로 나와, 몸을 떨며 양손을 문지르고 차로 터덜터덜 다가왔다.

"빈센트 씨, 안녕하세요?"

그가 차에 타면서 말했다.

"빌어먹을, 바깥이 진짜 춥네요. 바로 출발할까요?"

빈센트가 차에 시동을 걸었다. 그는 지난 3년 동안 로케를 몇 번 만났는데, 늘 로케가 자신의 존재 자체를 송구스러워한다는 인상을 받았었다. 그에게 자존감에 관해 조언해 줄까 고민한 적이 한두 번이 아니었다. 그러나 지금 그의 옆에 앉아 있는 젊은이는 에너지가 충만했고, 너무 흥분해서 조수석에서 이리저리 깡충거리는 것처럼 보였다.

"우리가 지금 스웨덴에서 가장 유명한 곤충학자에게 간다는 사실이 믿어지지 않아요."

로케는 빈센트가 지금까지 들었던 그의 목소리보다 훨씬 크게 말했다.

"믿기지 않지만 사실이에요."

빈센트는 유르스홀름을 벗어나 E4 도로에서 남쪽으로 달렸다.

"특히 딱정벌레 전문가죠. 로케 씨가 틀림없이 관심을 보일 거라고 생각했어요. 그리고 오늘 우리가 알게 될 정보들에서 나오는 전혀 다른 결론을 이끌어 낼 수 있을 거예요. 매일 시신을 다루는 일을 하니까요."

빈센트는 한동안 침묵하면서 로케를 곁눈질했다. 사람들의 행동을 해석하고 그들이 실제로 어떤 감정을 느끼는지 인식하여 그들을 대하는 방법을 알아내는 것이 빈센트의 직업이었다. 그러나 그에게 로케는 수수께끼였다. 그가 자신도 모르게 알아채는 신호들을 로케는 보이지 않았다. 로케는 하얀 벽 같았다. 그것이 물론 그의 잘못은 아니었지만, 빈센트는 이런 상황이 약간 불편했다.

"묻고 싶은 게 있어요."

빈센트가 입을 뗐다.

"오해하지는 말고요. 당신이 어디 사는지 봤거든요. 왜 법의학연구소에서 일하세요? 돈이 필요할 것 같지는 않은데 말이에요."

로케는 당황한 얼굴로 그를 빤히 보다가 대답했다.

"전 제대로 교육 과정을 이수한 골학자예요. 해골과 뼈에 대해서는 전문가일 뿐 아니라 열정적으로 좋아하고요. 가장 흥미 있는 일을 직업으로 한다는 게 얼마나 큰 행운인지 설명할 필요는 없겠죠. 게다가 밀다는 천재예요. 설령 돈을 내고 다니라고 해도 저는 그곳에서 일할 겁니다."

빈센트는 고개를 끄덕였다. 그 역시 그게 어떤 느낌인지 잘 알았다. 게다가 본인이 하고 있는 기이한 일을 생각하면 누군가가 하필 뼈를 취미로 찾았다는 사실이 놀랄 일은 아니었다.

"로케 씨는 곤충에 대해 꽤 관심이 깊은 것 같으니 어쩌면 그 곤충학자를 이미 알고 있을지도 모르겠네요. 이름은 세바스티안 바게, 헤링에에 살아요."

빈센트가 말했다.

"맞아요. 곤충은 제가 좋아하는 또 다른 취미죠. 하지만 바게라는 분에 대해서는 들어 본 적이 없어요. 이름이 바게라니, 숫염소라는 뜻이네요. 본명이 아니겠죠? 안 그래요? 그런데 곤충이 전문이라고요?"

로케가 까마귀 우는 듯한 소리를 냈다. 아마도 흡연자의 기침과 웃음소리가 뒤섞인 듯했다.

"이름 결정론에 대해 분명 들어 봤을 거예요."

빈센트가 말했다.

"그 이론에 따르면 성씨가 직업 선택에 꽤나 영향을 미칠 수 있대요."

"영국에 베이커라는 이름의 제빵업자가 특이할 정도로 많고, 기쁨이라는 단어와 비슷한 이름을 가진 프로이트가 성性에 지대한 관심을 보였다는 이야기죠? 그 이론을 주장한 사람은 카를 구스타프 융 아닌가요?"

빈센트는 만족스러운 표정으로 고개를 끄덕였다. 로케는 잘 알고 있었다.

"이제 우린 세바스티안 바게, 숫염소를 만나러 가네요."

로케가 삐딱하게 히죽거렸다.

"노멘 에스트 오멘. 이름이 곧 징조일지니. 라틴어예요."

"이름이 징조라고요? 로키 신의 이름을 딴 사람이 그런 말을 하다니 재미있네요."

"그런 얘기 많이 들었어요."

로케가 다시 툭툭 끊어지는 새된 소리를 냈다.

빈센트는 헤링에 성 바로 앞에서 차를 꺾었다. 내비게이션이 알려 주는 주소에 접근하자 그들 앞에 호화로운 대농장이 나타났다. 겨울 풍경 속에서 하얀 건물은 거대한 눈 조각상처럼 보였다.

"우와, 세상에."

로케가 중얼거렸다.

"곤충학자들이 이렇게 돈을 잘 버는지 몰랐어요. 밀다가 직업을 바꿔야겠네요."

"그래도 매력적이잖아요. 곤충학자는 골학자보다 팬이 훨씬 적을 테고요."

로케가 다시 새된 소리를 냈다.

빈센트는 농장 앞에 있는 현대 차 앞쪽에 주차했다. 로케는 차에서 내리자마자 담뱃불을 붙였다. 모피 코트를 입은 일흔 가량의 홀쭉한 백발 남자가 집에서 나왔다.

"들어오세요! 밖에 있다가는 얼어 죽겠어요."

그가 소리쳤다. 로케는 급하게 담배를 몇 모금 빨고 꽁초를 눈에 던진 다음 발로 밟았다. 그러다가 세바스티안 바게 쪽을 흘끗 보고 꽁초를 집어 주머니에 넣었다.

세바스티안은 고개를 살짝 숙여 목례하며 악수한 후에 두 사람을 현관으로 안내했고, 그들은 외투를 벗어 걸었다.

"이 농장은 다행스럽게도 오래전부터 집안 소유랍니다. 그래서 나는 이곳에 거의 공짜로 살고 있지요. 곤충학을 무척 좋아하긴 하지만, 그게 연금을 넉넉하게 받는 분야는 아닙니다."

빈센트는 로케가 자신과 같은 생각을 하는지 궁금해서 그를 흘끗 봤다. 두 사람 모두 세바스티안의 경제 상황을 잘못 판단한 듯했다. 하지만 그에게서 가난의 낌새가 보이지는 않았다. 구불구불한 백발을 완벽하게 손질했고, 나무랄 데 없이 깔끔한 사파리 스타일이었다. 마치 왕년의 탐험가처럼 보였다.

빈센트는 주위를 둘러봤다. 그는 박제된 곤충과 책 무더기가 천장까지 닿아 있는 기괴한 집일 것이라 예상했었다. 그러나 이곳은 세바스티안만큼이나 깔끔했다. 벽의 진열 상자에 핀으로 고정된 곤충들이 걸려 있었지만, 모두 정확한 간격을 유지하며 보기 좋게 배치되어 있었다.

세바스티안은 그들을 거실로 안내했고, 세 사람은 아주 커다란 가죽 안락의자에 한 명씩 앉았다. 의자도 집만큼 오래되어 보였지만, 믿을 수 없을 만큼 편안했다. 빈센트는 이 안락의자에 앉았을 바게 집안의 선조들을 눈앞에 훤히 그려 볼 수 있었다. 아주 오래전부터 그들은 사파리 복장 차림으로 이 의자에 앉아 두툼한 책을 읽었을 것이다.

"이런 추위에는 차만으론 안 될 것 같군요."

세바스티안이 독주가 들어 있는 장식장으로 향했다.

"두 분에게 조금 더 강력한 것을 권해 드릴까 하는데요."

"저는 마시지 않습니다."

로케가 우물쭈물하며 말했다. 그는 빈센트가 알던 조용하고 소심한 사람으로 돌아가 있었다.

"저는 운전을 해야 해서요. 그래도 사려 깊게 신경 써 주셔서 고맙습니다."

빈센트가 대답했다.

세바스티안은 어깨를 으쓱하고는 호박색의 액체를 자기 잔에 따랐다. 그리고 피펫으로 다른 유리병에서 투명한 액체를 떠내 잔에 네 방울 떨어뜨린 다음 가죽 안락의자에 앉았다.

"자, 수시렁이에 대해 뭘 알고 싶으신가요?"

그가 입을 열었다.

"데르메스티대. 무척 흥미로운 곤충이지요. 수시렁이가 850종이나 된다는 사실을 아십니까? 안타깝게도 스웨덴에는 36종밖에 없지만요. 이들은 자연의 쓰레기 수거차랍니다."

"무슨 뜻인가요?"

빈센트가 물었다. 그가 앉은 자세를 바꾸자 의자가 살짝 삐걱거렸다.

"다른 모든 딱정벌레와 마찬가지로 수시렁이도 완전 변태를 거치는 내시류입니다."

세바스티안이 잔을 홀짝거리며 설명했다.

"물론이죠."

로케가 바로 대답했다. 빈센트는 그 대답이 반어적인 건지 아니면 로케가 정말 이 분야를 잘 알아서 하는 말인지 알 수 없었다. 아마 후자가 맞을 것 같았다.

"이들은 알, 유충, 번데기, 성충이라는 네 단계를 거칩니다. 마지막 단계는 완전히 발달한 딱정벌레에 해당하지요. 이때는 다른 모든 곤충과 마찬가지로 꽃가루와 꿀을 먹습니다. 하지만 유충 단계에서는 주로 동물성 물질을 먹어요."

"동물 종류를 다 먹나요?"

빈센트가 물었다.

"죽은 동물이라면 뭐든 먹습니다."

세바스티안이 고개를 끄덕였다.

"수시렁이는 사체를 먹습니다. 야생에서 사체를 청소하지요."

"네크로파지. 사체를 먹는 습성이군요."

로케가 중얼거렸다.

"그렇죠!"

세바스티안이 기쁜 표정으로 말했다.

"이들은 특정한 영역에 특화되어 있습니다. 털수시렁이라고 알려진 아타게누스 펠리오는 그 속명에서 이미 알 수 있듯이 털가죽이 있는 짐승을 선호합니다. 양모는 털로 이루어져 있으니까 이들이 일단 집에 들어오면 양모 스웨터를 주로 공격해요. 하지만 다른 물질도 딱정벌레로부터 안전하지 않습니다. 데르메스테스 라르다리우스, 또는 말 그대로 번역하면 기이하긴 하지만 고기수시렁이라고 불리는 종은 스웨덴에서는 거의 실내에서만 보이는데, 털과 각질을 선호합니다."

빈센트는 얼굴을 찌푸렸다. 미나는 자기가 이곳에 오지 않아서 얼마나 다행인지 절대 모를 것이다. 세바스티안이 하는 말을 들었더라면 일주일은 잠을 못 이뤘을 텐데.

"물론 본인들 눈으로 직접 보고 싶으시겠지요."

곤충학자가 말했다.

"잠깐 실례하겠습니다."

자리를 비웠던 세바스티안이 잠시 후에 진열 상자 하나를 들고 돌아와 빈센트의 손에 건넸다. 유리판 뒤에 작은 딱정벌레들이 핀으로 고정되어 있고, 그 아래의 아주 작은 종이 띠에 각각의 이름이 쓰여 있었다.

"스웨덴에 안트레누스 종은 많지 않습니다. 대부분은 이곳 환경에서 살아남기가 어렵기 때문이지요."

세바스티안이 다시 안락의자에 앉았다.

"딱 네 종류만 이곳에 살 수 있어요. 왼쪽 아래를 보십시오."

빈센트는 하얀 반점이 있고 눈에 잘 띄지 않는 흑갈색 곤충을 자세히 들여다봤다.

"소개해 드리지요. 안트레누스 무제오름입니다."

세바스티안이 술을 한 모금 마셨다.

"박물관 딱정벌레, 다른 이름은 알락수시렁이입니다. 대식가예요. 그 녀석의 유충이 선호하는 곳은 새와 말벌 둥지인데, 거미 고치에 사는 경우도 있습니다. 거기서 부화하지 않은 거미 알을 먹지요. 죽은 파리나 그와 비슷한 것을 발견하는 행운이 없다면 말입니다."

빈센트는 미나에게 이 대화에 대해 평생 말하지 않겠다고 굳게 다짐했다.

"이름에 왜 박물관이 들어갈까요?"

그가 물었다.

"털수시렁이나 고기수시렁이는 알겠는데, 왜 박물관 딱정벌레인가요?"

"이 녀석들이 박물관에 들어오면 박제된 동물을 먹어 치우기 때문입니다. 가죽과 양모, 양탄자와 비단, 날개와 온갖 종류의 피부를 먹어요. 이들의 침입은 모든 박물관의 악몽이라고 할 수 있죠."

빈센트는 생각에 잠긴 채 고개를 끄덕였다. 그 이야기를 들은 적이 있었다.

"우리는 이런 딱정벌레를 많이 소유한 사람을 찾는 중입니다."

빈센트가 계속해서 물었다.

"그런 사람은 어떻게 찾나요? 혹시 저희가 문의할 만한 포럼이나 협회가 있을까요? 제 생각에 살아 있는 딱정벌레를 수집하는 사람은 그다지 흔하지 않을 듯한데요."

세바스티안은 대답을 하기 전에 잔을 마저 비웠다.

"안트레누스 무제오룸은 안트레누스 중 이 나라에 가장 많이 퍼진 종입니다. 사방에 살고 있죠. 정말 원하지 않는 곳에도 있답니다."

세바스티안은 빈센트가 앉아 있는 안락의자를 의미심장한 눈길로 바라봤다. 이곳에 머리카락과 각질을 떨어뜨렸을 이전 집주인들을 상상하자 빈센트는 이제 의자가 더는 편안하게 느껴지지 않았다. 이 안락의자는 딱정벌레들에게 완벽한 잔치 음식일 터였다. 빈센트는 당장 벌떡 일어나고 싶은 마음을 꾹 눌러 참았다. 불현듯 미나가 평소 어떤 기분으로 살아갈지 짐작할 수 있었다.

"그런데 상황이 좀 복잡해요."

세바스티안이 말을 이었다.

"뼈 청소에는 다른 딱정벌레가 사용되거든요. 다른 나라에서는 여우수시렁이나 암검은수시렁이라고 부르는 데르메스테스 마쿨라투스를 사용합니다. 그에 비해 우리는 데르메스테스 헤모로이달레스를 사용하지요."

그가 창밖을 내다봤다.

"이런 날씨에 유충을 살리려면 난방이 되는 테라리엄이 필요합니다. 딱정벌레들은 한 달 반 내에 발달 과정을 마치지요. 다시 말해서 지난가을에 유충이었던 녀석들이 지금은 딱정벌레가 됐을 겁니다. 찾는 게 있으시다면 무엇을 찾아야 할지 제대로 아셔야 해요. 제가 뭘 좀 알려 드려도 될까요? 다른 사람들에게는 얘기하지 마시고요."

세바스티안이 빈센트를 빤히 바라보며 한쪽 눈썹을 치켜세웠다. 빈센트는 양팔을 활짝 벌리고 대답했다.

"저희에게 도움이 된다면 기꺼이 그러죠."

"나한테서 들었다고는 말하지 마세요. 곤충을 사랑하는 사람들은 괴짜 종족이니까요."

＊

"그러니까 산타클로스를 하신다는 거죠?"

미나는 크리스테르가 채우고 있는 자루를 가리켰다.

"응. 루벤 말로는, 내 배가 산타클로스에 제일 잘 어울린대."

그는 미나의 눈길을 피하며 대답했다. 페데르에 대해 이야기하기는 여전히 쉽지 않았다.

"자네도 같이 갈 거지?"

미나는 다급하게 고개를 젓고 대답했다.

"이게 정신적 무능의 증거라는 거, 나도 알아요. 하지만 아직은 안 되겠어요."

그녀는 자기 입에서 나온 말이 얼마나 겁쟁이처럼 들리는지 스스로도 느꼈다. 아네트와 세쌍둥이는 그 괴로움에서 간단하게 탈출할 수 없다. 그들은 매 순간 고통에 에워싸인 채 일상을 살아가고 있었다.

"그럴 수 있지."

크리스테르는 미나의 어깨를 어색하게 두드리다가 얼른 손을 뺐다.

"미안해. 생각을 못 했네."

"괜찮아요."

미나가 대답했다. 진심으로 하는 말이었다.

크리스테르는 미소만 지을 뿐 아무 말도 하지 않았다. 그리고 다시 산타클로스 물품으로 몸을 돌려 하얀 수염이 달린 뻣뻣한 마스크를 조심스럽게 접어서 커다란 자루에 넣었다.

"그런데 가시기 전에 보여 드리고 싶은 게 있어요."

미나는 컴퓨터 마우스로 사진 한 장을 클릭했다.

"잠깐 시간이 된다면요."

"그럼, 되지."

크리스테르는 자루를 닫고 시험 삼아 들어 봤다.

"무슨 일인데?"

"도박이요. 구스타프 브론스가 세르비아 사람에게서 받은 그 큰돈이 왜 필요한지 확실하지가 않거든요. 본인도 지난 몇 년 동안 엄청나게 돈을 잘 벌었잖아요. 그런데 도박이라면 설명이 될지도 몰라요. 그 분야의 인맥을 이용해서 혹시 구스타프 브론스가 도박으로 거금을 잃었는지 알아내 줄 수 있을까요?"

"그러려면 운영자에게 고객 정보를 넘기라고 해야 할 텐데."

크리스테르가 생각에 잠긴 표정으로 말했다.

"혹시 검찰 허가가 떨어졌어?"

미나가 고개를 저었다.

"아직 아니에요. 법을 어기지 않는 수준에서 가능한 일을 해 봐 주세요. 크리스테르는 인맥이 넓으니 그냥…… 소문이 좀 들리는 게 있잖아요. 그리고 공개된 구스타프의 재정 상황 중에서 지난…… 5년 동안의 내역을 살펴봐 주세요."

"문제없어."

크리스테르가 재킷을 여미고 자루를 어깨에 짊어졌다.

"마음이 바뀌진 않은 거지?"

"네. 시간이 좀 더 필요해요. 그래도 나 대신 아네트를 한번 안아 주세요."

"이 산타클로스가 포옹을 전해 주겠다고 약속하지요. 하하하!"

크리스테르가 뚱뚱한 배를 두드렸다. 미나는 미소를 지으며 그의 뒷모습을 바라봤다. 크리스테르가 남긴 손의 온기가 어깨에서 여전히 느껴졌다.

*

선물로는 부족하다는 사실을 율리아는 알고 있었다. 그래도 뭔가 의미는 있었다. 아네트와 세쌍둥이를 평범한 생활에 동참시키려는 시도였다. 세쌍둥이가 아빠 없이, 그리고 아네트가 남편 없이 맞는 첫 번째 크리스마스이브가 될 테니까. 그들 인생에 남은 모든 크리스마스이브 중에 첫 번째였다. 이 세상의 그 어떤 선물도 이 상실을 상쇄할 수는 없었다.

그럼에도 크리스테르는 변장을 한 채 두툼한 자루를 끌었다. 함께 있는 것 외에 그들이 할 수 있는 일은 이게 다였다. 거의 모든 팀원이 자그마한 타운 하우스 앞에 모여 서서 잠시 정신을 가다듬었다. 다들 말이 없었다. 루벤은 부츠에서 눈을 털어 내는 데만 집중했다. 율리아는 아담과 눈길을 마주하고 싶었지만, 그도 다른 사람들처럼 바닥만 내려다보고 있었다. 그녀는 초인종을 누르기 전에 다시 한번 심호흡을 했다.

"엄마! 초인종이 울렸어요!"

"엄마, 누가 왔어요?"

몇 초쯤 지난 후 아네트가 문을 열자 세쌍둥이가 눈이 쌓인 바깥으로 쏟아져 나왔다. 크리스테르를 본 몰리가 환하게 웃었다.

  "이스테르 아저씨!"

  몰리가 소리치며 다리를 세차게 안는 바람에 크리스테르는 하마터면 무거운 자루와 함께 넘어질 뻔했다.

  "이스테르 산타클로스!"

  그러다 아이가 이마를 찡그렸다.

  "그런데…… 아세 아저씨는 어디 있어요?"

  율리아는 눈썹을 치켜세우고 크리스테르를 빤히 바라봤다. 그녀는 크리스테르와 라세가 페데르의 가족을 정기적으로 방문하는 걸 모르고 있었다.

  "그래서 뭐?"

  크리스테르가 몸을 다시 똑바로 일으키고 어깨를 으쓱하며 자신의 팀장을 쳐다봤다.

  "나도 자네가 여가 시간에 누굴 만나든 관심이 없어."

  물론 그가 옳았다. 아담의 입가에 맴도는 미소를 본 율리아는 크리스테르가 말하는 무관심이 새삼 편안하다고 느꼈다.

  "들어오세요."

  아네트가 현관으로 들어오라고 손짓했고, 그들은 그곳에서 재킷을 벗어 걸었다. 율리아가 아네트에게 맛있는 음식이

든 바구니를 건네고 그녀를 포옹했다.

"사프란 빵을 가져왔어."

아담이 아네트에게 봉지를 내밀었다.

"난 글뢰그를 가져왔지. 향신료만 있으면 돼."

루벤이 말했다.

"독하면 좋겠다."

아네트가 이렇게 말하고는, 크리스테르가 신발을 벗을 틈도 주지 않고 세쌍둥이가 그를 끌고 들어가는 거실을 흘끗 봤다.

다른 팀원들이 거실로 들어가 편안하게 자리를 잡는 동안 루벤은 아네트와 함께 부엌에서 마지막 준비를 했다. 잠시 후 두 사람은 쿠키와 음료수를 내왔다. 아네트는 깊은 한숨을 내쉬며 소파에 털썩 주저앉았다. 세쌍둥이는 크리스테르가 선물을 가져온 산타클로스라는 것을 잠시 잊고 그를 정글짐으로 사용했다. 그는 문자 그대로 완벽하게 압도당한 채 바닥에 누워 있었다.

"한 달 만에 처음으로 차분하게 앉아 있는 것 같아."

아네트가 눈을 감고 몸을 뒤로 기댔다.

"어떻게 지내?"

율리아의 따뜻한 질문에 아네트가 눈을 뜨고 어깨를 으쓱했다.

"매일 삶을 즐기는 순간을 찾아내려고 애쓰는 중이야. 쉽지

않으니까. 살아 있음을 잠시 즐겼다는 사실만으로 죄책감을
느낄 때도 있어."

아네트의 얼굴에 그늘이 드리웠다. 율리아는 몸을 돌리는
그녀를 가만히 바라봤다. 그런 다음 거실 전체에 장난감을 흩
뿌려 놓고는 이제 그녀의 동료에게 올라가 기어다니고 있는
세쌍둥이를 관찰했다. 자세히 보지 않으면 아네트와 아이들
이 평범하게 생활한다고 생각할 수도 있다. 그러나 슬픔은 여
전히 이곳에 있었다. 아네트의 미소는 눈에까지 다다르지 못
했다. 어느 정신 나간 사람이 쏜 총에 그녀의 가족은 찢어져
버렸다. 결코 복구되지 않을 상흔이었다.

율리아에게 권총은 없지만 그녀가 가족에게, 토르켈과 하
뤼에게 하려는 일은 어쩌면 이와 비슷할지도 모른다. 그러나
아네트와 달리 율리아는 선택할 수 있다. 가족을 찢지 않아도
된다. 가족이라는 게 아직 있기나 하다면.

아담과 대화를 나눠야 한다. 최대한 이른 시기에.

*

빈센트가 집에 와 보니 베냐민과 레베카는 이미 부엌에 앉
아 저녁을 먹는 중이었다. 그는 영양학적인 관점에서 인스턴
트 누들이 제대로 된 식사라고 할 수 있는지 의문스러웠다.

"오늘 누가 요리 당번이더라?"

그가 현관에서 신발을 벗으며 소리쳤다. 베냐민이 어깨를 으쓱했다.

"아빠일걸. 그냥 우리가 직접 했어. 냉장고가 텅 비었던데."

빈센트는 한숨을 내쉬었다. 장 보는 걸 잊어버렸다. 이것도 최근에 자주 잊어버리는 일 중 하나였다. 마치 시작 버튼을 누른 것처럼 두통이 몰려왔다.

"아빠, 근데 이게 뭐야?"

베냐민이 종이를 흔들며 물었다.

빈센트는 부엌으로 가서 아들의 손에서 종이를 넘겨받았다. 움베르토가 전해 준 익명의 그림엽서였다. 빈센트는 한숨을 내쉬고 다른 엽서도 가지고 와서 베냐민 앞의 탁자에 둘을 내려놓았다.

"인스타그램이 없을 때는 진부한 말들을……. 아니, 미안. 격언이라고 하려고 했는데. 격언을 엽서에 썼단다."

빈센트가 말했다.

"여기 이 엽서들은 유명하신 너희 아버지에게 익명의 팬이 보낸 거야. 재미있게 읽으렴."

레베카가 면을 후루룩 먹으면서 엽서 하나를 집었다.

"*다투기를 좋아하는 여자는 비 오는 날 지붕에서 끊임없이 비가 새는 것과 같다.*"

아이가 소리 내어 엽서를 읽었다.

"누가 천 년도 더 된 격언을 갖다줬나 봐. 아빠, 브라보. 도 대체 어떤 팬들을 둔 거야?"

"경솔하게 '이것은 거룩하다' 하여 함부로 서원하여 놓고 나중에 생각이 달라지는 것은 사람이 걸리기 쉬운 올가미이다."

베냐민이 다른 엽서에 쓰인 글을 낭독했다.

"정말 좀 이상하긴 하네. 무엇보다도 표현 방식이 눈에 띄어. 번역문처럼 의미가 약간 삐걱거리고. 레베카 말처럼 구식인 것도 있고."

빈센트는 하마터면 웃음이 터질 뻔했다. 모든 것을 언제나 사회적 맥락과 연결하는 레베카는 당연히 곧장 발신인이 누구인지에 집중했다. 이에 비해 베냐민은 문법 구조를 살폈다. 아들의 분석적 두뇌는 글자 배열에서 이미 특정한 패턴을 발견했을 것이다. 두 아이는 빈센트가 가진 성격의 중요한 특성을 하나씩 나눠 가진 듯했다.

현관문이 열리더니 방한복에 모자와 장갑까지 갖춘 아스톤이 머리부터 발끝까지 눈으로 뒤덮인 채 달려 들어왔다.

"나 얼른 또오오옹 싸야 해!"

그러고는 고함을 지르며 부츠도 벗지 않은 채 화장실로 뛰어갔다.

빈센트는 한숨을 쉬고 현관 바닥을 닦을 걸레를 가지러 청소도구함으로 향했다. 아스톤은 도대체 나의 어떤 부분을 닮은 걸까? 내가 정말 이걸 알고 싶은 건지 아닌지도 모르겠군.

"눈을 많이 먹었길 바란다! 아빠가 장 보는 걸 잊어버렸거든."

그가 닫힌 화장실 문 앞에서 소리쳤다.

아스톤이 배가 고프다고 하면 차에 태워 함께 튀레쇠 쇼핑센터로 가서 햄버거를 먹을 계획이었다. 물론 다른 두 아이도 의외로 같이 가겠다고 하면 함께 데려갈 생각이었다.

빈센트는 마리아가 아직 집에 오지 않은 것이 조금 이상했지만, 사실은 아내가 오늘 뭘 한다고 했는지 그도 잊어버렸다. 휴대폰을 들어 전화를 걸 수도 있지만 통화하기 싫었다. 그랬다가는 마리아가 미나에 대해 물을 거고, 그는 대답을 해야 할 테니까.

시야 가장자리에서 불현듯 뭔가가 눈에 띄었다. 그는 거실 문 쪽으로 몸을 돌렸다. 아무것도 없었다. 내가 착각한 모양이군. 하지만 아주 짧은 순간 벽에서 뭔가 봤다고 생각했는데. 글자처럼 생겼잖아. 아니면 딱 하나의 낱말이었는지도. 익숙한 두통이 다시 나타났다. 그는 이마를 찌푸렸다.

2권에서 계속

329

옮긴이 전은경

한국에서 역사를, 독일에서 고대 역사와 고전문헌학을 공부했다. 출판사와 박물관 직원을 거쳐 지금은 독일어 번역가로 일한다. 《영원한 우정으로》, 《폭풍의 시간》, 《리스본행 야간열차》, 《언어의 무게》, 《프랭키》 등을 우리말로 옮겼다.

미라지 1

초판 1쇄 2024년 12월 27일

지은이 카밀라 레크베리, 헨리크 펙세우스
옮긴이 전은경

표지디자인 정나영

펴낸이 차보현
펴낸곳 어느날갑자기
출판등록 2017년 8월 31일 제2021-000322호
블로그 https://blog.naver.com/dayonepress
인스타그램 https://www.instagram.com/oneday_press
유튜브 '책략가들' https://www.youtube.com/@dayonepress

미라지 1 ⓒ 카밀라 레크베리, 헨리크 펙세우스, 2024
ISBN 979-11-7335-031-3 04850
　　　979-11-7335-030-6 04850 (전 3권)